Northern Lights
Die Wölfe vom Mystery Creek

In der Reihe *Northern Lights* sind bereits erschienen:
Band 1: Der Wolf vom Eagle Mountain
Band 2: Die Wölfe aus dem Nebel

1. Auflage 2020

ISBN 978-3-7641-7107-0

Lektorat: Judith Schumacher
Umschlaggestaltung: Alexander Kopainski
unter der Verwendung von Fotos von Shutterstock
© M. Cornelius; © sharps; © Yuriy Seleznev; © critterbiz
Vor- und Nachsatzgestaltung: Jaqueline Kropmanns
Dieser Vertrag entstand durch die Vermittlung
der Verlagsagentur Lianne Kolf.

Druck und Bindung: CPI books GmbH
Gedruckt auf Papier aus geprüfter nachhaltiger Forstwirtschaft.
www.ueberreuter.de

Christopher Ross

Die Wölfe vom Mystery Creek

Northern Lights

ueberreuter

1

Von einer Sekunde auf die andere wurde es schwarz. Zu spät hatte der Pilot der Cessna die riesige Rauchwolke erkannt. Die kleine Maschine bockte widerspenstig und schien sich selbstständig machen zu wollen, taumelte orientierungslos durch die Luft, bis der Pilot die Kontrolle zurückgewann. Er ging in eine steile Linkskurve und lenkte die Maschine nach unten, atmete erleichtert auf, als sie die Rauchwolke hinter sich ließen und wieder freie Sicht hatten.

»Sorry«, entschuldigte er sich, ohne eine Miene zu verziehen, »die hatte ich nicht auf dem Schirm. Muss sich selbstständig gemacht haben. Bei einem so großen Feuer weiß man nie, vor allem, wenn der Wind verrücktspielt.«

Carla war blass geworden. Sie bekam keine Flugangst und hatte sich in kleinen Maschinen wie der Cessna immer sicher gefühlt, auch bei schlechtem Wetter. Wer in Alaska aufgewachsen war, einem Land, in dem es mehr Flugzeuge als Autos gab, stieg in eine Cessna wie andere Leute in den Stadtbus.

Sie wollte etwas antworten wie »Kein Problem« oder »Schon gut, wir leben ja noch«, doch bei dem Anblick, der sich ihnen jenseits des Kenai Lake bot, verschlug es ihr den Atem. Sie stöhnte auf. Das Land brannte. Orangerote Flammen hatten sich in die Wälder gefressen, loderten unter einer gigantischen Rauchwolke, die sie auf fatale Weise an einen Atompilz erinnerte. Ein verwüstetes Land wie ein Kriegsgebiet.

Der Wind war noch immer heftig, und der Pilot hatte alle Hände damit zu tun, die Cessna sicher auf dem See zu landen. Scheinbar widerwillig holperten die Schwimmer über den unruhigen See. Erst fünfzig Meter vor dem Ufer kam die Maschine zur Ruhe und kämpfte sich mit gedrosseltem Motor zur Anlegestelle. Der Pilot sprang auf den Steg und half ihr von Bord. Auch ihn hatte der Anblick der brennenden Wälder getroffen. »Ich hätte nicht gedacht, dass es so schlimm ist. Ich mache wohl besser, dass ich wegkomme.« Er stieg wieder in die Maschine. »Passen Sie gut auf sich auf und riskieren Sie nicht Ihr Leben für ein paar Wölfe. Rufen Sie mich an, wenn Sie zurückwollen.«

»Mach ich. Guten Flug!«

Carla griff nach ihrem Rucksack und stieg zum Ufer empor. Pearl Lorraine, die Besitzerin des Kenai Inn, hatte die Cessna landen gesehen und wartete vor ihrem Hotel, einem zweistöckigen Blockhaus mit zehn Zimmern. Im Sommer vermietete sie es hauptsächlich an Angler. Sie war um die Fünfzig, hatte ihre Haare nicht gefärbt und auch kein Make-up aufgetragen. Sie schien sich ganz auf ihr freundliches Lächeln zu verlassen. »Carla Gorman? Ich darf doch Carla sagen? Ich bin Pearl Lorraine. Mir gehört der Laden hier, seitdem mein treuer Gatte, Gott hab ihn selig, sich endgültig aus dem Staub gemacht hat.«

»Freut mich, Pearl. Das Feuer sieht schlimm aus.«

»Als ob wir nicht schon genug gelitten hätten. Das Feuer vor zwei Jahren war zwar nicht ganz so schlimm, hat mich aber eine ganze Saison gekostet. Und dieses Jahr hab ich auch nur Stornierungen. Sie sind mein erster Gast.« Sie gingen ins Haus und erledigten die Formalitäten. »Zeit für einen Kaffee?«

»Gern. Ich muss sowieso auf meinen Kontaktmann warten.«

»Chief Baxter?«

»Al Baxter von der Division of Forestry. Er koordiniert den Einsatz der Firefighter auf der Kenai-Halbinsel.« Carla zog ihr Handy aus der Anoraktasche und wählte seine Nummer. Es dauerte eine Weile, bis er antwortete.

»Ja?«

»Carla Gorman von Wolf Aid. Ich bin im Kenai Inn.«

»Okay. Ich lasse Sie von einem meiner Firefighter abholen.« Im Hintergrund erklangen laute Rufe, und man hörte den lauten Motor eines Bulldozers. »Kann eine Weile dauern, Miss, hier geht's gerade drunter und drüber.«

»Ich warte hier.«

Sie zog ihren Anorak aus und setzte sich. Obwohl sie erst gestern von einer Tagung an der University of Alaska in Anchorage zurückgekommen war und kaum geschlafen hatte, sah sie einigermaßen manierlich aus. Zumindest so attraktiv, dass der Pilot sie anerkennend gemustert hatte. Das lag vor allem an ihren wachsamen blauen Augen, hatte sie sich sagen lassen, und ihrer sportlichen Erscheinung. Ihre dunkelblonden Haare, die sie wie meist während der Arbeit zu einem Pferdeschwanz gebunden hatte, wirkten eher bieder.

»So, da wäre ich wieder«, sagte Pearl, als sie mit dem Kaffee erschien. Sie setzte sich in den Sessel gegenüber. »Mein Sohn arbeitet für den Chief. So nennen wir Al Baxter hier. ›Wildland Fire and Resource Technician‹ klingt zu kompliziert, finden Sie nicht auch? Lucky, so heißt mein Sohn, ist erst seit einem halben Jahr dabei, dies ist sein erster großer Einsatz.« Sie nippte an dem heißen Kaffee, sichtlich stolz auf ihren Sohn. Wo ihr Mann abgeblieben war, verriet sie nicht. »Sie arbeiten für Wolf Aid? Sie retten wilde Tiere?«

Carla trank ebenfalls. Sie mochte lieber Cappuccino, und der Kaffee war ihr viel zu stark, aber sie ließ sich nichts anmerken. »Ich bin Biologin. Für Wolf Aid betreiben wir ein Wolf Center, in dem wir verletzte Wölfe gesund pflegen und die Öffentlichkeit über Wölfe aufklären. Solange viele Menschen noch glauben, Wölfe wären so gefährlich wie der große böse Wolf in ›Rotkäppchen‹ oder den Mickey-Mouse-Geschichten, gibt es da noch einiges zu tun. Und wir werden natürlich gerufen, wenn es Probleme mit Wölfen gibt, oder wenn Tiere wie bei einem Waldbrand oder anderen Katastrophen in Gefahr geraten oder verletzt werden. Nicht nur Menschen sind dann bedroht.«

Die Fröhlichkeit war ein wenig aus Pearls Augen verschwunden. »Na, dann seien Sie froh, dass mein Mann mit einer Jüngeren durchgebrannt ist. Gus hasste Wölfe wie die Pest. ›Die Bestien sollte man ausrotten‹, sagte er immer, die wären schlimmer als Ratten und würden kleine Kinder fressen.«

»Und Sie? Denken Sie auch so?«

»Begegnen möchte ich keinem, aber ich hab nichts gegen Wölfe. Ich finde manche Hunde viel schlimmer. Wenn ich vor einem Supermarkt aus dem Wagen steige, faucht mich garantiert einer an. Aber mein Ex musste auch alle paar Tage in den Wald, er war Holzfäller, und mochte weder Wölfe noch Bären. Oder alle anderen Viecher, die einem dort gefährlich werden können.«

Von draußen klang Motorengeräusch herein. Ein Firefighter in voller Montur erschien und stellte sich als Philip McDonald vor. Er war überhaupt nicht ihr Typ, hatte rötliche Haare und Sommersprossen um die Nase, war aber durchtrainiert und sportlich und begrüßte sie mit einem sympathischen Lächeln. »Sagen Sie Phil zu mir. Bei McDonald's bestellt man Hamburger.«

»Carla«, erwiderte sie.

Er musterte sie. »Sie haben feuerfeste Stiefel und Hosen an, wie ich sehe. Schutzjacke, Helm und Handschuhe hab ich im Wagen.« Er deutete auf ihren Rucksack. »Wasserflasche? Proviant? Verbandszeug? Man hat mir gesagt, Sie wüssten, wie man sich in der Wildnis verhält. Der Chief lässt Sie nicht zu dicht ans Feuer ran, zu gefährlich, aber bei einem Waldbrand weiß man nie.«

»Wie geht es meinem Sohn?«, fragte Pearl. »Lucky ist doch okay?«

»Lucky? Den wirft so schnell nichts um. Er ist am Jean Lake oben und hilft den Hot Shots aus Palmer, eine

Brandschneise gegen die Flammen zu graben. Es geht ihm gut, Ma'am. Hot-Shot-Teams bestehen aus erfahrenen Spezialisten, die lassen nichts anbrennen. Im wahrsten Sinne des Wortes.«

Carla hatte ihren Rucksack umgeschnallt. »Könnte spät werden«, sagte sie zu Pearl, bevor sie dem Firefighter zu seinem Geländewagen folgte. Sie zog die gelbe Schutzjacke an und nahm den Helm mit auf den Beifahrersitz. Ein leichter Schutzhelm mit einem herunterklappbaren Visier gegen Funkenflug.

Die ersten Meilen kamen sie gut voran. Wegen des Feuers war kaum Verkehr, und nur die dichten Rauchwolken, die aus nordwestlicher Richtung über das Land zogen, machten ihnen zu schaffen. Zusammen mit dem Widerschein der Flammen, die bisher noch in respektvoller Entfernung vom Highway brannten, verband der Qualm sich zu einem orangefarbenen Nebel, der ohne seine verheerenden Auswirkungen sicher als Naturereignis gefeiert worden wäre.

»Seit einigen Tagen geht das schon so«, sagte Phil, »schlimmer war es nur vor zwei Jahren nördlich von Valdez.« Dichte Rauchschwaden, vom Wind über die Straße getrieben, zwangen ihn, langsam zu fahren. »Ihr erstes Feuer?«

Sie blickte nervös in den Rauch. »Einige kleine Brände, nicht zu vergleichen mit der Katastrophe hier. Bekommen Sie das Feuer unter Kontrolle?«

»Wir haben alle Firefighter im Einsatz, die greifbar waren. Sogar ein Hot-Shot-Team aus Montana. Diese Hot-

Shot-Männer sind noch besser ausgebildet als wir, so was wie die Marines der Feuerbekämpfung. Und einige der Piloten, die mit Löschflugzeugen und Hubschraubern unterwegs sind, haben schon riesige Ölbrände in Texas und Mexiko gelöscht. Das Feuer hat keine Chance, aber es wird wohl einige Zeit dauern, bis wir es gelöscht haben.«

»Ich hab gehört, ein Blitz soll es ausgelöst haben.«

»Vor einer Woche gab's ein Gewitter in unserer Gegend, da hat es ordentlich gekracht und geblitzt. So entstehen die meisten Waldbrände. Aber es kann auch was anderes gewesen sein. Eine achtlos weggeworfene Zigarettenkippe, das Lagerfeuer eines Campers, wahrscheinlich erfahren wir das nie.«

»Brandstiftung?«

»So verrückt war hoffentlich keiner.«

Sie hatten die Rauchschwaden durchquert und sahen sich einer Absperrung gegenüber. Ein Schild wies die Autofahrer an, auf das Pilot Car zu warten, das sie über die jetzt einspurige Strecke bis kurz vor Sterling führen würde.

»Wenn wir das Feuer nicht bald unter Kontrolle bekommen, müssen wir den Highway ganz schließen«, sagte Phil. »Unsere Leute sind dabei, eine breite Brandschneise nördlich des Sterling Highway zu graben, nur so können wir die Flammen davon abhalten, die Straße zu überqueren. Ich bin bei dem Team, das die Schneise von Gestrüpp befreit und kleinere Brände löscht.«

Carla wusste, dass ein Teil der Firefighter mit Wasserrucksäcken und einer Pumpe unterwegs war, um abseits der Stützpunkte gegen das Feuer vorgehen zu können. »Und es sind noch keine Menschen zu Schaden gekommen?«

»Zum Glück nicht. Nur ein paar Verletzte mit Rauchvergiftungen.«

»Und Tiere?«

»Tausende«, gestand er, »und wenn Sie Insekten, Käfer und Würmer mitzählen, wahrscheinlich Hunderttausende. Selbst Bären, Wölfe und Elche schaffen es oft nicht, vor einem Feuer zu fliehen. Die Schnelligkeit, mit der sich Flammen ausbreiten, wird meist unterschätzt, auch von Menschen.«

Das Pilot Car war erschienen und wendete vor ihnen. Der Fahrer winkte ihnen zu und fuhr mit flackernden Warnleuchten voraus. Der Wind stand hier günstiger, und es gab nur wenig Rauch, doch als Carla aus dem Seitenfenster blickte, konnte sie die Flammen in einiger Entfernung sehen, flackernde Feuerzungen, die trockenes Gras und Gestrüpp verbrannten und sich gierig an den Schwarzfichten emporfraßen. Ein faszinierender, aber beklemmender Anblick, der ihr Angst einjagte, obwohl das Feuer noch meilenweit entfernt war.

Carla war nach ihrer Rückkehr aus Anchorage von Chief Baxter angerufen worden. »Wir haben hier etliche Leute vom BLM und Fish & Wildlife im Einsatz«, hatte er gesagt, »aber Sie wissen ja, wie diese Beamten sind. Unflexibel wie sonst was. Ich weiß, dass sich am Mystery Creek etliche Wölfe rumtreiben und hätte gern eine Expertin hier. Keine Ahnung, was wir bezahlen können, aber für ein paar Scheine wird es schon reichen. Ich hab was für Wölfe übrig, wissen Sie? Für Tiere überhaupt. Was wären wir in Alaska ohne Tiere? Die Leute kommen vor allem wegen unserer Natur. Wie sieht's aus?«

So hörte Carla nur selten einen Mann reden. Die meisten waren nicht gut auf Wölfe zu sprechen, verteufelten sie und behaupteten, es gäbe sowieso zu viele in Alaska, und dass diese Bestien Kinder und hilflose Alte in Gefahr brächten. Reine Stimmungsmache, wie sie wusste. Wölfe wurden Menschen selten gefährlich, und Schafe und Kälber rissen sie nur, wenn es extrem kalt wurde und sich keine Beutetiere mehr in den Wäldern aufhielten. Sie gingen den Menschen möglichst aus dem Weg. Selbst Einheimische bekamen sie selten zu Gesicht.

Seine Einstellung, für einen Firefighter ausgesprochen bemerkenswert, und seine lockere Sprache nahmen sie sofort für Baxter ein. Normalerweise lag sie mit Regierungsbeamten und anderen Offiziellen im Clinch. Wölfe hatten ein schlechtes Image, auch bei den Behörden. Es gab über zehntausend Wölfe in Alaska. Was machte es schon, wenn ein paar Dutzend verbrannten? Viele Männer waren passionierte Jäger, die Wölfe als Feinde betrachteten.

»Und wie könnte ich helfen?«

»Wir haben genug mit dem Feuer zu tun und damit, gefährdete Menschen aus dem Gefahrenbereich zu bringen. Für Tiere bleibt da wenig Zeit. Die meisten Vierbeiner, die wir finden, sind bereits tot. Am Mystery Creek soll es ein Wolfsrudel geben, vielleicht sogar zwei, und da wir gerade Frühjahr haben, könnten sich einige Welpen in ihren Bauten aufhalten. Wie gesagt, uns fehlen die Leute und das Know-how. Sie wissen, wo Sie suchen müssen, und können vielleicht einige retten, solange das Feuer ihnen nicht zu nahe kommt.«

Carla war überrascht. »Sie rufen mich wegen ein paar Welpen an?«

»Aber ich dachte …«

»Ich bin nur überrascht, Mister Baxter.«

»Chief. Selbst meine Frau nennt mich so.«

»Angenehm überrascht. Und ich bezweifle, dass Sie auch nur einen Dollar für mich lockermachen können. Wie wär's stattdessen mit Apple Pie und leckerem Cappuccino? Mit viel Schlagsahne und Schokostreuseln obendrauf.«

Er lachte. »Das lässt sich machen, Miss.«

»Carla.«

»Carla. Ich lasse Sie im Kenai Inn in Cooper Landing abholen. Okay?«

Auf dem Weg zum Stützpunkt bog Phil auf die Mystery Creek Road nach Norden ab. Die schmale Straße, eigentlich eher ein Feldweg, führte am Bach entlang und war so holprig, dass er ständig gegensteuern musste. Über den Schwarzfichten hingen schmutzige Rauchwolken, die zunehmend dichter wurden. Durch den Rauch waren bereits die Flammen zu sehen, die in den Wäldern weiter nördlich ein Inferno entfacht hatten. Vom Himmel war kaum etwas zu sehen, der Rauch und der Feuerschein versperrten ihnen die Sicht. Eine bedrohliche Umgebung, als wären sie auf einem fremden Planeten.

Das Camp der Firefighter sahen sie erst, als sie schon dicht davor waren. Eine Ansammlung von kuppelförmigen Zelten, die gelb in den Rauchschwaden zwischen den Bäumen leuchteten. Auf dem Boden dazwischen lagen Backpacks und Ausrüstung. Vom anderen Ufer des Mystery Creek drangen die Motorengeräusche zweier Bulldozer herüber, mit denen die Männer eine breite Schneise durch das Unterholz trieben. Als Carla ausstieg, erkannte sie andere Firefighter, die herumliegendes Gestrüpp einsammelten und kritische Stellen mit Wasser aus ihren Löschrucksäcken besprühten. Das Kreischen von Kettensägen begleitete die Männer, die im Weg stehende Bäume fällten.

Phil führte sie zu einem schnauzbärtigen Mann mit gutmütigen Augen. Mit einem Filzstift markierte er irgendwelche Stellen auf einer gefalteten Landkarte, griff nach seinem Funkgerät und wies einige Männer seines Teams an, sich etwas zurückzuziehen. »Denkt an den Wind, der spielt hier ständig verrückt! Den Helden könnt ihr zu Hause spielen, also seht euch gefälligst vor!«

»Chief, das ist Carla, die Wolfsexpertin«, stellte Phil sie vor.

»Höchste Zeit, dass Sie kommen«, erwiderte der Chief. Er sah wie ein Westernheld im Fernsehen aus, um die Fünfzig, aber sportlich und mit der angeborenen Autorität eines Leaders. Auf so einen Mann hörten selbst hartgesottene Burschen. »Ich dachte, Sie wären etwas älter.«

Den Satz hörte Carla oft. »Alt genug für den Job, Chief. Und nicht so jung, wie Sie denken. »Meine Eltern haben mir gute Gene vererbt, das ist alles.«

»Ich spüre langsam, dass ich älter werde«, erwiderte der Chief, »aber so ein Waldbrand ist ein gutes Training.« Er grinste. »Hier geht es schlimmer als in einem Bootcamp zu. Wir arbeiten hier rund um die Uhr. Tag und Nacht.«

»Ich hoffe, ich enttäusche Sie nicht. Wie kann ich helfen?«

Seine Miene verdüsterte sich. »Ich habe leider schlechte Nachrichten. Vor einer Stunde haben wir zwei Kadaver von Wölfen entdeckt. Die Tiere waren nicht markiert. Keine Ahnung, ob sie zum Mystery-Creek-Rudel gehören.«

»Einer mit einer rötlichen Narbe an der Stirn?«

»Keine Ahnung. Sie haben schwer was abbekommen, und man kann kaum noch was erkennen.« Er deutete über die Zelte hinweg. »Sie liegen dort drüben. Phil kann sie Ihnen zeigen. Vielleicht erkennen Sie ja mehr als wir.«

Carla war auf einiges gefasst, erschrak aber dennoch, als sie die verkohlten Wölfe im Gras liegen sah. Sie waren kaum noch als Tiere zu erkennen, und ihre Zähne wirkten inmitten der schwarzen Asche besonders Furcht einflößend. Die Kadaver qualmten noch. Der beißende Gestank war kaum zu ertragen. Während ihrer Arbeit war sie dem Tod schon einige Male begegnet, und sie war immer sehr gefasst gewesen, aber dieser Anblick war beinahe zu viel.

Sie nahm ein Paar Latexhandschuhe aus ihrem Rucksack und beugte sich über die toten Wölfe. Erwachsene Tiere, vielleicht drei oder vier Jahre alt. Ihr Fell war fast vollständig verbrannt. Sie tastete ihre Stirnpartien ab, so behutsam, dass sie Abweichungen von der Norm erkennen würde, brauchte aber mehrere Minuten, bis sie eine Einkerbung im Schädel eines der Wölfe fand.

»Das müsste Luna sein«, sagte sie.

»Luna?« Phil blickte sie fragend an.

»Die Alpha-Wölfin des Mystery-Creek-Rudels«, erklärte sie. »Ich nehme an, sie wurde vom Huftritt eines aufgebrachten Elchs getroffen. Andere Wölfe wären sofort tot gewesen, aber sie war hart im Nehmen. Den anderen Wolf kann ich nicht identifizieren. Männlich, vermute ich. Der Alpha-Wolf?«

Sie kehrte zum Chief zurück und erstattete ihm Bericht. »Sie wissen, was das bedeutet«, schloss sie. »Wenn es Welpen gibt, was ich doch stark annehme, sind sie jetzt ohne Mutter und sitzen vielleicht hilflos in ihrem Bau.«

»Da können wir wahrscheinlich nicht mehr viel ausrichten.«

»Ich könnte es doch versuchen?«

Statt einer Antwort krachte ein Schuss in unmittelbarer Nähe. Selbst der Chief zuckte zusammen und sagte: »Ich glaube, jetzt haben wir noch einen toten Wolf. Das war Jason. Der Wolfsjäger, den die Farmer geschickt haben.«

2

Carla glaubte, sich verhört zu haben. Sie blickte ungläubig in die Richtung, aus der das Echo des Schusses kam, und fragte: »Jason? Jason Harper?«

»Sie kennen den Burschen?«

»Wir sind uns mehrmals begegnet«, erwiderte sie.

»Eine Tierschützerin und ein Wolfsjäger … ein interessantes Treffen. Sie hatten sich bestimmt einiges zu sagen.« Das Motorengeräusch eines Four-Wheelers drang durch die Bäume. »Das wird er sein. Er legt den Kadaver sicher bei den verbrannten Wölfen ab.« Er überlegte kurz. »Sie sehen so aus, als wollten Sie ihm unbedingt die Meinung sagen. Tun Sie's, aber brechen Sie keinen Streit vom Zaun. Wir kommen nur gegen so ein Feuer an, wenn wir alle zusammenhalten. Persönlicher Zoff hat bei uns nichts zu suchen.«

»Aye, Chief.«

Carla erkannte den Wolfsjäger, noch bevor sie auf die Lichtung mit den toten Wölfen trat. Er hatte sich nicht verändert, war noch immer der drahtige Mann mit dem kantigen Gesicht, den dunklen Augen und den breiten Schultern. Er stammte aus Montana, ein echter Cowboy, der auf der Ranch seiner Eltern in Montana aufgewachsen war, Rinder gehütet und bei zahlreichen Rodeos gewonnen hatte. Deshalb auch die leicht gekrümmten Beine. »Die haben alle Cowboys«, hatte er mal gesagt, »kommt vom Reiten.«

Jason war gerade dabei, den erlegten Wolf neben die verkohlten Kadaver zu legen, als er Carla bemerkte. »Carla! Das hätte ich mir ja denken können.«

»Tolle Begrüßung.«

»Ich musste den Wolf erschießen«, kam er ihr zuvor. Er rieb sich die Hände an seiner Schutzhose trocken und trat einen Schritt auf sie zu. Mit dem Schutzhelm sah er nicht gerade wie ein Cowboy aus, aber auch sie nicht wie eine Wolfsexpertin. »Sieh ihn dir an, seine Hinterläufe waren fast verbrannt. Er hätte nie wieder laufen können. Ich hab ihm den Gnadentod geschenkt.«

»Wie großzügig. Erst schießen, dann fragen. Wie im Wilden Westen.«

»Dass der Wolf am Ende war, hätte ein Blinder gesehen. Er schleppte sich mit den Vorderläufen durch den Rauch und muss unsagbare Schmerzen gehabt haben. Ich hab ihm einen Gefallen getan, Carla, das sieht man doch.«

»Und wieso haben dich ausgerechnet die Farmer verpflichtet? Hoffen sie, dass du bei der Gelegenheit gleich noch ein paar gesunde Wölfe erledigst?«

Jason nahm den Helm ab und fuhr sich mit gespreizten Fingern durch die Haare. Sein Gesicht war gerötet, und er schwitzte stark. Er musste nahe am Feuer gewesen sein. »Selbst wenn es so wäre … du müsstest doch inzwischen wissen, dass ich die Wölfe nicht aus Mordlust erledige. Ich bin kein Killer, auch wenn du das immer noch glaubst.« Er setzte sich den Helm wieder auf.

»Du benimmst dich aber wie einer!« Sie blickte auf den erlegten Wolf, den die Kugel genau ins Herz getroffen haben musste. »Sieh ihn dir doch an!«

»Ich bin kein Kopfgeldjäger.«

»Ich werde trotzdem nie verstehen, warum du ausgerechnet Wölfe umbringen musst. Macht es dir so viel Spaß, die Tiere abzuknallen? In Alaska gibt's doch auch Ranches. Du könntest als Cowboy arbeiten, wie in Montana.«

»Die drei Monate im Sommer? Und was mache ich im Winter?«

Sie führten immer die gleiche Auseinandersetzung und kamen niemals zu einer Einigung. Er behauptete, dass das Töten von Wölfen ein Job wie jeder andere war und auch nicht unmenschlich sei, weil er Wölfe niemals aus Spaß töte, und sie wehrte sich gegen das unnütze Töten von Tieren, die Ranchern und Farmern nicht gefährlich wurden.

Wenn er nur nicht so verteufelt gut aussähe, dachte sie und begann zu husten, als mit dem plötzlich drehenden Wind dunkle Rauchschwaden heranzogen und ihr für einen Augenblick den Atem nahmen. Auch Jason hustete, zog ein Taschentuch hervor und reichte es ihr. Es nützte wenig gegen den Rauch.

»Verdammt ungemütlich hier«, sagte sie nach einer Weile.

»Und heiß«, fügte er hinzu.

Sie gab ihm das Taschentuch zurück. Es tat ihr beinahe leid, dass sie ihn wieder so scharf angegangen hatte. »Bleibst du noch lange in der Gegend?«

»Bis das Feuer unter Kontrolle ist.«

»Ich werde wohl auch eine Weile bleiben.«

Sie wollte noch etwas sagen, irgendetwas Nettes, dass ihm zeigte, wie sehr sie ihn eigentlich mochte, als Phil zwischen den Bäumen hervortrat. »Ah, da sind Sie, Carla. Der Chief will Sie sehen. Wir haben die Welpen gefunden.«

»Ich muss gehen«, sagte sie.

Der Chief wartete bereits. »Ich hab Ihnen doch gesagt, dass wir für persönlichen Kram keine Zeit haben. Bei so einem Feuer zählen oft Sekunden. Wenn Sie hier was erreichen wollen, müssen Sie sich an die Regeln halten.«

»Tut mir leid, Chief.«

Baxter reichte ihr einen Helm mit Klappvisier. »Hier, nehmen Sie den. Klappen Sie das Visier runter, sonst fliegen Ihnen Funken in die Augen. Das tut höllisch weh, und wenn Sie Pech haben, können Sie nichts mehr sehen.«

Sie tauschte den Helm aus, bekam es plötzlich mit der Angst zu tun.

Er sah, wie sie zögerte. »Ich bringe Sie hin. Wenn Sie dicht hinter mir bleiben, kann Ihnen nichts passieren.« Er überprüfte ihre Kleidung und nickte zufrieden. »Wir gehen nicht weit. Eine Viertelmeile am Bach entlang und dann ans andere Ufer. Dort ziehen meine Männer eine zweite Brandschneise und glauben, auf den Wolfsbau gestoßen zu sein. Sind Sie bereit, Carla?«

»Das will ich doch hoffen.«

Sie bahnten sich einen Weg durch das Ufergestrüpp, liefen einer hinter dem anderen am Bach entlang und gerieten dabei dichter an die Flammen heran, die an manchen Stellen sogar drohten, auf ihre Seite überzugreifen. Der Wind stand ungünstig, trieb ihnen mörderische Hitze entgegen, die trotz der Schutzkleidung schmerzhaft auf der Haut zu brennen schien. Durch das teilweise verschrammte Visier sah sie die Flammen in den Baumkronen toben, gelb und rot flackernd, auf fatale Weise faszinierend schön und gleichzeitig bedrohlich. Das Knistern und Knattern des Feuers war extrem laut, der heiße Atem eines Ungeheuers, das alles verschlingen wollte, was sich ihm in den Weg stellte. Jeder Schritt schien sie ihrem Untergang näher zu bringen.

Bevor Baxter den Bach überquerte, sah er sich nach ihr um. Carla war nur wenige Schritte hinter ihm und rief: »Alles klar, Chief!«. Sie stapfte hinter ihm durch den knöcheltiefen Bach, vorsichtig einen Fuß vor den anderen setzend, damit sie auf den glatten Flusskieseln nicht ausrutschte, und ließ sich von ihm auf die Uferböschung helfen. Die Luft glühte vor Hitze. Der heiße Wind wehte leuchtende Funken heran, die wirkungslos auf ihrer Schutzkleidung und dem feuerfesten Visier zerplatzten. Die Hitze war kaum noch zu ertragen.

Aus der Ferne war bereits der Bulldozer zu hören, aber es dauerte noch über eine Viertelstunde, bis sie ihr Ziel erreicht hatten. Dass sie länger als von Baxter vermutet gebraucht hatten, lag vor allem an dem sich ständig drehenden Wind, der sie immer wieder zu Umwegen gezwungen hatte. Vor ihnen hatten die Firefighter eine Schneise quer durch eine Lichtung geschlagen, breit genug, um das Feuer am Übergreifen zu hindern und den Waldbrand wenigstens auf dieser Seite zu stoppen. Die Flammen auf der anderen Seite loderten so heftig, dass man nicht mal den Himmel sah und keine Ahnung hatte, ob es schon Abend war. Hier draußen gab es nur das Feuer, eine elementare Macht von ungeheurer Zerstörungswut, die keine anderen Gefühle zuließ, nur die Angst, von dem tobenden Ungeheuer verschlungen zu werden.

Als sie in die aufgewühlte Erde der Brandschneise stiegen, kam ihnen einer der Firefighter entgegen. Er gehörte zu dem Team, das die gerodeten Furchen von Gestrüpp und Unkraut befreite. »Chief … Miss …«, begrüßte er sie. »Der Bau ist da hinten.« Er ging bereits voraus, führte sie über die Brandschneise zu einer steilen Böschung, wo das Feuer zum Greifen nahe war.

Er bückte sich vor dem Eingang zur Wolfshöhle. »Wir hätten den Bau beinahe übersehen, aber dann hat einer der Welpen seine Nase rausgestreckt. Aber als wir ihn packen wollten, zog er sich rasch wieder zurück. Wir kommen da nicht rein, Chief, aber die Lady ist schlank, die könnte es schaffen.«

»Ich will's versuchen«, sagte sie. Sie legte sich vor dem Eingang auf den Boden, schaltete die Taschenlampe ein, die der Chief ihr reichte, und robbte in den Bau hinein. Der Gang war gerade so breit und hoch, dass sie hindurchpasste. Mit ihrem Körper blockierte sie alles Licht, das von draußen hereinfiel, und war auf den Lichtstrahl ihrer Taschenlampe angewiesen, brauchte aber einige Zeit, bis sich ihre Augen an das Dämmerlicht gewöhnt hatten.

»Alles okay?«, drang es dumpf von draußen herein.

»Alles klar, Chief«, antwortete sie.

Sie war froh, nicht an Platzangst zu leiden, sonst wäre sie in dem engen Bau sicher durchgedreht. Auch so fiel es ihr schwer, ruhig zu bleiben. In dieser Enge war die Hitze noch unerträglicher, und sie fürchtete, keine Luft mehr zu bekommen und zu ersticken. Nur mühsam behielt sie sich unter Kontrolle.

Im Schein der Taschenlampe suchte sie nach den Welpen. Erst nachdem sie fast vollständig in den Bau gekrochen war, sah sie die jungen Wölfe verängstigt in einer Ecke hocken. Nur zwei Tiere waren noch am Leben. Die anderen drei waren tot. »Keine Bange«, beruhigte sie die Welpen, »ich bin gekommen, um euch zu helfen. Zuerst mal müssen wir hier raus, und dann bringe ich euch zu einem Arzt. Habt keine Angst, wir kriegen euch wieder hin.«

Sie nahm die Taschenlampe in den Mund und packte die Welpen mit beiden Händen. Die Kleinen wehrten sich nicht, waren viel zu schwach und erschöpft. Auf Knien und Ellbogen kehrte sie mit den Welpen ins Freie zurück.

»Wow!«, staunte der Firefighter. »Das war ganze Arbeit!«

Carla reichte dem Chief einen der beiden Wölfe und wischte sich mit der freien Hand den Schweiß von der Stirn. Der Firefighter half ihr auf. »Keine Wunden, aber sie sehen schwach aus«, sagte sie, nachdem sie die Tiere flüchtig untersucht hatte. »Ich schätze mal, sie waren zwei, drei Tage allein. Sie sind dehydriert und brauchen dringend Ersatz-Muttermilch. Haben wir alles bei uns im Wolf Center. Um sie aus dem Gröbsten herauszuholen, müsste ich Ihnen etwas Zuckerwasser einflößen, das haben Sie doch sicher im Camp?«

»Kein Problem«, erwiderte der Chief. »Phil soll Sie mit den Welpen nach Cooper Landing fahren. Dort gibt es einen Tierarzt, der die Versorgung der Kleinen übernehmen kann, bis Ihre Leute kommen. Fahren Sie mit den Welpen zurück?«

»C.J., so heißt unser Tierarzt und Chefpfleger, wird mit dem Flieger kommen. Wir haben gute Beziehungen zu den Flugdiensten. Aber ich würde gern noch zwei, drei Tage bleiben, falls die Mutter eines Welpen auftaucht.«

»Kein Problem. Meinen Sie, die Mutter ist noch am Leben?«

»Ehrlich gesagt, habe ich nicht viel Hoffnung.« Sie dachte an den Wolf, den Jason erschossen hatte. Eine Wölfin. »Für solche Fälle haben wir Muttermilch eingefroren. Wir kriegen sie wieder gesund, da bin ich sicher, aber es wird einige Zeit dauern. Wie Menschen, die bei so einer Katastrophe ein Trauma erleiden können, müssen auch Tiere einen solchen Schock erst mal überwinden. Unsere Leute sind für so was ausgebildet, vor allem C.J.«

Mit den Wölfen im Arm kehrten sie zum Camp zurück. Jason war nicht mehr dort, aber einige Firefighter, die gerade abgelöst worden waren, blickten neugierig zu ihr herüber, wegen der Welpen oder ihretwegen, vermochte sie nicht zu sagen. Sie rührte Zuckerwasser an und flößte den Welpen etwas davon ein, um eine weitere Dehydration zu vermeiden und den größten Hunger zu stillen, dann legte sie die jungen Wölfe auf ihren Rucksack und zog ihr Handy heraus. Ein Wunder, dass sie in dieser abgelegenen Gegend Empfang hatte. Es klingelte ein paarmal, bis C.J. an den Apparat kam. »Hi, C.J.«

»Carla! Ich kann dich kaum verstehen. Was gibt's?«

Sie erklärte ihm in wenigen Worten den Sachverhalt. »Überrede Randy, dich mit der Cessna herzufliegen.« Randy veranstaltete Touristenflüge zum Gulkana-Gletscher und zum Mount Denali. »Morgen früh am Kenai Inn.«

»Wird gemacht.«

»Danke. Sonst alles okay bei dir?«

»Ja, bis auf die Niederlage im Februar.«

Im Februar hatten die San Francisco 49ers den Superbowl verloren. Ein Nackenschlag für C.J., einen der größten Fans des Footballclubs.

»Irgendwann kommst du drüber weg. Bis morgen!«

Sie steckte ihr Handy weg und kehrte zu Baxter zurück. Der Chief versprach, ihr bei dem Papierkram für die Adoption der Wolfswelpen zu helfen, er habe gute Beziehungen zu den Behörden auf der Kenai-Halbinsel, und rief Phil herbei. Er trug ihm auf, sie zum Tierarzt und zu ihrem Hotel zu fahren. »Und dann komm gleich wieder zurück! Hier gibt's einiges zu tun.« Er blickte Carla an. »Morgen müssen Sie sich leider selbst einen Wagen in Cooper Landing besorgen. Jetzt kennen Sie ja den Weg. Rufen Sie mich auf dem Handy an, wenn es Probleme gibt. Und sorgen Sie sich nicht wegen des Papierkrams. Es hat bestimmt niemand was dagegen, dass Sie die Welpen in Ihrem Center aufziehen. Im Gegenteil, die Leute sollten Ihnen dankbar sein.«

»Vielen Dank für alles, Chief! Sie haben mir sehr geholfen.«

Carla stieg neben Phil in den Geländewagen. Er wäre wohl lieber beim Feuer geblieben und hätte seinen Kameraden geholfen, schien sie aber zu mögen und sich in ihrer Gegenwart wohlzufühlen. Auch sie mochte den Firefighter, vor allem, weil er wenig Aufhebens von seinem Job machte. Sie mochte Männer nicht, die sich als Helden verkauften und den »Action Hero« spielten. Es reichte ihr, wenn sie solche Machos im Kino oder Fernsehen sah.

»Ganze Arbeit!«, lobte er, als sie die beiden Welpen auf die Rückbank legte und mit einer Wolldecke zudeckte. »Ohne Sie hätten wir die Welpen da nicht mehr rausgeholt. Wie geht es den beiden?«

»Sie brauchen dringend ärztliche Hilfe.«

»Dann rufen wir wohl besser Dr. Chandler an.« Er wählte die Nummer des Tierarztes in Cooper Landing und ließ Carla sprechen, als der Arzt sich meldete. Sie nannte ihren Namen, schilderte Dr. Chandler, was geschehen war, und teilte ihm mit, dass sie in spätestens einer halben Stunde bei ihm wären.

Während der Fahrt blieben die lodernden Flammen in den Rückspiegeln, bis sie den Highway erreicht hatten und nach Cooper Landing zurückfuhren. Noch vor dem Hotel bogen sie nach links ab und parkten vor dem Haus von Doktor Chandler. Der Tierarzt war ein leicht gebückter Mann in den Sechzigern, trug einen Anzug, der ihm mindestens zwei Nummern zu groß war, und violette Crocs, die weder zu seinem geröteten Gesicht noch zu seiner Erscheinung passten. Beim Anblick der Welpen zog er überrascht die Augenbrauen hoch. »Und die haben Sie vor dem Feuer gerettet?«, fragte er den Firefighter.

»Sie.« Phil deutete auf Carla. »Sie kennt sich mit Wölfen aus.«

Dr. Chandler wunderte sich. »Auf den Tisch mit ihnen.«

Der Tierarzt untersuchte die Welpen gründlich, konnte glücklicherweise keine Verletzungen feststellen. »Ich würde sie gerne eine Nacht hierbehalten«, sagte er. »Ich hab die passende Milch hier und würde sie mit einigen Medikamenten aufpäppeln. Bis morgen früh dürften sie transportfähig sein.«

»Das trifft sich gut«, sagte sie. »Dann hole ich sie morgen früh ab.«

Bis zum Hotel war es keine zwei Meilen. Obwohl bereits der Abend nahte, war es noch hell, lediglich die Rauchwolken über den Wäldern vermittelten den Eindruck, die Dämmerung habe schon eingesetzt oder ein Unwetter nähere sich der Siedlung. Phil hielt auf dem Parkplatz und druckste ein wenig herum. »Darf ich Sie um einen Gefallen bitten, Carla?«

Sie wusste nicht, was sie von seinen Worten halten sollte. »Nämlich?«

»Würden Sie die beiden Welpen Maya und Duke nennen?«

»Maya und Duke?«

»So hießen die beiden Kinder, die bei einem meiner letzten Einsätze ums Leben kamen. Die Eltern sind mit uns befreundet, und es würde ihnen sicher viel bedeuten. Natürlich nur, wenn es geht. Ich wäre Ihnen sehr dankbar.«

Sie lächelte, erleichtert darüber, keine unerfüllbare Bitte gehört zu haben. »Ich denke, das lässt sich machen. Wir haben einen Cody, Ghost, Kawa, Merlin und Doc Holliday, da würden eine Maya und ein Duke gut zu passen.«

»Danke ... und mailen Sie mir ein Foto von der Taufe, okay?«

Carla kramte eine Visitenkarte aus ihrer Anoraktasche und reichte sie ihm. »Okay ... aber vorher mailen Sie mir die Adresse des Ehepaars. Wir müssen das Einverständnis der beiden einholen. Nicht dass wir Ärger bekommen.«

»Geht klar«, erwiderte er. »Wir sehen uns morgen.«

Die Adresse kam noch vor dem Abendessen, das bei Pearl im Preis enthalten war. Und in der Begleitmail stand: »Es hat Spaß gemacht mit Ihnen. Phil.«

3

In Cooper Landing gab es keinen Mietwagenverleih, aber Pearl stellte ihr den Pick-up zur Verfügung, den sie sonst nur für Geländefahrten und größere Einkaufstouren einsetzte. Die Miete hielt sich im Rahmen. C.J. hatte bereits angerufen und Carla mitgeteilt, dass er gegen acht Uhr beim Hotel sein würde.

»Das muss er sein«, sagte Carla, als sie den Motor einer Cessna hörte und die Maschine auf dem Kenai Lake landen sah. Sie verabschiedete sich von ihrer Wirtin, legte ihren Rucksack auf den Beifahrersitz des Pick-up und kletterte zum Ufer hinab. Die Morgensonne hatte sich durch den Rauch gekämpft und spiegelte sich auf dem Rumpf und in den Fenstern der kleinen Maschine.

C.J. kletterte heraus und begrüßte sie sorgenvoll, ein schlaksiger Mann um die Vierzig mit wachen Augen. Er trug einen Overall, einen weinroten Anorak und die rote Kappe mit dem Logo der San Francisco 49ers. »Sieht nicht gut aus, das Feuer. Ich dachte zuerst, wir fliegen in Gewitterwolken.«

»Aus der Nähe gefällt es mir noch weniger«, erwiderte Carla. Sie kletterten die Uferböschung hinauf und stiegen in den Pick-up. Carla fuhr auf den Highway und lenkte den Wagen nach Westen. »Schon von Rosita gehört? Wie lange ist sie jetzt weg? Zwei Monate? So lange kann das doch nicht dauern.«

»Die Tierfreunde, die *Salva un amigo* von ihr übernommen haben, kommen mit dem Laden nicht zurecht. Sie verstehen was von Hunden und wie man die verwahrlosten Straßenhunde wieder landfein bekommt, aber von Politik und Marketing haben sie keine Ahnung, und ohne das Wissen kriegt man so einen Laden nicht in Schwung. Die Polizei ist auch keine große Hilfe.«

»Dann müssen sie jemanden einstellen, der davon Ahnung hat.«

»Solche Leute wachsen nicht auf den Bäumen. Und die, die Bescheid wissen, wollen nicht umsonst arbeiten. Die meisten glauben, die Arbeit dort hätte doch sowieso keinen Zweck. Die Straßenhunde vermehren sich schneller, als man sie retten kann, und die Arbeit bei *Salva un amigo* ist ziemlich frustrierend. Rosita hält den Laden mit ihrer Begeisterung und ihrer Tatkraft beisammen, aber ihre Freundinnen machen langsam schlapp. Ohne Rosita könnten sie das Center bald zumachen.«

»Das hört sich nicht gut an.«

»Nein, das tut es nicht, aber ...«

»Aber?«

»Ich glaube, dass Rosita nicht nur wegen der Hunde nach Pereira geflogen ist. Sie hat Heimweh. Sie hat es nie zugegeben, solange sie hier war, aber sie sehnt sich nach Kolumbien zurück. Seine Heimat vergisst man nicht so schnell.«

»Dann fällt die Hochzeit erst mal flach?«

»Sobald wir etwas Luft haben, fliege ich zu ihr. Ich weiß nicht, ob ich es lange in Kolumbien aushalten würde, aber ich will wenigstens mal ein paar Tage zu ihr, um meinen guten Willen zu zeigen. Keine Ahnung, was danach passiert. Für eine Wochenendehe ist Kolumbien ein bisschen weit, und Wölfe gibt's da auch keine. Ich arbeite gerne mit Wölfen ... und ich liebe Rosita.«

»Ich bin sicher, dir wird was einfallen, C.J.«

Sie hatten das Haus von Dr. Chandler erreicht. Maya und Duke wirkten munterer als am Vorabend, würden aber noch viel Pflege und Zuneigung benötigen, um sich vollständig von ihrem Trauma zu erholen. »Die beiden hatten Glück«, sagte der Tierarzt zu Carla. »Wären Sie nur ein paar Minuten später gekommen, wären sie wahrscheinlich verbrannt.«

»Wir kümmern uns um sie«, versprach sie noch einmal.

Sie waren gerade dabei, die jungen Wölfe auf die Rückbank zu legen, als ein Mann in einem Pick-up anhielt und sein Beifahrerfenster herunterließ. Er hatte das verwitterte Gesicht eines Farmers und versteckte einen Teil seiner weißen Haare unter einer Baseballkappe. »Wo haben Sie die denn her?«

»Die haben wir vor dem Feuer gerettet.«

»Tierschützer?«

»Was dagegen?«

Schon nach seiner ersten Frage hatte Carla erkannt, dass sie es mit einem Wolfshasser zu tun hatte, einem dieser unverbesserlichen Typen, die Wölfe als »blutgierige Killer« bezeichneten und auch selbst gern zur Waffe griffen, wenn sie einen Wolf zu Gesicht bekamen. Man merkte es an dem verächtlichen Grinsen, mit dem sie auf Wölfe herabblickten.

»Warum haben Sie die Viecher nicht verbrennen lassen? Haben wir nicht genug Wölfe in Alaska? Wenn's nach mir ginge, täten wir gut daran, ein paar Hundert ins Jenseits zu schicken. Dafür ist so ein Wildfeuer doch gar nicht schlecht. Ein paar mehr davon, und wir sind die ganze Brut endlich los!«

»Und dass auch Menschen in Gefahr kommen, ist Ihnen egal?«

»Das regeln unsere Firefighter«, erwiderte er, »die werden mit jedem Feuer fertig. Was nervt, sind Tierschützer wie Sie, die selbst kleine Bestien wie diese Wölfe retten. Wer weiß, was die Viecher für Krankheiten einschleppen.«

Carla hatte schon viele Wolfshasser wie diesen Mann getroffen und hatte gelernt, nicht jedes Mal durchzudrehen und eine Schimpfkanonade loszulassen. Damit kam man bei Typen wie ihm nicht weit. Stattdessen nahm sie sich die Zeit, auf die Angriffe mit vernünftigen Argumenten zu antworten. »Sie sind ungerecht, Mister«, sagte sie. »Wölfe gehören zu unserer Natur wie Bären und Elche und alle anderen Tiere. Ohne sie funktioniert der Kreislauf in der Natur nicht. Sie nennen diese Wölfe ›Bestien‹, dabei sind sie sehr sozial und uns Menschen ähnlicher, als viele denken. Sie töten nicht aus Mordlust. Sie töten nur, was sie zum Überleben brauchen, meist kranke und schwache Tiere, und sorgen auf diese Weise für das Gleichgewicht in der Natur. Ihren schlechten Ruf haben sie aus Märchen und Horrorgeschichten.«

»Klugscheißerin!«, lästerte der Mann. Er beugte sich zum Fenster hinüber und blickte sie verächtlich an. »Ich traue Wölfen nicht von hier bis zum Waldrand. Wenn Wölfe solche Unschuldslämmer wären, wie Sie sagen, warum haben sie dann eins meiner Kälber gerissen? Wenn das so weitergeht, muss ich Elektrozäune aufstellen. Dann röste ich die verdammten Bestien!«

»Sie sind ungerecht, Mister.«

»Und Sie blauäugig. Wenn's nach mir ginge, kann es ruhig noch ein paar Waldbrände geben. Solange dabei Wölfe draufgehen, ist alles okay. Und wenn nicht, helfen wir mit der Knarre nach.« Er grinste frech und fuhr davon.

Dr. Chandler stand in der offenen Tür und winkte ab. »Machen Sie sich nichts draus, der benimmt sich jedes Mal wie ein Rüpel. Don Quigley, ihm gehört eine der größten Farmen auf der Halbinsel. Er hat mal einen Wolf bis in die Berge verfolgt und stürzte einen Hang hinab. Er konnte von Glück sagen, dass ihn ein Suchtrupp fand und rechtzeitig ins Krankenhaus brachte. Der Wolf konnte gar nichts dafür, dass er abrutschte, aber er machte ihn natürlich verantwortlich dafür und hasst Wölfe seitdem noch mehr als früher.«

»Und deswegen ein solcher Hass?«

»Nicht nur deswegen, vermute ich. Kurz vor seinem Unfall hatte ihn seine Frau verlassen. Kein Wunder, wenn Sie mich fragen, er gehört nicht gerade zu den umgänglichsten Menschen. Wahrscheinlich ist er deshalb so wütend.«

»Geben Sie ihm ein Beruhigungsmittel, Doc.«

»Ja, eins für Pferde.«

Sie fuhren langsam zum Hotel zurück. C.J. blickte sich mehrmals zu den Welpen um, die es sich auf der Wolldecke bequem gemacht hatten und wohl noch nicht so recht fassen konnten, was mit ihnen geschah. »Maya und Duke, hm? Die Namen gefallen mir. Ihr werdet es gut bei uns haben, ganz sicher.«

»Gibt's was Neues im Center?«, fragte Carla.

Er blickte sie erstaunt an. »Du bist doch erst einen Tag weg.«

»Und vorher war ich bei einer Tagung«, erinnerte sie ihn, »schon vergessen? Die Einzige, mit der ich gesprochen habe, war Amy, die mich wieder mal daran erinnerte, dass ich endlich meine Wette einlöse. Einen Monat lang nur von Grünzeug leben, weil sie den neunzehnten Platz beim Iditarod geschafft hat, das ist bitter. Ich hatte eigentlich gedacht, sie hätte es vergessen.«

»Amy vergisst nichts. Seitdem sie weiß, wie gern ich Chips zum Football esse, liegt sie mir ständig damit in den Ohren. Zum Glück meint sie es nicht so ernst, wie sie tut. Irgendwann erwische ich sie mit Chicken McNuggets.«

Carla lachte. »Da kannst du lange warten. Was Neues von Linda?«

»Sie ist wieder mal verliebt.«

»Das ist nicht neu.«

»In Eddy Mandell, den Musher aus North Pole.«

»Den hatte sie doch schon bei ihrer Buchpremiere auf dem Schirm?« Ihre Kollegin hatte mit »Von Wölfen und Menschen« einen Bestseller gelandet. »Ich dachte, der wäre nur was für zwischendurch gewesen, als Ablenkung.«

»Als Ablenkung von ihrem Ex?«

»Als Ablenkung von ihren beiden Ex-Männern.«

Sie hatten den Parkplatz des Hotels erreicht und blieben noch einen Augenblick sitzen. Die Sonne war verschwunden. Der Wind hatte neue Rauchwolken nach Osten getrieben, und der Himmel zeigte sich im düsteren Grau.

»Aber mit Eddy scheint es ihr ernst zu sein. Sie will sogar mit ihm auf Tour gehen. Drei Tage mit Zelt und Hundeschlitten. Auf so was stand sie früher nie. Sie benutzt auch nicht mehr so viel Make-up, das sähe natürlicher aus.«

»Kaum ist man ein paar Tage nicht da …« Carla lachte wieder. »Aber ich würde es ihr gönnen. Dieses Hin und Her mit ihren Ex-Männern war ja nicht zu ertragen. Die beiden Romeos hätte ich keines Blickes mehr gewürdigt.«

Carla half ihrem Kollegen, die Welpen zum Flugzeug zu tragen und verabschiedete sich von ihm und dem Piloten. »Ich melde mich, sobald ich hier fertig bin«, rief sie dem Mann im Cockpit zu. »Bis bald, Maya und Duke!«

Sie wartete, bis die Cessna gestartet war, und ging zu Pearl ins Hotel. Die Wirtin stand in der Küche, einen Becher mit Kaffee in der Hand, und wirkte nachdenklich. Sie hob ihren Becher. »Auch einen? Hab ich gerade gekocht.«

»Nein, danke. Ist irgendwas?«

»Lucky, mein Sohn … er ist verletzt.« Sie hatte Tränen in den Augen. »Sein Chief hat mich angerufen. Ein brennender Ast hat ihn am Hals getroffen. Sie haben ihn mit dem Hubschrauber ins Central Peninsula Hospital nach Sterling gebracht. Ich hab dort angerufen, aber sie konnte mir noch nichts sagen. Sie würden ihn gerade operieren. Es muss ihn schwer erwischt haben.«

»Soll ich Sie hinfahren?«

»Geht nicht, sie haben den Highway gesperrt. Von der Mystery Creek Road bis kurz vor Sterling. Ich lasse mich hinfliegen, falls es ernster wird.«

»Das tut mir leid, Pearl.«

»Damit muss man bei dem Job immer rechnen«, sagte Pearl unter Tränen. »Die Firefighter setzen ihr Leben für uns ein. Wussten Sie, dass auch Frauen dabei sind?« Sie rechnete wohl nicht mit einer Antwort. »Hab ich das richtig gesehen? Sie haben zwei Welpen gerettet. Wie haben Sie das geschafft?«

Carla verriet es ihr. »Aber ohne den Chief und die anderen Firefighter wäre das nicht gegangen. Ich hab allerdings auch drei tote Wölfe gesehen. Auch Tiere leiden unter so einem Feuer.« Sie wusste, dass Pearl ganz andere Sorgen hatte, und legte ihr tröstend eine Hand auf die Schultern. »Es ist bestimmt nicht so schlimm, wie Sie denken, Pearl. Sie gehen nur gern auf Nummer sicher.«

»Wollen wir's hoffen.« Sie schniefte leise.

»Jetzt könnte ich doch einen Kaffee vertragen«, sagte Carla, auch um ihre Wirtin ein wenig zu beschäftigen und sie von ihrer Sorge abzulenken. Sie setzte sich an den Esstisch und nickte dankbar, als Pearl den Kaffee brachte. Sogar Milch und Zucker hatte sie dabei, obwohl Carla lieber Süßstoff nahm.

»Ich bleibe noch ein paar Tage«, sagte sie.

»Kann man denn noch Wölfe aus den Flammen retten?«

»Wahrscheinlich nicht. Meines Wissens gab es nur das Mystery-Creek-Rudel in dieser Gegend. Ein großes Rudel, neun Wölfe, soviel wir wissen, die Welpen nicht mitgezählt, also müssten noch sechs in den Bergen sein. Aber ich bezweifle, dass sie das Feuer überleben. Ihr Revier liegt im Brandgebiet, und es grenzt an ein Wunder, dass wir die Welpen retten konnten.«

»Sie lieben Wölfe, nicht wahr?«

Carla nickte, froh darüber, die Wirtin etwas ablenken zu können. »Ich mag sie, weil sie uns Menschen sehr ähnlich sind und das Zusammenleben im Rudel perfektioniert haben. Jeder hat seine Aufgabe, einer steht für den anderen ein. Und ich verteidige sie, weil sie viel besser sind als ihr schlechter Ruf.«

»So habe ich Wölfe nie gesehen.«

»Was nicht heißen soll, dass ich Menschen verachte«, fügte sie schnell hinzu. »Natürlich würde ich mich erst um einen Menschen kümmern, bevor ich nach einem Wolf sehe. Wenn ich auch nicht alle Menschen mag. Aber mit den Wölfen ist es ähnlich wie mit den Menschen. Es gibt gute und schlechte Charaktere. In einem Wolf Center wie unserem lernen Sie die alle kennen.«

Das Handy der Wirtin klingelte.

»Das Krankenhaus«, sagte sie, bevor sie dranging. Sie hörte sich an, was die Stimme am anderen Ende zu sagen hatte, und Carla erkannte, wie sich ihre Gesichtszüge immer mehr entspannten. »Gott sei Dank!«, sagte sie. »Sagen Sie ihm, dass ich an ihn denke und ihn besuchen komme, sobald ich kann.«

Sie legte auf und weinte, diesmal vor Glück und Erleichterung. »Die Operation ist gut verlaufen«, sagte sie. »Sie mussten was Künstliches an der Halswirbelsäule einsetzen und werden ihn zwei bis drei Wochen krankschreiben, auch wegen der Verbrennungen, aber selbst die wären nicht so dramatisch und er könnte bald wieder arbeiten. Er hätte großes Glück gehabt.«

»Na, sehen Sie? Ein Firefighter ist hart im Nehmen.«

»Er ist ein guter Junge.«

»Wenn Sie ihn besuchen wollen … ich komme hier auch allein zurecht.«

Sie winkte ab, immer noch berauscht von der guten Nachricht. »Sobald er wieder einigermaßen auf dem Damm ist, werde ich mit ihm skypen. Falls das Internet funktioniert. Und Sie? Fahren wieder hinaus zu den Firefightern?«

»Für ein paar Stunden«, sagte sie. Sie trank von dem Kaffee, etwas zu stark und zu bitter, aber es war eben kein Cappuccino. »Auch wenn ich wahrscheinlich nur tote Wölfe sehen werde … wenn überhaupt. So wie es aussieht, sind die Welpen die einzigen Überlebenden des Mystery-Creek-Rudels.«

Nachdem sie ihren Kaffee ausgetrunken hatte, stieg sie in den Pick-up und fuhr auf den Sterling Highway zurück. Je weiter sie nach Westen fuhr, desto stärker war ihr Gefühl, dass der Rauch noch dichter geworden und das Feuer noch näher an die Straße herangerückt war. Wohl der Grund, warum sie den größten Teil des Highways gesperrt hatten. Sie hatte ihre Schutzjacke angezogen und Handschuhe und Helm neben sich auf dem Beifahrersitz liegen, fuhr zum ersten Mal allein in den Rauch hinein und war entsprechend ängstlich. Sie konnte sich nicht vorstellen, als Firefighterin zu arbeiten, zu stressig und gefährlich, doch so dachten manche Menschen auch über ihren Beruf.

Über der Mystery Creek Road hingen teilweise so dichte Rauchschwaden, dass sie nahe daran war, den Pick-up zu wenden und umzukehren, aber wenn die Straße unpassierbar gewesen wäre, hätte der Chief sicher angerufen. Wie geheimnisvoller Nebel hing der Rauch zwischen den Baumkronen. Im Dunst flogen Funken, die wie Glühwürmchen durch die Luft wirbelten. Nicht mehr so fern wie bei ihrer ersten Fahrt zum Mystery Creek leuchteten die Flammen des Feuers, das in den Medien nur noch »Mystery Creek Fire« genannt wurde. Würden der Chief und seine Männer es schaffen, die Flammen rechtzeitig einzudämmen, und sie daran hindern, weiteres Land zu zerstören und die nahen Siedlungen zu gefährden? Waren Menschen in ernsthafter Gefahr?

Ein rostiger Pick-up kam ihr entgegen. Wegen des vielen Rauchs sah sie die Scheinwerfer erst spät. Sie hielt an und ließ ihr Fahrerfenster herunter. Erst jetzt erkannte sie Jason. Wie immer, wenn sie ihm begegnete, fiel es ihr schwer, sich zu beherrschen. »Du fährst wieder? Genug Wölfe getötet?«

»Du bist ungerecht«, erwiderte er relativ gefasst.

»Ich weiß … und es tut mir leid.«

»Ehrlich?«

»Natürlich ehrlich, du verdammter …« Ihr fiel kein passendes Schimpfwort ein. »Ich mag dich doch … obwohl du wie ein Wilderer durch die Wälder streunst und Wölfe umbringst. Ich mag dich sogar sehr und ärgere mich so darüber, dass ich am liebsten aussteigen und dir eine runterhauen würde.«

»Du solltest mich lieber küssen!« Er grinste.

»Du bist ein Scheusal!«

»Ich weiß.«

»Und du hättest dich ruhig mal melden können.«

»Ich war in Montana unten, das weißt du doch.«

»Und jetzt wolltest du dich wieder aus dem Staub machen?«

»Ich fahr zum Slaughter Creek rüber.«

Sie geriet schon wieder in Rage. »Wenn du nur einen gesunden Wolf tötest, bekommst du es mit mir zu tun, verstanden? Dass die Farmer am liebsten alle Wölfe umbringen würden, weiß ich. Aber das heißt noch lange nicht, dass du schalten und walten kannst, wie du willst. Werde endlich erwachsen.«

Umso wütender sie war, desto mehr grinste er. »Ziemlich ungemütlicher Platz für ein Date, findest du nicht auch? Wollen wir uns heute Abend in Cooper Landing treffen? Wir könnten uns endlich mal richtig aussprechen.«

»Um sechs im Kenai Inn«, antwortete sie und fuhr weiter.

4

Im Camp der Firefighter herrschte nervöse Betriebsamkeit. Wo Carla die beiden Welpen gerettet hatte, hatten die Flammen die Schneise übersprungen und drohten, auf die Bäume am anderen Ufer des Mystery Creek überzuspringen. Eines der Hot-Shot-Teams war bereits unterwegs, das Feuer zu bekämpfen, eine schwierige und gefährliche Aufgabe, auch für diese erfahrenen Männer. Der Chief stand in ständigem Funkkontakt mit der Einsatztruppe.

Eine der Meldungen gab er direkt an Carla weiter: »Sie haben zwei weitere tote Wölfe gefunden. Das Feuer hat die Kadaver verschluckt. Ich nehme an, sie gehörten zu dem Mystery-Creek-Rudel, von dem Sie gesprochen haben.«

»Dann haben wir fünf tote Wölfe«, rechnete sie. »Bleiben noch vier … die werden es wohl ebenfalls nicht geschafft haben. Wie so viele andere Tiere.« Sie schwieg eine Weile und wollte sich gar nicht vorstellen, wie qualvoll sie gestorben waren. »Menschen sind hoffentlich nicht zu Schaden gekommen.«

»Nein, die konnten wir rechtzeitig warnen und evakuieren. In den Wäldern hier leben nur ein paar Einsiedler und Fallensteller. Die wissen selbst, was so ein Gewitter alles anrichten kann. Und die wenigen Siedlungen und Farmen, die wirklich bedroht waren, haben wir informiert. Aber jetzt wird es langsam kritisch. Wenn wir das Feuer nicht bremsen, müssen wir roten Alarm geben.«

»Sie haben gute Leute. Sie schaffen das«, sagte sie.

»Wir geben uns alle Mühe.«

Carla setzte sich in ihren Wagen, weil sie dort am sichersten war, ließ aber die Fahrertür offen, um sofort reagieren zu können, falls der Chief oder ein anderer Firefighter rief. Sekundenlang blickte sie nur nach vorn, beobachtete die Männer in ihren gelben Schutzjacken, wie sie die Brandschneise mit Äxten und Motorsägen von allem Brennbaren befreiten und mit Löschwasser gegen kleinere Flammenherde vorgingen. Die Feuerwand, bedrohlicher noch als am vergangenen Tag, türmte sich gefährlich nahe hinter der Schneise auf. Wie ein Drache mit unstillbarem Hunger robbte es sich an die Schneise heran.

Auch aus einigermaßen sicherer Entfernung glaubte sie zu erkennen, dass die Männer immer härter und entschlossener gegen das Feuer vorgingen. Sie trainierten jeden Tag und besaßen die nötige Konstitution, um auch unter höchstem Stress ihre Leistung zu bringen und nicht unter der Belastung zusammenzubrechen. Von Osten her drangen die Motorengeräusche der Flugzeuge und Hubschrauber, die Löschwasser über den Bränden abwarfen. Sie würden das Feuer besiegen, da war Carla ganz sicher, sie hatten bisher noch jedes Feuer besiegt, wenn auch manchmal unter schmerzlichen Verlusten.

Sie verbrachte die nächste halbe Stunde damit, die Fundstellen der toten Wölfe auf einer Karte des Gebietes zu markieren und sie zusammen mit einem kurzen Bericht in einer Datei zu speichern, um sie später, wenn sie wieder eine zuverlässige Verbindung bekam, an das Center zu schicken. Auch die anderen zuständigen Stellen wie das BLM und Fish & Wildlife würde sie informieren. Bis in den frühen Nachmittag hinein blieb sie im Camp, füllte Löschrucksäcke und Wasserflaschen nach und half beim Bereitstellen der Ausrüstung. Ihr Fachwissen war nicht mehr gefragt. Im Revier des Mystery-Creek-Rudels wütete das Feuer besonders stark, und es war beinahe ausgeschlossen, dass noch einer der Wölfe am Leben war. Der Anstand verlangte jedoch, den Männern zu helfen und sich auf diese Weise für ihre Unterstützung zu bedanken. Sie hatte schon mit Teams zu tun gehabt, denen es ziemlich egal war, wie viele Wölfe bei einer Naturkatastrophe ums Leben kamen.

Als der Wind drehte und ein Funkenregen über dem Mystery Creek niederging, kam der Chief zu ihr und sagte: »Nicht dass ich Sie loswerden möchte, Carla. Sie haben uns wirklich sehr geholfen, und dafür danke ich Ihnen auch im Namen meiner Männer. Aber es wird langsam gefährlich hier, und ich kann nicht länger die Verantwortung für Sie übernehmen. Ihre Arbeit haben Sie doch sowieso erledigt. Sie haben zwei Welpen das Leben gerettet.«

»Das wäre ohne Ihre Hilfe nicht möglich gewesen, Chief.«

»Es war uns ein Vergnügen, Carla. Kommen Sie mal

vorbei, wenn wir das Feuer gelöscht haben, bei uns steht immer heißer Kaffee auf dem Tisch, und die Oma einer unserer Männer kann Kuchen backen, so was Gutes haben Sie noch nicht gegessen.« Er schüttelte ihr die Hand. »Machen Sie's gut, Carla!«

Carla gab ihre Schutzkleidung zurück und schlüpfte in ihren Anorak. Sie winkte den Männern zu, die in der Nähe standen, als sie in ihren Pick-up stieg, und fuhr aus dem Camp. Ihr war fast ein bisschen wehmütig ums Herz, als sie die Zelte hinter sich ließ. So einen freundlichen Empfang erlebte sie selten, und es hatte ihr gefallen, den Firefighters zu helfen. Sie hätte gern noch mehr Wölfe gerettet, musste aber einsehen, dass gegen die Macht des Feuers nichts auszurichten war, wenn es sich erst einmal in die Wälder gefressen hatte. Selbst ein erfahrener Wolf, der eine drohende Gefahr sonst schon von Weitem witterte, schaffte es häufig nicht, vor diesen zerstörerischen Kräften davonzulaufen.

Der Rauch war lästiger als am Morgen, aber nicht dicht genug, um sie zu gefährden. Dennoch fuhr sie zügig, um möglichst schnell den Highway zu erreichen. Eine Panne konnte sie in ihrer Lage nicht gebrauchen. Ihr kam zugute, dass sie die Schotterstraße inzwischen kannte und genau wusste, wann eine Gefahrenstelle kam. Nur auf den Gewehrschuss, der auf halbem Weg zum Highway die Stille zerriss, war sie nicht vorbereitet. Sie hielt erschrocken an.

Das Echo des Schusses hing noch immer in der Luft, als sie ausstieg und sich aufmerksam umblickte. Viel zu spät sah sie den ausgewachsenen Wolf, der sich mühsam durch den Dunst schleppte und schwer verletzt sein musste. Obwohl man in dem Rauch kaum etwas erkannte, war sie sicher, dass es ein Wolf war, dazu hatte sie zu viele Wölfe in der Wildnis gesehen. Sie wusste, wie sich Wölfe bewegten, wie sie reagierten, wenn sie in Gefahr gerieten oder verletzt waren. Das Jaulen des verletzten Tieres war weithin zu hören.

»Nein!«, schrie sie in ihrer Panik. »Tu's nicht, Jason!«

Ein zweiter Schuss ließ den Wolf verstummen. Er zuckte unter dem Einschlag der Kugel zusammen und sank in das braune Gras, eingehüllt von dunklen Rauchschwaden, die vom Wind über die Lichtung getrieben wurden.

Erst jetzt entdeckte sie den Schützen. Er war in dem schmutzigen Dunst nur schattenhaft zu erkennen, eine dunkle Gestalt mit einem Gewehr, die davonlaufen wollte, aber plötzlich ins Taumeln geriet und zu Boden stürzte.

»Jason! Verdammt, Jason!«

Carla rannte über die Lichtung, vorbei an dem leblosen Wolf, dem nicht mehr zu helfen war, und erreichte keuchend den gestürzten Schützen. Erst einmal erleichtert, weil es sich nicht um Jason, sondern um Don Quigley handelte, den Wolfshasser, der sie vor dem Haus von Dr. Chandler beschimpft hatte – dann aber zunehmend besorgt, weil Quigley kaum noch Luft bekam.

»Was haben Sie getan, Mann?«

Sie zog ihr Handy aus der Tasche und wählte vergeblich. Kein Netz, sie war noch zu weit vom Highway entfernt. Sie steckte es wieder ein und drehte den Verletzten vorsichtig auf die Seite. »Nicht aufregen, Mister! Sie haben wahrscheinlich eine Rauchvergiftung! Ich kriege hier kein Netz, und zum Wagen schleppen kann ich Sie auch nicht, dazu sind Sie zu schwer. Aber keine Angst, ich hole Hilfe. Halten Sie durch, okay? Ich bin gleich wieder da.«

Sie lief zum Pick-up zurück. Quigley musste, noch bevor der Wind wieder gedreht hatte, in den dichten Rauch gelaufen sein und in seiner Mordlust nicht daran gedacht haben, in welche Gefahr er sich begab. Vielleicht war er auch vorbelastet. Wenn er keine bleibenden Schäden davontragen wollte, musste er so schnell wie möglich in ein Krankenhaus transportiert werden.

Sie wusste, dass es auf jede Minute ankam. Zu ihrer Ausbildung hatte ein umfangreicher Erste-Hilfe-Kurs gehört, und sie war sogar mal eine Woche auf einem Krankenwagen mitgefahren, um bei einem Notfall richtig reagieren zu können. In der Wildnis war sie oft auf sich allein gestellt. Auch über eine Ausbildung als Tierärztin hatte sie nachgedacht, aber bisher nicht die Zeit dafür gefunden. Als fliegende Tierärztin, die mit ihrer Cessna auch zu entlegenen Dörfern flog und dort die Tiere verarztete, hätte sie gern gearbeitet.

Um eine Rauchvergiftung wirkungsvoll zu behandeln, brauchte man Sauerstoff und Medikamente, und beides hatte sie nicht dabei. Ihr würde nichts anderes übrig bleiben, als so schnell wie möglich zum Camp zurückzufahren. Sie wagte gar nicht daran zu denken, was der Farmer in der Zwischenzeit durchmachen musste. Er war ein Stinkstiefel, der sich seine Suppe selbst eingebrockt hatte, aber diese Qualen hatte auch er nicht verdient. Es gab nichts Schlimmeres, als keine Luft zu bekommen, das hatte sie schon oft gehört.

Sie hatte Glück. Kaum war sie bei ihrem Pick-up angelangt, sah sie den Chief in seinem Jeep heranfahren. Er stieg aus und fragte: »Was ist denn passiert? Ich hab einen Schuss gehört. Ich dachte, Jason wollte weiterfahren.«

»Es ist nicht Jason.«

Sie berichtete ihm in wenigen Worten, was passiert war, und er griff nach seinem Funkgerät und rief einen Rettungshubschrauber herbei. Sie fuhren zurück zu Quigley, und Carla leistete Erste Hilfe und redete beruhigend auf den Farmer ein, bis der Hubschrauber gelandet war und ein Arzt und ein Sanitäter übernahmen.

»Er kann von Glück sagen, dass Sie so verantwortungsvoll gehandelt haben«, sagte der Arzt. »Ich denke, dass wir ihn wieder hinbekommen.« Er wandte sich an Baxter. »Wir wissen Ihre Arbeit sehr zu schätzen, Chief.«

»Danke, Doc. Und wir die Ihre.«

Carla wartete, bis der Hubschrauber aufgestiegen war, und verabschiedete sich noch einmal von dem Chief, diesmal endgültig. Bevor sie weiterfuhr, lief sie zu dem toten Wolf zurück und untersuchte ihn gründlich. Sein Fell war teilweise verbrannt, aber er hatte keine schwerwiegenden Verletzungen und hätte das Feuer vielleicht überlebt. Ob sein Leben in der Wildnis von Dauer gewesen wäre, vermochte sie nicht zu sagen. Er hätte sich ein neues Revier suchen und einem anderen Rudel anschließen müssen, was nicht einfach gewesen wäre. Dennoch war sie wütend. Sie hätten auch diesen erwachsenen Wolf ins Wolf Center nach Copperville mitnehmen und dort pflegen können.

Langsamer und auch nachdenklicher als bisher fuhr sie zum Highway zurück. Der Rauch eines so riesigen Feuers war heimtückisch, vor allem, wenn sich das geruchsfreie Kohlenmonoxid daruntergemischt hatte. Auch bei Hausbränden war schon so mancher daran gestorben. Sie hatte wenig Rauch erwischt und fühlte sich gut, hatte aber so großen Durst, dass sie ihre halbe Wasserflasche leerte. Sie sehnte sich nach einer Dusche und frischen Kleidern.

Der Sterling Highway war inzwischen bis nach Cooper Landing gesperrt, und der Firefighter an der Absperrung musste sich über Funk vergewissern, dass sie weiterfahren durfte. Dankbar folgte sie dem Pilot Car. Auch über der kleinen Siedlung hingen Rauchschwaden, aber lange nicht so dicht wie am Mystery Creek, wo das Feuer immer noch tobte. Im Rückspiegel sah sie die lodernden Flammen über den Bäumen. Waldbrände sind normal in Alaska, für das Ökosystem in vielerlei Hinsicht sogar notwendig, da auf diese Weise eine Verjüngung des Waldes stattfindet und eine neue Vegetation entsteht. Gefährlich wurden sie vor allem, wenn es den Firefighters nicht gelang, das Feuer einzudämmen und unter Kontrolle zu bringen. Carla glaubte nicht, dass es so weit kommen würde. Sie vertraute der Erfahrung der Firefighter-Teams, doch Angst jagten ihr die prasselnden Flammen und dunklen Wolken dennoch ein.

Pearl hatte ihr bereits Kaffee eingeschenkt, als sie das Haus betrat. Sie war guter Laune. »Ich habe mit Lucky geskypt«, sagte sie, als sie am Esstisch saßen, »stellen Sie sich vor, er macht schon wieder Witze. Es nervt ihn, dass er den Kopf nicht bewegen darf, aber sonst geht es ihm gut. Er hat kaum Schmerzen, und der Arzt sagt, dass er bald wieder einsatzbereit sein wird.«

»Sag ich doch, diese Firefighter sind hart im Nehmen.«

»Und Sie?«, fragte Pearl.

»Mission erfüllt«, antwortete sie, »ich fliege morgen früh wieder nach Hause.« Sie berichtete von ihren Erlebnissen im Camp der Firefighter und den geretteten Welpen, die sie im Wolf Center aufziehen würden, und verschwieg ihr auch nicht den Zwischenfall mit Don Quigley. »Er war dem Wolf gefolgt und hatte sich zu lange im dichten Rauch aufgehalten. Er kann von Glück sagen, dass ich ihn gesehen hatte und der Chief rechtzeitig auftauchte.«

»Mit Quigley war noch nie gut Kirschen essen«, sagte Pearl, »der hat Wölfe seit seinem Unfall gefressen und würde sie am liebsten alle umbringen. Letztes Jahr hat er sich mit seinen Freunden zu einer Treibjagd verabredet. Da ging es zu wie auf einer britischen Fuchsjagd, nur dass Wölfe wesentlich schlauer sind. Sie haben gerade mal zwei Wölfe erlegt und dafür sieben Kugeln gebraucht. Anschließend haben sie eine ganze Nacht durchgefeiert.«

»Vielleicht kommt er im Krankenhaus zur Besinnung.«

»Das glaube ich kaum.«

Carla trank ihren Kaffee aus und schob ihren Stuhl zurück. »Was ich noch sagen wollte ... ich bekomme heute

Abend noch Besuch. Meinen Sie, wir könnten beide etwas zu essen bekommen? Gegen einen Aufpreis natürlich.«

»Kein Problem.« Sie grinste flüchtig. »Ein Verehrer?«

»So was Ähnliches«, erwiderte sie.

»Ein Firefighter? Der Mann, der Sie abgeholt hat?«

»Jason Harper, ein Wolfsjäger.«

»Ein Wolfsjäger?« Sie hob ungläubig die Augenbrauen. »Sie tun alles, um Wölfe zu schützen, und lassen sich ausgerechnet mit einem Wolfsjäger ein? Das ist ja fast so, als würde sich eine Veganerin in einen Metzger verlieben.«

»Auch das soll es geben.«

»Und Sie kriegen keinen Krach?«

»Nun ja … wir diskutieren öfter.«

»Kann ich mir denken.« Sie stellte sich wohl gerade vor, wie sich eine Diskussion zwischen Jason und ihr anhörte, und grinste erneut. »Mein lieber Mann wäre beinahe Pastor geworden, und ich konnte mit Religion nie etwas anfangen, aber Wolfsjäger und Tierschützerin … das ist noch was anderes.«

»Wir werden sehen. Ich ziehe mir mal was Anständiges an.«

Carla duschte ausgiebig und genoss die frische Kleidung. Legere Jeans, ein Sweatshirt und die weißen Sneakers, die sie vor der Tagung gekauft hatte. Ihre Haare hatte sie gewaschen und geföhnt und zu einem lockeren Knoten hochgesteckt. Gegen ihr vom Feuer gerötetes Gesicht kam sie auch mit Make-up nicht an. Was soll's, dachte sie, Jason hielt sich selbst die meiste Zeit im Freien auf und wusste, was Wind und Wetter bewirkten.

Bevor sie nach unten ging, rief sie Randy an und bat ihn, am nächsten Morgen zwischen acht und neun Uhr zu kommen. Ihr zweiter Anruf galt C.J., dem sie mitteilte, dass es am Mystery Creek nichts mehr für sie zu tun gab und sie nach Hause kommen würde. »Wie geht es unseren Sorgenkindern?«

»Maya und Duke? Sie fremdeln noch ein bisschen.«

»Aber gesund sind sie?«

»Ich hab ihnen von unserer Spezialmilch gegeben, die schmeckt ihnen noch besser als Muttermilch.« Sie konnte ihn durch das Telefon lächeln hören. »Aber sie werden wohl noch einige Wochen brauchen, bis sie sich an ihr neues Leben gewöhnt haben. Das Feuer war ein gewaltiger Schock für sie.«

»Nicht nur für die Wölfe«, sagte sie. »So eine Feuerwand kann einem ziemliche Angst einjagen. Ohne die Firefighter wäre ich da niemals hin.« Sie erzählte ihm von dem Wolf, den Quigley erschossen hatte. »Du hättest diesen Farmer sehen sollen! Ein Wunder, dass er keinen Schaum vorm Mund hatte!«

C.J. wirkte etwas nervös und brach abrupt an. »Bis morgen, Carla!«

»Alles okay, C.J.?«

»Alles okay … bis morgen.«

Sie blickte nachdenklich auf ihr Handy, bevor sie auflegte. Irgendetwas stimmte nicht mit C.J. Seit er aus Kolumbien zurück war, wirkte er nervös und manchmal sogar niedergeschlagen. Er musste Rosita sehr vermissen.

Sie betrachtete sich im Spiegel, nickte zufrieden und

stieg in den Wohnraum hinab. Pearl hatte den Tisch festlich gedeckt, das gute Service und die Stoffservietten aus dem Schrank geholt und eine Flasche Wein bereitgestellt.

»Der Wein geht aufs Haus«, sagte Pearl. »Ein guter Chardonnay.«

»Klingt verlockend.«

»Wann wollte Ihr Verehrer denn kommen?«

Sie blickte auf ihre Armbanduhr. »Eigentlich wollte er schon hier sein, aber bei Männern wie ihm weiß man nie.« Sie setzte sich an den Tisch und trank einen Schluck von dem Wasser, das Pearl ebenfalls bereitgestellt hatte.

Doch als er um zwanzig nach sechs noch immer nicht da war, wurde sie nervös und versuchte mehrmals, ihn auf seinem Handy zu erreichen. Jedes Mal meldete sich seine Voicemail. »Hallo, Leute, ich bin gerade unterwegs und kann leider nicht drangehen. Sprecht bitte nach dem Piepton!« Wie sie diese Anrufbeantworter hasste. Sie versuchte es mit E-Mail und WhatsApp und bekam ebenfalls keine Antwort. Versetzte sie der verdammte Kerl etwa?

Nach einer Stunde wurde ihr klar, dass es tatsächlich so war. Er würde nicht mehr kommen. »Das wird wohl nichts mehr«, sagte sie enttäuscht. »Hätte ich mir eigentlich denken können. Wäre ja auch zu schön gewesen.«

»Das wird schon wieder«, erwiderte Pearl. Sie füllten ihre Gläser mit dem kostbaren Wein und stießen damit an. »Zur Hölle mit den Wolfsjägern!«

»Zur Hölle mit den Wolfsjägern!« Carla konnte schon wieder lachen.

5

Carla erreichte Copperville am späten Morgen. Wegen eines Gewitters über dem Cook Inlet hatte Randy einen weiten Umweg fliegen müssen, ein holpriger Flug, der die Maschine ordentlich durchgeschüttelt hatte. Ihre Heimatstadt bestand aus einer Main Street und wenigen Nebenstraßen und war durch eine Schotterstraße mit dem Richardson Highway verbunden. Ihren Namen hatte sie von den reichen Kupfervorkommen der Umgebung, die inzwischen abgebaut waren und nur noch den Tourismus als Einnahmequelle ließen. Die Wildwasserfahrten auf dem angrenzenden Gulkana River waren sehr begehrt.

Nachdem sie ausgestiegen war, lief Carla einige Schritte, bis sie aus dem Dunstkreis der Cessna hinausgetreten war, und atmete die frische Luft ein. Nach den düsteren Rauchschwaden, die sie am Mystery River erlebt hatte, die reinste Offenbarung. »Ich wusste gar nicht, dass frische Luft sich so gut anfühlt«, sagte sie zu C.J., der sie mit einem der beiden Firmen-Pick-ups vom Flugzeug abholte.

»Und ich wollte mal Firefighter werden«, sagte er.

»Ehrlich?«

»Als kleiner Junge. Nach Hause?«

»Erst mal«, sagte sie, »aber könntest du warten? Ich

stelle nur schnell meinen Koffer ab, dann will ich zum Center weiter. Wie geht es unseren Welpen?«

»Unverändert. Alles im grünen Bereich.« Er wartete, bis sie die Beifahrertür zugezogen hatte, und fuhr über die Schotterstraße nach Copperville hinab. Über ihnen zeigte sich der Himmel in einem verwaschenen Grau, in der Ferne waren Gewitterwolken zu erkennen. Einer dieser regnerischen Tage, an denen sich die Sonne versteckte und sich kaum ein Tourist in ihre Stadt verirrte.

Carla wohnte im dritten Stock eines Mehrfamilienhauses am Ende der Main Street. Von ihrem Wohnzimmerfenster blickte man auf die auch im Sommer schneebedeckten Berge, vom Schlafzimmer auf die Straße und den Drugstore gegenüber. Sie stellte ihren Koffer ab, drehte die Heizung hoch, um es abends warm und gemütlich zu haben, und kehrte zu C.J. zurück.

»Wendy ist wieder bei uns«, sagte C.J. Die Achtzehnjährige, die erfolgreich die Highschool abgeschlossen hatte und im Herbst aufs College in Fairbanks gehen würde, hatte letztes Jahr schon als Praktikantin im Wolf Center ausgeholfen und sich sehr geschickt angestellt. »Sie bleibt den ganzen Sommer bei uns und wird auch während ihrer Collegezeit bei uns arbeiten.«

»So wie sie arbeitet, übernimmt sie irgendwann den Laden.«

»Gut möglich«, stimmte ihr C.J. zu. »Wer mit einem Rabauken wie Doc Holliday zurechtkommt, muss was von Wölfen verstehen. Er macht seinem Namen alle Ehre.« Sie hatten den Wolf nach einem bekannten Revolvermann aus dem Wilden Westen benannt. »Aber Wendy hat einen Draht zu ihm.«

Sie parkten vor dem Center, das in einem zweistöckigen Blockhaus untergebracht war. In den riesigen Gehegen hatten die dreizehn Wölfe genug Auslauf, die drei Wolfshunde, darunter auch Chico aus Kolumbien, lebten in einem eigenen Gehege. Ihr eigenes Reich besaßen auch die beiden Wolfswelpen, die sie vor dem Feuer gerettet hatte. Die Wölfe witterten sie schon, als sie ausstieg, und begrüßten sie mit einem Heulkonzert, das weithin zu hören war. Es schien fast, als freuten sie sich genauso über ihre Rückkehr wie sie.

Amy Morton saß am Empfang im Vorraum und blickte von ihrem Computer auf, als Carla das Center betrat. Sie arbeitete als »Mädchen für alles« für Wolf Aid – eine sportliche Frau, der man ihre einundsechzig Jahre nicht ansah. Während der Highschool hatte sie als Leichtathletin etliche Medaillen gewonnen, als Musherin war sie beim Iditarod zweimal unter die Top Ten gefahren. Und im vergangenen Winter hatte sie mit ihrem Hundeschlitten einen respektablen neunzehnten Platz belegt. Das Iditarod führte über tausend Meilen von Anchorage bis nach Nome und gehörte zu den härtesten Hundeschlittenrennen der Welt.

»Schon genug vom Feuer?«, begrüßte sie Carla mit einem herausfordernden Lächeln. Sie deutete auf den Wandkalender mit Bildern vom letzten Iditarod. »Nicht vergessen. Morgen beginnt dein grüner Monat. Veggie Time!«

»Hab ich das wirklich versprochen?«

»Einen Monat vegetarisch essen, wenn ich unter die ersten Zwanzig komme, das war dein Wetteinsatz. Und auf welchem Platz bin ich gelandet?«

»Auf dem neunzehnten.« Sie wand sich wie eine Schlange. »Können wir das nicht verschieben? In den Dezember zum Beispiel, da könnte ich mich von Schokolade und Cookies ernähren. Oder sind die auch nicht erlaubt?«

»Bei Vegetariern schon. Bei Veganern weniger, wenn Kuhmilch drin ist.«

»Aber so verrückt bist selbst du nicht.«

»Was nicht ist, kann ja noch werden«, erwiderte Amy lachend. Die Sticheleien gehörten bei ihnen dazu, obwohl auch Carla längst nicht mehr so viel Fleisch wie früher aß. »Aber bis Dezember kann ich nicht warten. Wettschulden sind Ehrenschulden, vergiss das nicht, und morgen wäre ein guter Tag, um sie endlich zu begleichen. Das Iditarod liegt ein halbes Jahr zurück.«

»Drei Monate.«

»Lange genug. Also, wie sieht's aus?«

Carla schluckte. »Aber heute darf ich noch einen Wolfburger essen.«

»Bis um Mitternacht, dann nicht mehr.«

»Einen Monat?« Sie wollte es noch immer nicht glauben.

»Okay«, ließ sich Amy breitschlagen, »ich will mal nicht so sein. Eine Woche, aber die richtig. Haferflocken mit Obst zum Frühstück, viel Gemüse und Salat, zwischendurch ein Apfel … du wirst sehen, es wird dir gefallen.«

»Wie konnte ich nur so leichtsinnig sein!«

»Du hast mich unterschätzt, nicht wahr?«

»Alle haben dich unterschätzt«, erwiderte Carla. »Wer hätte denn gedacht, dass du zwei Champions hinter dir lässt? Du bist in Topform! Wenn du so weitermachst, errichten wir dir ein Denkmal und taufen unser Center in ›Amy Morton Wolf Center‹ um. Und den Wolfburger nennen wir Amyburger. Mit viel Tomaten und Salat. Das Fleisch verstecken wir unter den Zwiebeln.«

»Das fehlte noch.« Amy kicherte leise. »Ab morgen früh?«

»Meinetwegen.«

»Ach, übrigens«, besann Amy sich aufs Geschäft, »es hat jemand für dich angerufen. Einer der Firefighter, ein gewisser …« Sie suchte nach dem Zettel.

»Chief Baxter?«

»Phil McDonald. Ihr hättet euch in Cooper Landing getroffen.«

»Ach, du liebe Zeit!«, erschrak Carla.

»Ein neuer Verehrer?«

»Er war mir sympathisch, und ich war nett zu ihm. Mehr war nicht.«

»Das reicht manchmal schon, hab ich mir sagen lassen. Ich bin schon seit einiger Zeit aus dem Geschäft raus, wie du weißt, aber ich bin sicher, die Männer haben sich nicht viel geändert. Ein Wink, und schon sind sie da.«

»Es gab nicht mal einen Wink.«

»Vielleicht geht's ja um was ganz anderes.« Amy gab ihr die Nummer und nippte an ihrem Avocado-Bananen-Smoothie, seit einiger Zeit ihr Lieblingsgetränk. »Und selbst wenn … so ein Firefighter ist doch was Handfestes.«

Carla ging vors Haus, um ungestört zu sein, und wählte die Nummer, die Amy ihr gegeben hatte. »Ich bin im Einsatz, sprecht bitte nach dem Piepton«, antwortete seine Voicemail. »Carla vom Wolf Center«, meldete sie sich betont geschäftlich, »ich sollte Sie zurückrufen. Ich melde mich später, okay?«

Sie ging noch einmal ins Haus. »Jason hat nicht angerufen?«

»Der Wolfsjäger? Nein … hat der nicht deine Nummer?«

»Ich wollte nur sichergehen.«

Sie ging nach draußen, um nicht ihre unangenehmen Fragen beantworten zu müssen, und atmete einmal tief durch, bevor sie zu den Gehegen neben dem Hauptgebäude lief. Nur für einen winzigen Augenblick dachte sie daran, Jason selbst anzurufen, doch diese Blöße würde sie sich nicht geben. Nicht, nachdem er sie versetzt hatte und sich nicht mal dafür entschuldigt hatte. Er wollte nichts mehr von ihr wissen, das sah doch ein Blinder, und sie hatte es nicht nötig, hinter jemandem herzulaufen, der sie nicht wirklich wollte. Schlimm genug, dass sie überhaupt wieder auf ihn reingefallen war. Inzwischen musste sie doch wissen, dass sie zu verschieden für eine Beziehung waren. Ein Wolfsjäger, der ein edles Tier nach dem anderen abknallte, für ein Blutgeld oder eine Kopfprämie, und eine Tierschützerin, das passte nicht zusammen. Zum Teufel mit ihm und anderen Männern, sie hatte wirklich andere Sorgen!

Ihr erster Weg führte sie zu Wendy, die sich gerade von Doc Holliday verabschiedete und aus dem Gehege kam. Die Begeisterung, wieder im Wolf Center arbeiten zu dürfen, sprach der Praktikantin aus beiden Augen. Sie wirkte sehr natürlich und lebhaft und trug eine der neuen *Wolf-Aid*-Kappen, die man neuerdings im Museumsshop des Centers kaufen konnte. *Wolf Aid* war der Name der Organisation, zu der auch das Wolf Center gehörte. Man hatte sich die Pflege von verletzten und ausgesetzten Wölfen und die Aufklärung über den wahren Charakter von Wölfen auf die Fahnen geschrieben.

»Wendy! Schön, dass du wieder hier bist!« Carla deutete auf den sonst so grimmigen Doc Holliday, der Wendy nur ungern gehen ließ. »Wie ich sehe, kommst du blendend mit ihm aus. Du hast ein Händchen für Problemwölfe.«

»Doc ist ein lieber Kerl. Der tut nur so grimmig.«

»Und in ein paar Wochen geht's aufs College?«

Wendy klopfte den Schmutz von ihrem Overall. Sie war überhaupt nicht eitel und schien sich in Overall und Gummistiefeln am wohlsten zu fühlen. »Nach Fairbanks. Ich hab schon daran gedacht, eine Ausbildung zur Tierärztin anzufangen, dann könnte ich mich hier noch nützlicher machen. Was du machst, verletzte Wölfe aus dem Feuer holen oder Vorträge an Schulen zu halten, liegt mir nicht so. Ich würde am liebsten nur mit den Tieren arbeiten.«

»Klingt gut. Warst du schon immer so tierlieb?«

»Solange ich denken kann«, antwortete Wendy. »Als kleines Mädchen hatte ich einen Goldhamster, dem konnte ich stundenlang zusehen. Ich hab furchtbar geheult, als er starb. Außerdem hatten wir einen Hund, einen Golden Retriever, und später eine Collie-Hündin. Aber das war's nicht. Auf Wölfe kam ich durch eine Doku im Fernsehen, die Geschichte eines Wanderwolfs, der quer durch Europa lief, um eine neue Partnerin zu finden. Seitdem habe ich viel über Wölfe gelesen. Und als meine Eltern und ich meine Großeltern in Colorado besuchten, waren wir in einem Wolf Center in der Nähe von Colorado Springs, ähnlich wie dies hier, und das war es dann. Da war mir klar, dass ich auch mal in einem Wolf Center arbeiten wollte. Auf Wolf Aid und unser Center stieß ich erst im Internet.« Sie lächelte. »Schon komisch, dass ich nach Colorado fliegen muss, um ein Wolf Center kennenzulernen.«

»Mir ging es ähnlich«, erwiderte Carla. »Du wirst lachen, aber ich hab mich immer über den großen bösen Wolf in den Mickey-Mouse-Geschichten gewundert. Ich wollte nicht wahrhaben, dass ein Tier so böse sein kann. Als ich älter wurde und sah, dass Wölfe auch in den Geschichten für Erwachsene die Bösen waren, wurde ich neugierig. Ich begann mich für Wölfe zu interessieren, fand heraus, wie sie wirklich waren, und studierte Biologie. Während des Studiums war ich bei einem Forschungsprojekt dabei. Wir verbrachten ein Vierteljahr in den Chugach Mountains und beobachteten ein Wolfsrudel.«

Wendy zog ihre Kappe in den Nacken. »Da wäre ich auch mal gerne dabei. Schon seltsam, dass Wölfe so verteufelt werden. Dabei sind sie uns so ähnlich. Nur dass sie das mit dem Zusammenleben meist besser hinbekommen.«

»Das ist wahr«, sagte Carla und dachte an Jason.

Sie hatten das Gehege der Welpen erreicht und blieben eine Weile davor stehen. Maya und Duke wirkten müde und etwas orientierungslos, auch wegen der starken Medikamente, die C.J. ihnen verschrieben hatte. Es würde noch geraume Zeit dauern, bis sie ihr Trauma endgültig überwunden hatten und wieder vollkommen gesund waren. Dazu gehörte auch, sie an die Gesellschaft der anderen Wölfe im Center zu gewöhnen. Ihr Zwinger war nur durch einen Maschendrahtzaun vom Gehege ihrer älteren Artgenossen getrennt.

»Maya ist schon etwas weiter«, sagte Wendy. Sie öffnete das Gatter, und sie betraten den Zwinger der Welpen. »Duke fremdelt noch ein bisschen.«

»Auch bei den Wölfen liegen die Mädels vorn.«

Carla ging in die Hocke und betrachtete die Welpen aus der Nähe. Maya hatte ein schneeweißes Fell und ungewöhnlich dunkle Augen und bewegte sich nicht so tollpatschig wie Duke, dessen Fell ebenfalls weiß und nur im Gesicht dunkler war. Beide lagen auf einer Wolldecke und sahen mager aus.

»Acht Wochen«, schätzte Carla, »sie brauchen viel Pflege.«

»Das sagt C.J. auch«, erwiderte Wendy. »Er hat einen Ernährungsplan für sie aufgestellt, den ich genau einhalten muss. Morgens gibt es Haferschleim, und alle vier Stunden soll ich ihnen die Flasche geben. C.J. hilft mir die ersten paar Tage, dann darf ich sie allein füttern. Das ist doch okay für dich?«

»Sicher, je früher du Verantwortung übernimmst, desto besser.«

Maya richtete sich auf und knurrte ein wenig, als sie die ungewohnte Witterung der Zweibeiner spürte. Körperlich war sie unverletzt. Das Feuer hatte ihnen in ihrem Bau nichts anhaben können. Erst der dichte Rauch, der sich später auch dort ausgebreitet hätte, wäre ihnen zum Verhängnis geworden.

»Hab keine Angst!«, redete Wendy auf die junge Wölfin ein. »Wir meinen es hier alle gut mit dir! Tut mir leid, dass du deine Eltern und Verwandten in dem Feuer verloren hast, aber sieh mal nach nebenan, da gibt es Wölfe, die werden euch genauso lieben wie eure Verwandten, wenn ihr euch erst mal näher kennengelernt habt.« Sie sah Carla an, die ihr durch ein leichtes Kopfnicken zu verstehen gab, dass sie die richtigen Worte wählte. »Geh nur, Maya! Keine Angst! Geh an den Zaun und sieh dir deine neuen Verwandten an!«

Maya schien Wendys Gesten zu verstehen und trat zögernd an den Zaun. Sie jaulte leise, als sich die acht Monate alte Kawa ihr näherte und prüfend ihre Witterung aufnahm. Es war wohl mehr die Neugier, die sie an den Zaun getrieben hatte, und sie reagierte eine Weile überhaupt nicht. Erst als Maya zutraulicher wurde und dichter an den Zaun herantrat, streckte sie ihren linken Vorderlauf aus, als wollte sie den Neuankömmling begrüßen. Gleich darauf wandte Kawa sich ab und lief davon. Sie war selbst noch jung und hatte ebenfalls Schlimmes erlebt, war in eine Falle geraten und von einem Ranger gerettet worden.

»Zeit fürs zweite Frühstück«, sagte Carla, als auch Duke die Augen öffnete, aber anscheinend zu faul war, sich zu bewegen. »Holst du die Milch?«

Während Wendy in den Schuppen ging und die Mahlzeiten für die Welpen holte, betrat C.J. den Zwinger. Er machte einen deprimierten und erschöpften Eindruck. »Dieser Chico raubt mir noch den letzten Nerv«, schimpfte er. »Als Rosita noch hier war, hatten wir ihn fast so weit. Er hatte sich an uns gewöhnt und tollte mit den anderen Wolfshunden herum. Alles vorbei, seit Rosita nach Kolumbien geflogen ist. Er liegt nur noch untätig rum, lässt sein Fressen stehen und knurrt feindselig, wenn ich ihm zu nahe komme. Er vermisst sie.«

»Hast du Rosita angerufen? Hast du's ihr gesagt?«

»Ich hab ihr sogar ein Foto gemailt und ihr geschrieben, dass wir sie beide vermissen. Sie hat geantwortet, dass sie noch ein bisschen Zeit bräuchte. Auch in Pereira würden so viele Hunde ihre Hilfe brauchen, dass sie erst einmal dort bleiben müsste. Sie würde an uns denken, und Chico würde sich schon benehmen, wenn er merken würde, dass ich ihm nichts Böses will.«

Carla sah die Tränen in seinen Augen und tröstete ihn mit einem schwachen Lächeln. »Vielleicht kommt sie ja wirklich bald wieder. Rosita liebt dich, C.J., das sah man ihr doch an. Gib ihr ein bisschen Zeit. Irgendwann wird sie erkennen, dass es auch ohne sie geht, und sie kommt zu dir zurück.«

»Ich hab ein ungutes Gefühl.«

»Unsinn! Denk an die 49ers, die geben auch nie auf.«

»Und verlieren ein Spiel nach dem anderen.«

»Nicht mehr lange, C.J. Du musst nur fest genug daran glauben.«

Wendy kehrte mit den beiden Milchflaschen zurück und strahlte über das ganze Gesicht, das genaue Gegenteil von C.J. Sie hatte immer davon geträumt, Wolfswelpen aufziehen zu dürfen, und war mit Begeisterung bei der Sache.

C.J. nahm ihr eine Flasche ab und schaffte es, seine traurigen Gedanken für ein paar Minuten zu vergessen. »Nimm ihn wie einen jungen Hund in die Arme«, sagte er. Er hob Duke wie ein Baby hoch und steckte ihm den Sauger ins Maul. Der Welpe reagierte sofort und trank gierig. Wendy tat es ihm nach, ging vorsichtiger und schüchterner zu Werke und lächelte zufrieden, als Maya ebenfalls zu saugen begann. »Und das alle vier Stunden? Wow!«, sagte sie.

»Nur die ersten Wochen, dann treten wir langsam kürzer«, erklärte C.J. »Parallel dazu müssen wir sie an den Geschmack von rohem Fleisch gewöhnen. Immer am Knochen lassen, alles andere wäre für sie unnatürlich.

Aber zuerst belassen wir es bei unserer Spezialmilch und Haferschleim. Nicht gerade das, was man sich unter einer guten Wolfsmahlzeit vorstellt, aber besser, als in einem verbrannten Wald nach toten Mäusen und anderer Beute zu suchen.«

»Die beiden wissen gar nicht, was für ein Glück sie hatten«, sagte Carla.

6

Zur Mittagspause gönnte sich Carla einige Schokokekse von Amys Teller und einen Cappuccino aus der neuen Kaffeemaschine, die John O'Hennessy dem Wolf Center zu Weihnachten geschenkt hatte. »Big John«, der Besitzer einer großen Futtermittelfirma in Fairbanks, hatte Wolf Aid vor einigen Jahren gegründet, tauchte aber nur noch zu besonderen Anlässen im Center auf.

»Kekse sind okay«, sagte Amy mit einem schelmischen Grinsen, »und den Cappuccino will dir auch niemand nehmen. Aber wehe, wenn ich dich ab morgen mit einem Cheeseburger erwische!« Sie drohte spielerisch mit einem Finger. »Um auf Nummer sicher zu gehen, sollte ich eine versteckte Kamera in deinen Kühlschrank einbauen und jeden Morgen einen Drogenhund an dir schnuppern lassen. Haben wir eigentlich vereinbart, was du tun musst, wenn du dein Gelübde brichst und ich dich mit etwas Verbotenem erwische?«

»Drei Ave Maria oder so was in der Art?«

»Das wäre zu einfach.« Amy grinste unentwegt. »Ich dachte an eine Mitgliedschaft in unserem Veggie Club. Du müsstest einen Vortrag vor unseren Mitgliedern halten: ›Warum mir von Cheeseburgern ständig schlecht wird.‹«

»Aber das wäre gelogen.«

»Egal.«

»Du bist grausam, Amy. Gibt's das wirklich, einen Veggie Club?«

»Klar gibt's den«, antwortete Amy, »wir treffen uns einmal im Monat in einem vegetarischen Lokal in Paxson.«

»Dann halte ich wohl besser durch.«

Inzwischen waren auch C.J. und Wendy gekommen, beide erschöpft von der anstrengenden Arbeit mit Chico und den Welpen. Nur wenn man sich mit Leib und Seele der Arbeit verschrieb, hatte man Erfolg in schwierigen Fällen.

Wendy zapfte sich ebenfalls einen Cappuccino und nippte vorsichtig daran. »Ich hab eine Idee«, sagte sie, während sie sich auf einen Stuhl setzte und ein halbes Sandwich auspackte. »Wir veranstalten einen Puppy Day. Am kommenden Samstag, dann bleibt uns genug Zeit, um Werbung zu machen.«

»Puppy Day?«, wunderte sich C.J. »Klingt schon mal gut.«

»Und bringt uns jede Menge Werbung und PR. Die Leute stehen doch auf Tierbabys. Erinnert ihr euch noch an den Koala Day im Anchorage Zoo? Da kamen Tausende Leute und sahen sich die kleinen Koalas an. So machen wir es mit Maya und Duke auch. Was meint ihr, was das für ein ›Aaah!‹ und ›Oooh!‹ gibt! Natürlich laden wir auch die Medien ein, vor allem das Fernsehen … Was meint ihr, was das für einen Schub für unser Wolf Center gibt.«

»Und wahrscheinlich auch Spenden.« Amy war begeistert. »Eine tolle Idee, oder was meint ihr?« Sie blickte Carla und C.J. an. »Bis Samstag würden wir das locker hinkriegen. »Ich könnte die Medien informieren und einen Newsletter an unsere Unterstützer schicken. Das schaffe ich heute noch.«

Auch Carla war von der Idee angetan. »Und ich spreche mit John Bolton vom *News-Miner*. Der war uns immer wohlgesonnen und macht bestimmt was Größeres daraus.« Sie blickte Wendy an. »Du könntest Flyer hier in Copperville und auch in Paxson verteilen. Amy, du textest die Dinger, du kannst das am besten. Samstag ab 10 Uhr, freier Eintritt, Spenden willkommen. Auf die Weise kommt mehr Geld als mit Eintritt rein, das wissen wir ja. Okay?«

»Okay«, kam es von zwei Seiten.

»Linda hat durch ihre Talkshow-Auftritte die besten Beziehungen zum Fernsehen, die kann da bestimmt was drehen, und C.J.?« Sie überlegte kurz. »Du passt auf, dass wir die Arbeit mit den Wölfen nicht vernachlässigen.«

Der Nachmittag verging wie im Fluge. Carla sah nach den Wölfen im zweiten Gehege, vor allem nach Merlin, der einige Eichhörnchen quer durch den Wald jagte und erst aufgab, als die kleinen Tiere in die Baumkronen flohen. Sein Jagdinstinkt war besonders ausgeprägt, und Carla tat es unendlich leid, dass sie ihn nicht auswildern konnte, aber auf freier Wildbahn hätte er wohl keinen Tag überlebt. Seitdem ihn ein Farmer angeschossen hatte, war er nicht mehr fähig, in einem Rudel zu überleben oder allein Beute zu machen. Auch er war auf das Fleisch angewiesen, dass er im Wolf Center bekam.

Wendy verbrachte den ganzen Nachmittag bei den Welpen und ließ sich am frühen Abend von C.J. ablösen, um die inzwischen ausgedruckten Flyer in den Restaurants und Läden von Copperville zu verteilen. Amy war mit dem Verfassen und Verschicken von Meldungen beschäftigt, fand aber noch die Zeit, in dem Drugstore schräg gegenüber einzukaufen und Carla gegen Feierabend mit einem Geschenk zu überraschen. Als Carla sich zu ihrem vorerst letzten Wolfburger ins Roadhouse verabschiedete, drückte sie ihr eine Papiertüte in die Hand. »Dein Frühstück für morgen. Lass es dir schmecken!«

Carla blickte in die Tüte und sah eine Packung Haferflocken, einen Becher Naturjoghurt und eine Banane. »Das würde eher unseren Welpen schmecken. Bist du sicher, dass du die Sachen nicht für Maya und Duke gekauft hast?«

»Ganz sicher. Du wirst sehen, danach fühlst du dich wie neugeboren.«

»Ich weiß gar nicht, wie ich dir danken soll, Amy.«

»Haferflocken, Naturjoghurt, Banane«, murmelte Carla vor sich hin, als sie die Main Street zum Roadhouse überquerte. »Was ist das schon gegen einen saftigen Wolfburger.« Sie hatte den Geschmack der Spezialität schon auf der Zunge und beeilte sich, als ihr Smartphone klingelte. Sie griff danach und blieb erschrocken stehen. »Jason« stand in großen Lettern auf dem Display.

Sie ließ es klingeln, unsicher, ob sie tatsächlich drangehen sollte. Immerhin hatte er sie versetzt und es auch danach nicht für nötig befunden, sich zu entschuldigen. Natürlich nahm sie das Gespräch dennoch an. »Ja?« Sie wollte ihre Stimme schroff klingen lassen, aber es hörte sich eher hoffnungsvoll an.

»Carla? Hier ist Jason. Endlich erreiche ich dich.«

»Endlich ist gut.«

»Es ging nicht früher, Carla. Ich war die letzten beiden Nächte in den Wäldern unterwegs und hab in meinem Zelt geschlafen. Da gab's kein Netz, nicht mal über Funk hätte ich da jemanden erreicht. Tut mir leid, Carla.«

»Du hast mich versetzt! Wie ein dummes Schulmädchen.«

»Es ging nicht anders«, widersprach Jason. »Das Feuer war gewandert, und ich musste in die Gegend am Hungry Creek. Ich dachte, da kriege ich Netz, sonst hätte ich dich doch vorher angerufen. Ich musste gleich weg, sonst wäre ich den Firefightern im Weg gewesen.«

»Und? Hast du einen Wolf erschossen?«

»Ich hab einen Fuchs von seinen Leiden erlöst.«

»Keine Wölfe?«

»Keine Wölfe. Wie geht es den Welpen, die du gerettet hast?«

»Interessiert dich das wirklich?«, fragte sie. »Oder tust du nur so, weil du dich bei mir einschleimen willst?« Sie hoffte, dass es nicht allzu böse klang.

»Ich bin kein Unmensch, Carla!«

»Bist du sicher?«

»Ich liebe dich, sonst würde ich doch gar nicht anrufen.« Er klang ehrlich, nicht wie ein kaltherziger Wolfskiller. »Und ich mach's wieder gut. Ich komme dich in Copperville besuchen und lade dich ein.«

»Echt?«

»Ins beste Steakhaus am Richardson Highway.«

Nur kurz dachte sie an ihr Wettversprechen. »Ich meine doch, ob du mich wirklich liebst.«

»Natürlich liebe ich dich, verdammt.«

»Okay.«

»Was okay?«

»Ich liebe dich auch, Jason. Ich habe zwar keine Ahnung, warum, aber so ist es nun mal. Aber lass dir nicht zu viel Zeit mit deinem Besuch. Noch mal möchte ich nicht sitzen gelassen werden.« Stille am anderen Ende. »Jason?«

»Keine Angst, sobald ich hier fertig bin, komme ich.«

»Ich verlasse mich auf dich.«

Sie legte auf und betrat das Lokal. Das Roadhouse lag in einem scheinbar verwitterten und auf historisch getrimmten Blockhaus und war wie zu Zeiten des Goldrausches eingerichtet. Ein langer Tresen aus dunklem Holz, runde Tische mit rot-weiß karierten Tischdecken, an den Wänden historische Fotos aus der Pionierzeit, eine Bärenfalle, Goldwaschpfannen und Spitzhacken. Über der Tür thronte neuerdings ein ausgestopfter Elchkopf, dessen Glasaugen etwas schief eingesetzt waren und ihn zum Schielen brachten. Ma Barker, die russische Wirtin mit den feuerroten Haaren und dem seltsamen Akzent, hatte ihn Schiwago getauft, nach dem Helden des weltberühmten Romans.

»*Privjet,* Carla«, begrüßte sie die Wirtin. Ma Barker trug einen komplizierten russischen Namen, den nur Russen aussprechen konnten, und nannte sich deshalb nach einer berüchtigten Gangsterbraut aus dem Chicago der 1930er-Jahre, der sie angeblich ähnlich sah. »Einen Wolfburger mit doppelt Käse?«

»Und Pommes frites und Diet Coke. Meine Henkersmahlzeit.«

»Hast du deinen Lover umgebracht?«

Carla berichtete ihr von der Wette. »Das kommt davon, wenn man mit hohen Einsätzen spielt. Wer hätte gedacht, dass Amy so weit vorne landet.«

»Sie ist ein Champion.«

»Und darauf sollten wir trinken«, erwiderte die Russin. Sie goss zwei Gläser mit ihrem Spezialwodka ein und schob eins über den Tresen. »*Sa Sdarowje!* Auf Amy Morton, die beste Musherin von Alaska. Auf ihre Platzierung!«

»Selbst junge Musher wären froh, auf Platz 19 zu kommen.«

Carla goss den Wodka mit einem Zug in sich hinein und schüttelte sich wie ein nasser Hund. Sie trank selten Alkohol, konnte Ma Barker aber schlecht einen spendierten Drink abschlagen. Das Zeug brannte wie Höllenfeuer.

»Und du lebst ab morgen von Gras und Gemüse?«

»Ist das nicht ein Jammer?«

Die Russin winkte ab. Sie war um die Sechzig, hatte sich aber trotz der vielen Stunden in einem dunklen Lokal gut gehalten. Die Falten um ihre Augen und Mundwinkel übertünchte sie mit Cremes, die sie bei einer alten Indianerin in Paxson einkaufte. »Macht nichts. Ich werde dir einen vegetarischen Borschtsch zubereiten, der weder Fleisch noch irgendwas Tierisches braucht. Weißkohl, Rote Beete, Lauch, Zwiebeln, Paprika, Pfeffer ... mir lauft schon das Wasser im Mund zusammen, wenn ich nur daran denke.« Sie räumte die leeren Wodkagläser weg. »Keine Angst, wir bringen dich durch die Woche!«

Der Wolfburger kam, und Carla gab sich ihrer Lieblingsmahlzeit hin. Einen besseren Cheeseburger mit mehr Fleisch und mehr Käse gab es in ganz Alaska nicht. Klar hatte der mehrere Hundert Kalorien, aber wer mittags nur zwei Kekse gegessen hatte, durfte sich die Köstlichkeit leisten. Nur aus den Augenwinkeln beobachtete sie einen Mann, der an einem der Ecktische saß und sie neugierig zu beobachten schien. Sein Gesicht lag im Halbdunkel verborgen. Sicher überlegte er sich gerade, selbst einen Wolfburger zu bestellen.

Im Fernseher über dem Tresen liefen die Nachrichten, ein Bericht über das Feuer am Mystery Creek. »Dreh mal bitte lauter!«, sagte sie zu Ma Barker.

Die Wirtin tat ihr den Gefallen, und die Stimme der Reporterin tönte aus den Lautsprechern: »... bekommen die Firefighter den Waldbrand allmählich unter Kontrolle. Breite Brandschneisen halten das Feuer vom Highway ab. Es besteht die Hoffnung, das Feuer während der nächsten beiden Tage endgültig einzudämmen und den Schaden auf ein mögliches Minimum zu begrenzen.«

Während sie sprach, waren die Bilder zu sehen, die Carla ohnehin im Kopf hatte: die lodernden Flammen und die dunklen Wolken, die Firefighter in ihren gelben Schutzjacken, bewaffnet mit Löschpumpen, Motorsägen und Äxten, wie sie todesmutig gegen die Flammen vorgehen, und dann Chief Baxter mit rußverschmiertem Gesicht, das Visier seines Helms hochgeklappt. »Wir hatten Glück«, sagte er, »der Wind hat rechtzeitig gedreht und das Feuer von uns weggetrieben. Es gab einige Verletzte bei meinen Leuten, aber Menschen kamen ansonsten nicht zu Schaden, und auch die Bewohner der Siedlungen, die wir evakuieren mussten, können bald in ihre Häuser zurückkehren. Opfer gab es nur unter den Tieren zu beklagen, obwohl es Carla Gorman, einer Mitarbeiterin von Wolf Aid, gelang, zwei Welpen vor den Flammen zu retten.«

»Hat der Firefighter gerade deinen Namen genannt?«, wunderte sich Ma Barker. »Du hast zwei Welpen gerettet, nicht wahr? Hab ich schon gehört.«

Carla freute sich. »Halb so wild.«

»Das kenne ich schon«, erwiderte Ma Barker grinsend. »Wenn du ›Halb so wild!‹ sagst, warst du in Lebensgefahr. He, weißt du was? Der Wolfburger geht heute auf mich! Du bist eine Heldin, Schätzchen! Eigentlich sollte ich einen speziellen Burger nach dir benennen, aber den Gefallen hab ich schon Linda getan.« Sie überlegte. »Wie wär's mit ›Carla's Healthy Veggie Salad‹?«

»Untersteh dich!«

Ma Barker wollte schon leiser drehen, als noch einmal die Reporterin im Bild erschien, natürlich mit Jacke und Schutzhelm. »Wie wir gerade erfahren haben, besteht der begründete Verdacht, dass das Feuer von einem notorischen Brandstifter gelegt wurde. FBI Agent Karen Roswell ermittelt bereits, wollte aber keine näheren Angaben dazu machen. Wir bleiben weiter am Ball.«

»Ein Brandstifter … das fehlte noch«, sagte Carla.

»Wer legt denn einen Waldbrand?«, fragte Ma Barker erstaunt.

»Oh, das kommt, glaube ich, öfter vor, als man denkt.« Carla dachte an Don Quigley, den verrückten Farmer, der seinen Hass auf Wölfe beinahe mit dem eigenen Leben bezahlt hätte. Fanatikern wie ihm war alles zuzutrauen. Die FBI-Agentin hatte ihn sicher schon im Krankenhaus besucht und verhört.

Carla spülte den letzten Bissen mit Diet Coke hinunter und lehnte sich zufrieden zurück. Ihr Blick fiel wieder auf den geheimnisvollen Mann an dem Ecktisch. Sie war neugierige Blicke von Männern gewohnt, selbst dann, wenn sie sich nicht zurechtgemacht hatte, aber dieser wirkte irgendwie unheimlich.

Auch weil sie befürchtete, von ihm angemacht zu werden, war sie froh, als C.J. das Lokal betrat und sich neben sie setzte. Er begrüßte Ma Barker und bestellte ebenfalls einen Wolfburger, dazu einen Kaffee, möglichst stark.

»Ich werde wohl heute eine Nachtschicht einlegen«, sagte er. »Jemand muss bei Maya und Duke bleiben, zumindest während der ersten paar Tage, und Wendy ist so eifrig bei der Sache, dass sie kaum noch zur Ruhe kommt.«

»Das kann ich doch machen.«

»Du warst gerade bei einem Feuereinsatz!«

»Na gut, dann übernehme ich morgen.«

C.J. bekam seinen Kaffee und trank einen Schluck. Man sah ihm an, dass er sich Sorgen machte. Die Probleme mit Rosita schlugen ihm anscheinend schwer auf den Magen. Den Wodka, den Ma Barker ihm anbot, lehnte er dennoch ab. Die Wirtin merkte, dass sie allein sein wollten, und verschwand.

Carla drängte ihn nicht, über seinen Kummer zu reden.

»Ich hab mit Rosita telefoniert«, sagte er nach einer Weile.

»Ja?«

»Ich hab ihr gesagt, dass ich sie besuchen möchte, am Sonntag nach unserem Puppy Day. Und dass ich eine Weile bei ihr bleiben und ihr helfen würde. So wie sie uns in unserem Center geholfen hat. Ich dachte, sie freut sich.«

»Aber?«

»Sie war komisch. Hat sehr verhalten reagiert und mich gefragt, ob ich mir das wirklich überlegt hätte. Sie klang beinahe so, als wäre es ihr nicht recht, dass ich komme. Ich hab ihr gesagt, ich möchte mich nicht aufdrängen, und ob sie lieber in Ruhe gelassen werden möchte …« Er kämpfte mit den Tränen und nahm rasch einen Schluck aus dem Kaffeebecher. »Sie hat geantwortet, nein, sie würde sich freuen, und sie würde mich vom Flughafen abholen …«

»Das klingt doch gar nicht übel«, machte sie ihm Mut.

»Meinst du, ich soll fliegen?«

»Natürlich wirst du fliegen«, beschwor sie ihn. »Du weißt doch, wie missverständlich so was über Telefon oder WhatsApp klingt. Es geht nichts über ein Gespräch unter vier Augen.«

Sie kam sich ein wenig seltsam vor, immerhin war sie etliche Jahre jünger als er und hatte nicht mal ihre eigene Beziehung unter Kontrolle. Aber sie wusste, dass sie beruhigend auf C.J. wirkte, und redete gern mit ihm. Von ihrem Stress mit Jason erzählte sie nicht, der war damit nicht zu vergleichen.

»Kümmerst du dich um Chico, solange ich weg bin?«

»Klar doch, mach dir keine Sorgen.«

»Und verrate niemandem, wie mies ich mich fühle.«

»Das ändert sich sowieso bald.«

Tatsächlich machte sich Carla einige Sorgen um C.J. Er war so verliebt in Rosita, dass er einige Zeit daran knabbern würde, wenn sie sich wirklich von ihm trennte. Carla verstand die Kolumbianerin. Es gehörte schon einiges dazu, sein Heimatland und seine geliebte Arbeit zu verlassen, um in einem vollkommen fremden Land wie Alaska neu anzufangen. Selbst »Einwanderer« aus den restlichen USA hatten damit ihre Schwierigkeiten. Vor allem mit den langen Nächten im Winter. Nördlich des Polarkreises wurde es zwischen Dezember und Februar fast überhaupt nicht hell. Sie war in Alaska aufgewachsen und daran gewöhnt, aber von Jason, der aus Montana stammte, wusste sie, dass auch er sich während der ersten Monate sehr schwergetan hatte.

Nachdem sie ihre Diet Coke ausgetrunken hatte, verabschiedete sich Carla von ihrem Kollegen. Sie merkte nicht, dass der Mann, der sie beobachtet hatte, ebenfalls ging. Neugierig sah er ihr nach und stieg dann in seinen Wagen.

7

Carla saß vor ihrem Müsli aus Haferflocken, Naturjoghurt und geschnibbelter Banane und bemühte sich, nicht an einen knusprigen Toast mit Schinken und Käse zu denken. Zu gesund, dachte sie beim Anblick der gesunden Kost, viel zu gesund. Spätestens nach dem ersten Löffel beschloss sie, sich am nächsten Morgen mit einem schlichten Marmeladentoast zu begnügen, sogar Käse war erlaubt. »Man kann es auch übertreiben«, murmelte sie vor sich hin.

Doch als sie auf die Idee kam, ihr Müsli mit etwas Honig zu verfeinern, war es einigermaßen zu ertragen. Aber so richtig gut schmeckte nur der Cappuccino, natürlich mit Schokostreuseln, wie sie ihn am liebsten mochte.

Im Fernsehen lief eine Morning Show. Sie sah nur mit halbem Auge hin, war zu sehr mit ihrem Müsli beschäftigt. Mit jedem Löffel schmeckte es ihr etwas besser, besonders wenn sie eine Bananenscheibe mit Honig erwischte. Nur mit den Haferflocken tat sie sich schwer. Die waren eher was für Welpen. Aber nur ein paar Tage oder Wochen lang, dann ließ sich ein Wolf nicht mehr damit abspeisen. Wölfe waren alles, nur keine Vegetarier.

»Wer hat Angst vorm bösen Wolf?«, schallte es aus dem Fernseher. Die perfekt frisierte Lady, die sich um die leichte Kost der News Show kümmerte, tauchte auf und zeigte ihre blütenweißen Zähne. »Von allen Wildtieren in Alaska hat der Wolf sicher das schlechteste Image. Denken Sie nur an Märchen wie Rotkäppchen und die vielen Horrorfilme, in denen blutgierige Wölfe über Menschen herfallen.« Statt ihr war jetzt die Szene eines Horrorfilms zu sehen, in der sich ein wütendes Rudel auf einen hilflosen Mann stürzte.

Die Bilder verschwanden, und die Kamera richtete sich auf Linda, die perfekt zurechtgemacht und in einem dunkelblauen Hosenanzug auf der weißen Couch saß und mit der Reporterin um die Wette lächelte. »Ich freue mich, in unserer heutigen Show eine Wolfsexpertin begrüßen zu dürfen, die mit ihrem Buch ›Von Wölfen und Menschen‹ bis in die Bestsellerlisten vorgedrungen ist: Linda Segarra! Linda, sind Wölfe wirklich so grausam und blutgierig?«

»Nein«, antwortete Linda, »wie Sie schon sagen, an ihrem schlechten Image sind vor allem Märchen und Horrorfilme schuld. Das war nicht immer so. Die Indianer schätzen Wölfe zum Beispiel als besonders weise. In ihren Legenden tauchen Wölfe meist als Lehrer und Ratgeber auf. Bei den europäischen Völkern war es früher ähnlich, bis die Kirche begann, sie als Dämonen zu verteufeln, und ihnen die Menschen alles Böse in die Schuhe schoben.«

»Ihr Buch heißt nicht umsonst ›Von Wölfen und Menschen‹«, sagte die Reporterin. »Gleichen sich Menschen und Wölfe denn wirklich so sehr?«

»Mehr als man denkt. Wie bei uns Menschen gibt es auch bei Wölfen unterschiedliche Charaktere. Umgängliche Typen, Draufgänger, Weicheier und Krawallmacher zum Beispiel. Wölfe können zwar nicht sprechen, aber ihre Gefühle durch bestimmte Gesten und ihre Körpersprache zeigen. Sie organisieren sich in Rudeln, die unseren Familien gleichen und in denen der Alpha-Wolf und seine Partnerin das Sagen haben. Und, das gehört auch zur Wahrheit, wenn es um ihre Territorien oder die Versorgung des Rudels geht, bringen sie sich auch gegenseitig um, so wie wir Menschen es leider auch tun.«

»Faszinierend, was Sie da sagen, Linda. Sie arbeiten für Wolf Aid, eine Gesellschaft, die sich für Aufklärung über Wölfe und den Schutz bedrohter Tiere in ihrem Wolf Center in Copperville einsetzt. Dort kann man Wölfe aus nächster Nähe beobachten, und diesen Samstag veranstalten Sie einen Puppy Day, wie Sie mir im Vorgespräch verraten haben. Was hat es damit auf sich?«

Linda beugte sich nach vorn. »Ja, das habe ich selbst erst vor der Show erfahren. Carla Gorman, eine unserer verdienstvollen Mitarbeiterinnen, hat zwei Welpen aus dem Feuer am Mystery Creek gerettet und in unser Center gebracht. Wir laden alle Tierfreunde ein, sich unsere Neuankömmlinge am kommenden Samstag in unserem Wolf Center einmal selbst anzusehen.«

Die Reporterin wies noch einmal auf die Veranstaltung und das Buch hin und verabschiedete sich von Linda. Es folgte ein Werbespot über ein gesundes Früchtemüsli, das angeblich gertenschlank machte. »Wer's glaubt, wird selig«, lästerte Carla.

Immerhin aß sie ihr Müsli bis zur letzten Flocke auf, spülte mit Cappuccino nach und stellte das schmutzige Geschirr in den Spülstein. Abspülen würde sie es, wenn sie von der Arbeit zurückkam. Auf dem Weg zum Wolf Center rief sie Linda auf ihrem Handy an. »Du warst großartig!«, lobte sie ihre Kollegin. »Warum hast du denn nichts gesagt? Ich dachte, du bist mit deinem neuen Lover unterwegs, diesem Musher aus North Pole.«

»Der ist Geschichte.«

»Wie bitte? Mit dem hatte es doch gerade erst angefangen.«

»Nichts gegen Sport und gesundes Leben, aber der Typ war mir zu anstrengend. Gegen Eddy ist Amy eine verdorbene Partymaus.« Aus dem Hintergrund hörte man laute Stimmen, anscheinend war sie noch im Studio. »Versteh mich nicht falsch, die Fahrt mit dem Hundeschlitten war wunderschön, zumindest die ersten paar Stunden, aber er fuhr und fuhr, als wollte er nach Sibirien. Und abends kümmerte er sich nur um seine Huskys und war anschließend so müde, dass er einschlief.«

»Super. Und dann hast du ihm den Laufpass gegeben?«

»Ich hab ihm gesagt, dass wir keine Beziehung eingehen könnten, wenn er ausschließlich seine Huskys im Kopf hätte. Nichts gegen Huskys, ich verstehe ja, dass man hart trainieren muss, wenn man das Iditarod gewinnen will, aber so ganz auf alles andere verzichten wäre auch nicht das Wahre. Wir wollen aber Freunde bleiben. Er ist eigentlich okay, und vielleicht wird er ja lockerer, wenn er das Rennen hinter sich hat. Ist leider noch eine Weile hin.«

»Und die Morning Show?«

»Die riefen mich an, als wir zurückkamen. Perfektes Timing. Ein anderer Gast war ausgefallen, und ich durfte die Lückenbüßerin spielen. Und dann rief auch noch Amy wenige Minuten vor der Show an und erzählte mir von unserem Puppy Day. Treffen wir uns heute Mittag zu einem Wolfburger?«

»Ich hab eine Wette gegen Amy verloren und muss eine Woche vegetarisch essen …«

»Das ist bitter!«

Im Center gab es an diesem Morgen viel Arbeit. Ghost, der seinem Namen alle Ehre machte und sich selten am Zaun sehen ließ, hatte sich den Magen verdorben. C.J. untersuchte ihn gründlich und fand heraus, dass nichts Ernsthaftes hinter der Verstimmung steckte. Er hatte sich lediglich einmal übergeben, litt aber nicht unter Durchfall, was zusätzliche Probleme bedeutet hätte.

»Wir lassen ihn heute besser hungern«, sagte C.J. »Sein Magen muss sich erst beruhigen, bevor er wieder fressen kann. Aber er braucht viel Flüssigkeit.«

Carla kümmerte sich um Ghost. Mit seinen drei Jahren war er ein besonders stattlicher Wolf, sehr muskulös und kräftig, mit braunem Fell, das nur auf dem Rücken weiß schimmerte. Ein Ranger hatte ihn vor zwei Jahren in einem Naturschutzgebiet gefunden und ihn zu einem Tierarzt gebracht. Gerade noch rechtzeitig, um ihm das Leben zu retten. »Rattengift!«, war seine Diagnose gewesen, zum Glück nicht genug, um ihn auf der Stelle zu töten. Den Tierquäler, der hinter der Vergiftung steckte, hatte man leider nie erwischt.

Cody, ein junger Wolf, der in eine Falle getreten war und seitdem humpelte, blieb in der Nähe und beobachtete Ghost und Carla neugierig. Er hatte sich mit Ghost angefreundet und schien sich um ihn zu sorgen. Seiner Körpersprache war anzumerken, wie nervös er war. »Ist nicht so schlimm«, tröstete Carla die beiden Wölfe. »Ghost ist hart im Nehmen, der wird bald wieder gesund.«

Ihre besondere Aufmerksamkeit galt an diesem und während der nächsten Tage aber Chico, dem Wolfshund, den Rosita aus Kolumbien mitgebracht hatte. Zusammen mit C.J., der halbwegs das Vertrauen des gepeinigten Tiers gewonnen hatte, blieb sie in seiner Nähe, um während C.J.s Abwesenheit auch allein für ihn sorgen zu können. Anfangs blieb sie dabei meist außerhalb des Geheges. Chico war ein äußerst launischer Wolfshund, der sehr aggressiv werden konnte, wenn ihn irgendetwas aus der Ruhe gebracht hatte. Dann fletschte er seine Zähne und knurrte und fauchte, dass einem angst und bange werden musste. Er musste sehr viel Schlimmes in Kolumbien erlebt haben.

Der Borschtsch bei Ma Barker schmeckte fast besser als der mit Fleisch, was wohl an den exotischen Gewürzen in dem Eintopf lag. »Wenn das so weitergeht, hänge ich freiwillig eine vegetarische Woche dran«, sagte Carla und wunderte sich über ihre eigenen Worte. Für Salat und anderes Grünzeug war sie nie zu haben gewesen, aber es gab anscheinend einige vegetarische Gerichte, die tatsächlich schmeckten. »Jetzt bin ich gespannt auf deinen fleischlosen Wolfburger.«

Als die Wirtin ihr gerade ungefragt einen Cappuccino hinstellte, erschien Linda im Roadhouse. Sie hatte den modischen Hosenanzug und die High Heels, die sie im Fernsehen getragen hatte, gegen bequeme Jeans, ein Sweatshirt und Sneakers ausgetauscht und trug eine weiße Pudelmütze mit dickem Bommel, die sie auch im Lokal nicht abnahm. Das übertriebene Make-up gehörte bei ihr dazu, obwohl ihr kaum jemand die inzwischen einundfünfzig Jahre ansah.

»Linda!«, rief Carla. »Wird auch Zeit, dass du nach Hause kommst!«

Ihre Kollegin hatte sich von ihrem Musher nicht die Laune verderben lassen. »Glaub bloß nicht, das mache ich alles freiwillig. So ein Auftrag in einer Morning Show ist harte Arbeit. Ständig lächeln und guter Laune sein, das schlaucht.« Sie rutschte auf einen Hocker. »Gib mir auch was von dem Spezial-Borschtsch«, sagte sie zu Ma Barker, »den muss ich unbedingt versuchen.«

»Und meinen Spezial-Wodka gibt's für den Auftritt im Fernsehen«, sagte die Wirtin und schenkte ihr ein Glas ein. »Du hast das Zeug zum Superstar.«

Linda bedankte sich, prostete ihr und Carla zu und trank das scharfe Zeug. Als sie wieder mit Carla allein war, dämpfte sie ihre Stimme und sagte: »Tut mir leid, dass ich etwas später komme, aber du glaubst nicht, wen ich nach der Morning Show vor dem Studio getroffen habe.« Sie nickte, als Ma Barker ihr den Borschtsch brachte, und wollte es wohl besonders spannend machen.

»Einen deiner Ex-Männer?«

»Den süßesten Kameramann von ganz Alaska!«

»Wie bitte? Machst du denn niemals Pause?«

Linda lächelte schuldbewusst. »Wollte ich ja, ehrlich! Aber woher sollte ich denn ahnen, dass mir ein solcher Goldjunge über den Weg läuft? Weißt du, was er gesagt hat? Die Kamera würde mein Gesicht lieben, so wie das mancher Hollywood-Stars. Frauen, die so viel Ausstrahlung rüberbringen, würde er ganz selten aufnehmen. Er ist ein Gentleman, Carla, jung und drahtig und dennoch alte Schule. Ein Mann, wie man ihn heute nur selten trifft.«

»Sagst du das nicht immer?«

»Diesmal ist es anders. Glaub mir!«

»Weißt du noch, was du bei deinem letzten Freund gesagt hast?«

»Er wäre ein Goldjunge?«

»Ganz recht. Du fällst immer auf die gleichen Männer rein.«

Sie kicherte verhalten. »Aber nur manchmal. Ich weiß doch, dass ich ein Dummchen bin, wenn es um Beziehungen geht. Ich kenne mich mit Wölfen aus, ich kann schreiben und mich im Fernsehen verkaufen, aber in der Liebe bin ich eine Versagerin.«

»Du lernst es schon noch«, erwiderte Carla lächelnd.

Linda beeilte sich, das Thema zu wechseln. Sie aß ein paar Löffel von dem Borschtsch und blickte Carla überrascht an. »Hey, das Zeug schmeckt wirklich!«

»Ich glaube, jetzt brauche ich auch einen Wodka«, sagte Carla.

Wie sie Wendy versprochen hatte, verbrachte sie die zweite Nacht nach ihrer Rückkehr bei den Welpen. Sie sprach lange mit ihnen, um sie mit dem Klang ihrer Stimme vertraut zu machen, und berührte ihr weiches Fell. Es fühlte sich ungemein flauschig an, nicht so borstig wie bei einem erwachsenen Wolf. Maya war etwas zugänglicher als Duke, schien sogar ein Lächeln für sie übrig zu haben, obwohl sie sich das auch eingebildet haben konnte.

Im Hochsommer wurde es auch in Alaska sehr warm, und ihr genügten eine Isomatte und ihr Schlafsack, um ausreichend geschützt zu sein. Nur wenige Schritte von den Welpen entfernt verbrachte sie die Nacht, ein bewährtes Mittel, um so junge Neuankömmlinge mit Menschen vertraut zu machen. Die erwachsenen Wölfe im Nachbargehege ließen sich nachts nicht blicken.

Carla hatte keine Ahnung, wie spät es war, als sie durch ein verdächtiges Geräusch geweckt wurde. Sie öffnete die Augen und blickte zum vollen Mond empor, der über ihr am Himmel stand. Schritte, das waren Schritte, ganz in ihrer Nähe! Der Weg zu den Gehegen war nachts durch ein Gittertor versperrt, über das man allerdings leicht klettern konnte.

Sie richtete sich vorsichtig auf und sah eine dunkle Gestalt am Zaun entlangschleichen. Noch konnte der Eindringling sie nicht sehen. Sie lag im Schatten des Schuppens, in dem die Kühltruhen mit dem Fleisch standen, und verschmolz mit der Dunkelheit. Auch keiner der Wölfe schien den Eindringling bisher beobachtet zu haben. Die beiden Welpen schliefen tief und fest.

Der Eindringling blieb am Zaun stehen und warf etwas in ihr Gehege. Es sah wie ein Fleischbrocken aus. »Da habt ihr was zum Knabbern!«, rief er. »Das dreht euch den Magen um!« Die Stimme eines Mannes um die Zwanzig.

In ihrer Wut vergaß Carla jede Vorsicht. Sie sprang auf und lief auf den Mann zu. »Was soll das?«, rief sie. »Was fällt Ihnen ein, hier einzubrechen?«

Der Mann reagierte blitzschnell und rannte davon. Sie lief hinter ihm her und folgte ihm bis auf die Straße hinaus, doch der Eindringling war längst in seinen Wagen gesprungen und fuhr davon. Ein Pick-up, so viel konnte sie noch erkennen.

Wütend lief sie zurück und holte das vergiftete Fleisch aus dem Gehege. Nachdem sie es entsorgt hatte, rief sie die Alaska State Troopers an. Der Officer fragte nach dem Aussehen des Verdächtigen, dem Fahrzeug und dem Kennzeichen, aber Carla wusste kaum etwas zu sagen: »Den Eindringling hab ich nicht erkannt. Ich weiß nur, dass er ein Mann war und irgendwas Dunkles trug. Der Wagen war ein Pick-up, keine Ahnung, welches Fabrikat, die sehen doch alle gleich aus. Das Kennzeichen konnte ich nicht erkennen. Aber er hat etwas ins Gehege geworfen, wahrscheinlich vergiftetes Fleisch.«

»Okay«, kam die Antwort, »ich schicke einen Trooper vorbei.«

Trooper Marcus Shelby musste in der Nähe gewesen sein, denn nur eine Viertelstunde nach ihrem Anruf fuhr er in seinem Streifenwagen vor. Carla hatte einen Behälter aus dem Schuppen geholt und das Fleisch darin verstaut. »Den Fleischbrocken hat er ins Gehege geworfen«, sagte sie und reichte dem Trooper den Behälter. Sie berichtete ihm, was geschehen war, und wiederholte die Worte des Eindringlings. »Ich bin sicher, er wollte die beiden Welpen vergiften. Wäre nicht das erste Mal, dass ein Verrückter so etwas versucht.«

»Okay«, erwiderte der Trooper, nachdem er den Vorgang notiert und ihre Personalien aufgenommen hatte, »wir kümmern uns darum. Ich werde in den nächsten Tagen öfter mal bei Ihnen vorbeifahren, obwohl ich nicht glaube, dass er es noch einmal versuchen wird. Passen Sie gut auf sich auf, Miss!«

Am nächsten Morgen herrschte natürlich große Aufregung. Vor allem Wendy bekam es mit der Angst zu tun, sodass sie entschieden, einen Wachdienst mit der Bewachung der Gehege zu beauftragen und am Samstag während des Puppy Days auf Verdächtige zu achten. C.J. erklärte sich bereit, die nächste Nacht bei den Welpen zu verbringen, und beruhigte Wendy: »Mit solchen Verrückten haben wir es hier immer wieder zu tun. Die meisten sind harmlos und wollen uns nur ein wenig erschrecken.«

»Wie kann man nur so grausam sein?«, sagte Wendy.

Die restlichen Tage bis zum Wochenende verliefen ohne Zwischenfall. Im Labor fand man heraus, dass der Täter das Fleisch nur mit einer geringen Dosis vergiftet hatte, die selbst für die Welpen nicht tödlich gewesen wäre, und einen Tag später stellte sich der Sohn eines

Farmers den Troopers. Ein schüchterner junger Mann um die Zwanzig, erfuhren sie, der von seinem Vater aufgehetzt worden war und hoch und heilig beschwor, er hätte bewusst nur wenig Gift genommen, um den Welpen nur einen Schrecken einzujagen. Wahrscheinlich würde er mit einer Geldstrafe und Sozialarbeit davonkommen. »Am besten als Tierpfleger im Raubtierhaus«, sagte Carla, »die Löwen und Tiger würden ihm schon beibringen, wie man sich zu benehmen hat.«

Am Abend vor dem Puppy Day rief John Bolton bei Carla an. Er war Reporter beim *Fairbanks News Miner* und hatte ein Herz für Wölfe. Er gehörte zu den wenigen Journalisten, die nicht den Farmern das Wort redeten. »Entschuldigen Sie, dass ich so spät noch anrufe, Carla, aber mir ist gerade zu Ohren gekommen, dass der Alaska Klan den Puppy Day für eine Protestaktion nutzen will.« Der Alaska Klan, mit k geschrieben wie der Ku-Klux-Klan, wandte sich gegen Tier- und Naturschützer, die sich nach Meinung seiner Mitglieder übertrieben für die Erhaltung der Natur einsetzten. »Nichts Ernstes, hoffe ich, das übliche Getrommel und Gepfeife. Die Troopers habe ich bereits informiert, sie werden auch da sein. Nur dass Sie Bescheid wissen.«

»Wäre auch zu schön gewesen, wenn sich diese Kapuzenträger mal zurückgehalten hätten.« Die Alaska-Klan-Leute trugen rote Kapuzen. »Vielen Dank, John. Sie haben was bei mir gut. Zumindest einen guten Cappuccino.«

8

Am Puppy Day strahlte der Himmel in einem ungewöhnlich intensiven Blau. Die Sonne stieg ungehindert hinter den Bergen empor und ließ die teilweise verschneiten Gipfel leuchten. Es war beinahe windstill. Wie geschaffen für den festlichen Empfang der Welpen in ihrem Zwinger. Ein Gitarrist, der schon öfter für Wolf Aid gespielt hatte, unterhielt die Besucher mit Folksongs und einem selbst komponierten Song über Wölfe: *Wolves in the Wild*.

Der Eintritt war frei, wie versprochen, und Amy hielt sogar frischen Kaffee und Schokokekse für die Leute bereit. Neben den Keksen und auf dem Tisch mit den Flyern von Wolf Aid standen dickbauchige Sparschweine, deren Schlitze breit genug für Geldscheine und mit der Aufschrift »Für Maya und Duke« versehen waren. Schon frühmorgens wimmelte es vor dem Center von Besuchern, und Carla und ihre Kolleginnen und Kollegen hatten alle Hände voll damit zu tun, sich um sie zu kümmern. Sogar Big John O'Hennessy war gekommen, um sich die Wölfe anzusehen und nickte anerkennend. »Gute Arbeit, Carla«, lobte er, »die Leute mögen Welpen und sind heute sicher besonders großzügig.« Wolf Aid und das Wolf Center finanzierten sich hauptsächlich aus Spenden und dem Verkauf von Merchandise.

In angemessener Entfernung parkte ein Streifenwagen der Alaska State Troopers mit dem Trooper, der wegen des nächtlichen Zwischenfalls gekommen war. Carla winkte ihm lächelnd zu. Die Roten Kapuzen vom Alaska Klan waren noch nicht zu sehen, aber sie war sicher, dass sie noch kommen und für ordentlich Wirbel sorgen würden. Das Fernsehen und etliche Reporter schwirrten auf dem Gelände herum, eine perfekte Gelegenheit, um sich Aufmerksamkeit zu verschaffen. Solange das gewaltfrei verlief, war alles okay.

Maya und Duke ließen den Rummel scheinbar gleichgültig über sich ergehen. Sie lagen meist faul auf ihren Decken und im Stroh, ließen sich aber von den ungewohnten Sonnenstrahlen dazu verführen, zumindest zeitweise die Augen zu öffnen und ein paar Schritte zu laufen. Das Highlight für die vielen Besucher war die Fütterung. Das Fernsehteam und die Fotografen waren ganz begierig darauf, Wendy zu filmen, wie sie den Kleinen die Flasche gab. Um die Welpen nicht völlig aus der Ruhe zu bringen, blieben sie in ihrem Gehege. Nur Angestellte durften die beiden in den Arm nehmen und streicheln.

Erst nachdem sich die erste Aufregung gelegt hatte, trat Big John O'Hennessy vor das Mikrofon, das sie vor dem Eingang aufgestellt hatten. Er war kein Freund langer Reden, beschränkte sich auf ein paar Grußworte und gab an Carla weiter, die ebenfalls nicht gern in der Öffentlichkeit stand, als Retterin der Welpen aber besonders gefragt war. Sie begrüßte die Besucher und fuhr fort:

»Wir alle haben von dem verheerenden Feuer am Mystery Creek auf der Kenai-Halbinsel gehört. Wie heute Morgen in den Nachrichten zu hören war, haben es die Firefighter inzwischen völlig unter Kontrolle. Ich denke, dafür haben diese tapferen Männer einen riesigen Applaus verdient.«

Die Leute klatschten begeistert, und Carla fuhr fort: »Ich war dort und habe mit eigenen Augen gesehen, wie bedrohlich und zerstörerisch ein solches Wildfeuer ist. Nur den Firefighters und dem Umstand, dass der Wind drehte, hatte ich zu verdanken, dass ich mit dem Oberkörper in die Erdhöhle kriechen und die beiden überlebenden Welpen ins Freie ziehen konnte. Ihr Zustand war lebensbedrohlich, aber die Ärzte und meine Kolleginnen und Kollegen haben es verstanden, sie endgültig zu retten und ihnen eine neue Zukunft in unserem Wolf Center zu ermöglichen.« Sie blickte in die erwartungsvollen Gesichter der vielen Zuhörer. »Woher sie ihre Namen haben? Von einem der Firefighter. Maya und Duke hießen zwei Kinder, die unglücklicherweise bei einem seiner Einsätze ums Leben kamen. Mit der Taufe unserer Welpen wollen wir sie ehren und den Eltern zeigen, dass wir sie nicht vergessen haben.«

Wieder brandete Beifall auf. Doch während Carla über das Wolf Center berichtete und den Zuhörern erklärte, dass die Welpen und auch die anderen Wölfe nicht mehr in die Wildnis entlassen werden konnten, weil sie dort nicht mehr überleben könnten, erklangen plötzlich dumpfe Trommelschläge, und der Alaska Klan marschierte auf. Etliche, in knallrote Kapuzengewänder gekleidete Gestalten betraten das Gelände, riefen Parolen wie »Wölfe fressen unsere Kinder« und »Kein Platz für Bestien« und hielten Schilder mit Fotos von gerissenen Schafen und Kälbern hoch. Einige Kinder begannen zu weinen.

Der Trooper war bereits aus seinem Streifenwagen gestiegen, doch Carla schüttelte den Kopf in seine Richtung und wandte sich an die Roten Kapuzen, wie der Alaska Klan von den meisten Leuten genannt wurde. »Ziemlich unhöflich, unsere Veranstaltung durch solch einen Halloween-Zauber so zu stören, finden Sie nicht auch?« Nur weil sie in ein Mikrofon sprach, konnte sie sich gegen die Trommelschläge behaupten. »Und ausgesprochen feige dazu. Wenn Sie was zu sagen haben, nehmen Sie Ihre Kapuzen ab und diskutieren Sie mit uns wie zivilisierte Leute. Wer ist Ihr Anführer? Wer hat mehr zu bieten als dumme Parolen? Kommen Sie zu mir, und ich höre mir Ihre Vorwürfe an!«

Mit ihrem mutigen Angebot nahm Carla den Roten Kapuzen allen Wind aus den Segeln. Selbst der Trommler hörte auf zu schlagen, und ihrem Anführer blieb in dem aufbrausenden Applaus nichts anderes übrig, als zu ihr ans Mikrofon zu treten. Nur widerwillig und zögernd nahm er seine Kapuze ab.

Zum Vorschein kam ein junger Mann um die Zwanzig mit einem von Wind und Wetter gebräunten Gesicht. Seine Augen funkelten wütend, verrieten aber auch Unsicherheit, als er die vielen Zuhörer sah. Ein Farmer, vermutete Carla, ein Typ wie Don Quigley in Cooper Landing, nur bedeutend jünger. »Und jetzt?«, fauchte er sie an. »Was erzählen Sie mir für einen Scheiß?«

»Ich erzähle Ihnen gar keinen Scheiß«, erwiderte sie. »Ich schlage vor, Sie nennen uns erst mal Ihren Namen, damit wir wissen, mit wem wir es zu tun haben. Und dann sagen Sie uns, warum Sie diese üblen Parolen verbreiten.«

»Das bringt doch nichts!«, rief einer der Roten Kapuzen.

»Lass die Wolfstante doch reden!«, ein anderer.

Aber die Mitglieder des Alaska Klan hätten wohl endgültig einpacken können, wenn ihr Anführer jetzt den Rückzug angetreten hätte. Zumindest die Leute aus der Umgebung hatten ihn sowieso schon erkannt. »Ich bin Billy Baynard«, rief er ins Mikrofon, »wir haben eine Farm in der Nähe von Paxson und allen Grund, was gegen Wölfe zu haben! Erst letzten Winter haben wir zwei Schafe an diese blutgierigen Bestien verloren. Die meisten unserer Leute haben so was erlebt, und es nimmt einfach kein Ende. Im Gegenteil, sie machen einen Wirbel um diese kleinen Biester, als hätte der Herrgott sie persönlich geschickt.« Er blickte Carla an. »Warum haben Sie die Welpen nicht verbrennen lassen? Aus Welpen werden Bestien, die sich nicht nur auf unsere Tiere, sondern auch auf unsere Kinder stürzen werden.« Er redete sich langsam wieder in Rage und hatte keine Scheu mehr. »Wollen Sie das? Wollen Sie, dass diese Ausgeburten der Hölle hier die Herrschaft übernehmen?«

Carla versuchte, ruhig zu bleiben. »Ich verstehe Ihren Ärger ja, Billy. Als Farmersfrau wäre ich sauer, wenn zwei meiner Schafe von Raubtieren gerissen worden wären. Aber ich wette, die beiden Tiere waren krank oder so schwach, dass sie sowieso nicht mehr lange gelebt hätten. War es nicht so?«

»Sie waren krank, na und?«

»Wölfe wagen sich nur in die Nähe von menschlichen Siedlungen, wenn sie keinen anderen Ausweg mehr wissen. Wenn das Wild durch einen harten Winter so knapp geworden ist, dass sie nicht mehr genug zu fressen haben. Und sie reißen fast ausschließlich kranke und schwache Tiere, weil sie leichte Beute sind und kaum Gegenwehr leisten. Krankheiten und Seuchen sind eine viel größere Gefahr für Ihre Tiere als Wölfe. Wölfe geben ein gutes Feindbild ab, das ist alles. Sie wurden jahrhundertelang in Märchen und Geschichten und inzwischen auch in Filmen als ›Ausgeburt des Bösen‹ verteufelt, und viele Leute denken sich nichts dabei, sie wahllos abzuknallen.«

»Warum auch nicht? Sie sind Bestien!«

»Sind sie nicht«, widersprach Carla, »und sie fressen auch keine Kinder. Wölfe mögen keine Menschen und machen gewöhnlich einen großen Bogen um sie. Und wenn sich Menschen und Wölfe tatsächlich einmal begegnen, nehmen sie meist Reißaus. Es gibt keinen Grund, sie zu verteufeln oder Angst vor ihnen zu haben. Lesen Sie das Buch, das unsere Mitarbeiterin Linda Segarra geschrieben hat. Informieren Sie sich, bevor Sie hier protestieren.«

»Hör nicht auf die Zicke!«, rief einer seiner Mitstreiter. »Lass sie stehen, Billy! Das bringt doch nichts.«

Billy war wohl der gleichen Meinung und kehrte zu seinen Kumpanen zurück. Beinahe trotzig zog er sich seine Kapuze über den Kopf. Ohne Trommelschläge und unter dem Beifall der meisten Besucher zogen sie davon.

»Es muss ein Miteinander von Wölfen und Menschen geben«, schloss Carla ihre Rede. »Möge Maya und Duke ein langes Leben beschieden sein!«

Carla war froh, so glimpflich davongekommen zu sein, und gönnte sich erst mal einen Cappuccino und einen Schokoladenkeks. Sie prostete Amy zu.

»Das hast du gut gemacht«, sagte Amy. »Muss an der Ernährung liegen.«

»An den Haferflocken bestimmt nicht«, erwiderte Carla. »Gesund hin oder her, das Zeug schmeckt nach gar nichts, und wenn du noch so viel Joghurt, Obst und Honig hineinkippst. Die restlichen Flocken kriegen die Welpen.«

»Immerhin hast du ein paar Tage durchgehalten.«

»Dann darf ich mir heute einen Wolfburger gönnen?«

Amy lachte. »Ich bin schließlich kein Unmensch.«

»Ehrlich gesagt, war dieses vegetarische Zeug gar nicht übel. Der fleischlose Borschtsch, den Ma Barker mir gekocht hat, war zum Beispiel ein Gedicht. Und wenn man ihn nicht zu sauer macht und Pfirsiche oder so was reinschnibbelt, schmeckt sogar Salat. Abgenommen hab ich auch ein bisschen.«

»Der erste Weg zur Besserung.«

»Man muss es ja nicht gleich übertreiben«, sagte Carla, »aber vielleicht lege ich alle vier Wochen einen Spezial-

Borschtsch-Tag ein. Nur so ganz gesund leben wie du, ohne die üblichen Schweinereien, das schaffe ich nicht.«

»Du glaubst nicht, wie gut man sich dabei fühlt.«

Was Carla nicht daran hinderte, sich wie ein kleines Mädchen auf ihren Wolfburger zu freuen. Tagsüber war dafür keine Zeit, da hatte sie genug damit zu tun, den Besuchern über Welpen und von ihrem Rettungseinsatz am Mystery Creek zu erzählen. »Wann werden Wölfe eigentlich erwachsen?«, fragte eine junge Frau, die sichtlich Freude an den munteren Welpen hatte.

»Ungefähr mit zwei Jahren.«

»Und warum sind sie in einem eigenen Gehege?«

»Um sich an ihre neuen Nachbarn zu gewöhnen.«

»Warum bekommen die Welpen kein Spielzeug wie Hunde?«

»Weil sie Wölfe sind und in einer möglichst natürlichen Umgebung aufwachsen sollen. Sie können keinen Wolf zu einem Hund erziehen, er wird immer ein Wolf bleiben. Er kann mit Holzstücken und Knochen spielen.«

Gegen Abend war Carla so erschöpft, dass sie am liebsten nach Hause und ins Bett gegangen wäre. Aber ihr Hunger auf den geliebten Wolfburger war zu groß. Sie strahlte über beide Wangen, als sie sich an den Tresen setzte.

»Lass mich raten«, sagte Ma Barker, als sie ihre strahlende Miene bemerkte, »Amy hat dich begnadigt, und du darfst endlich einen Wolfburger bestellen. Mit doppelt Käse, extraviel Zwiebeln und dazu eine eiskalte Diet Coke.«

Carla strahlte immer noch. »Seit wann kannst du hellsehen?«

Der Wolfburger schmeckte köstlich. Man glaubt ja nicht, wie lecker eine Lieblingsspeise schmecken kann, wenn man einmal darauf verzichten musste. Sie genoss jeden einzelnen Bissen und ließ nicht mal einen Krümel liegen.

»Ich hab gehört, du hast die Roten Kapuzen vertrieben«, sagte Ma Barker.

»Fragt sich nur, wie lange.«

»Die sind harmlos. Straßenkids … wie herrenlose Hunde.«

»Über den Vergleich würden sie sich besonders freuen.«

»Miss Carla Gorman?«, erklang eine Stimme hinter ihr.

Carla drehte sich um und sah sich einer ungefähr dreißigjährigen Frau mit blond gefärbter Kurzhaarfrisur gegenüber. Sie trug einen dunkelblauen Anorak, modische Jeans und einen weißen Schal, den sie über ihrem Anorak geknotet hatte. Sie war äußerst dezent geschminkt und wirkte sehr entschlossen.

»Carla genügt.«

»Special Agent Karen Roswell vom FBI in Anchorage«, stellte sich die Frau vor und zeigte ihren Ausweis. »Können wir irgendwo ungestört reden?«

Carla nahm ihre Diet Coke und ging mit ihr an einen der hinteren Tische, weit genug von neugierigen Ohren entfernt. Karen bestellte einen Kaffee.

»Sie haben sicher schon gehört, dass das Feuer am Mystery Creek von einem Brandstifter gelegt wurde. Bisher bestand nur ein Anfangsverdacht, aber inzwischen haben wir handfeste Beweise dafür, dass es tatsächlich so war.«

»Was für Beweise denn?«

»Ich stelle die Fragen, Carla, aber ich will nicht unhöflich sein. Der Verdächtige war so unvorsichtig, in einem Motel abzusteigen. Er hatte sich wohl verkleidet, sonst hätte ihn der Besitzer sicher erkannt. Aber wir sind auf Fingerabdrücke gestoßen, die wir schon bei zwei anderen Waldbränden gefunden haben, mehr oder weniger durch Zufall, muss ich zugeben. Einen in der Nähe von Ely in Minnesota und einen anderen am Alsea River in Oregon.«

Carla blickte sie ungläubig an. »Er soll drei Feuer gelegt haben?«

»Wir gehen fest davon aus«, antwortete Karen. »Die Schwierigkeit besteht darin, dass der Mann ein Verwandlungskünstler sein muss, also in jeder Gegend unter völlig anderem Aussehen und einem anderen Namen auftaucht.«

»Und wie kann ich Ihnen helfen?«

»Sie waren am Mystery Creek.«

»Das stimmt, aber da wusste ich noch nicht, dass es einen Brandstifter gibt, und ich kann mir, ehrlich gesagt, auch nicht vorstellen ... das heißt ...«

»Ja?«

»Da war dieser Don Quigley, ein verrückter Farmer. Der hasst Wölfe so sehr, dass er wie ein Wilder um sich schoss und beinahe selbst umgekommen wäre, als er einem Wolf in die Rauchwolken folgte. Aber ein Feuer legen …«

»Den haben wir verhört. Er hat nichts mit dem Feuer zu tun.«

»Dann weiß ich auch nicht weiter.«

»Wir glauben nicht, dass es sich um einen Pyromanen handelt«, fuhr Karen fort. »Es gibt Anhaltspunkte dafür, dass es sich um einen fanatischen Wolfshasser handelt, der die Feuer nur legt, um Wölfe auf möglichst qualvolle Weise sterben zu lassen. Er will sich an ihren Qualen erfreuen, sonst würde er sie erschießen wie dieser Quigley. Ein Verrückter, die sind am gefährlichsten.«

»Aber wenn Sie seine Fingerabdrücke haben …«

»… wissen wir, wie er mit richtigem Namen heißt. Clayton Stark, ein ehemaliger Fallensteller, der in Minnesota geboren wurde und dort auch lange lebte. Mehr wissen wir nicht. Er benutzt keine Kreditkarten, schreibt keine E-Mails und mit den sozialen Medien hat er auch nichts im Sinn. Er besitzt nicht mal ein Handy. Ein Eigenbrötler, ein Spinner, aber brandgefährlich.«

»Im wahrsten Sinne des Wortes«, ergänzte Carla. »Und warum kommen Sie ausgerechnet zu mir? Weil ich mit Wolfshassern wie diesen Roten Kapuzen zu tun habe, die vorhin hier waren? Was meinen Sie, wie viele Wolfshasser es allein in Alaska gibt? Die kann selbst das FBI nicht alle verhören.«

Karen hielt ihren Becher mit beiden Händen und verzog das Gesicht, als sie getrunken hatte, wahrscheinlich war ihr der Kaffee zu stark. »Das wissen wir auch. Nein,

Carla, wir brauchen Ihre Hilfe. Alle Feuer legte unser Verdächtiger in einer Gegend, die für besonders zahlreiche Wolfsrudel bekannt war und zudem in der Nähe eines Wolf Centers lag. Wie Sie wissen, gibt es nördlich von hier und weiter westlich einige große Rudel, die unser Verdächtiger, wenn alles nach seinem Plan läuft, mit einem Feuer erwischen würde.«

Carla erschrak. »Sie meinen … er kommt hierher?«

»Die Abstände zwischen seinen Bränden werden immer kürzer, so wie bei einem Psychopathen, der immer öfter töten muss, um seine Sucht zu stellen. Diese Gegend bietet sich geradezu für ein Wildfeuer an.«

»Und wie wollen Sie das verhindern?«

»Wir müssen den Brandstifter vorher finden. Unsere Agents sind natürlich an mehreren Orten aktiv, aber ich habe den Verdacht, dass er sein nächstes Feuer hier legen will.« Sie trank noch einen Schluck, behielt den Becher in den Händen. »Sie kennen sich mit Wölfen aus und kennen die Namen von Wolfshassern wie diesen Roten Kapuzen. Vielleicht ist er bei einer dieser Gruppierungen untergekrochen. Die rote Kapuze würde zu ihm passen, anscheinend besitzt er einen Sinn fürs Theatralische.« Sie zögerte kurz. »Wollen Sie mich zu einigen dieser Leute begleiten, Carla?«

»Ich weiß nicht recht …«

»Sie würden uns helfen, eine Katastrophe zu vermeiden.«

»Okay«, gab sie nach. »Wann soll's denn losgehen?«

»Morgen«, antwortete Karen.

9

Carla und die FBI-Agentin hatten sich zum Frühstück im Roadhouse verabredet. Vorbei die Haferflocken-mit-Früchten-Zeit, endlich konnte sie bei Rührei mit Speck und gebackenen Bohnen mal wieder über die Stränge schlagen. Karen begnügte sich mit Toast und Marmelade. Dazu gab es Kaffee, den beide mit Milch aufhellten. »Zufrieden mit unserem neuen Hotel?«, fragte Carla.

Die FBI-Agentin hatte im gerade erst eröffneten Motel einer Hotelkette übernachtet. »Das ist okay. Sie wissen, wo der Kapuzenmann wohnt?«

Sie nickte. »Südlich von Paxson. Keine halbe Stunde von hier.«

»Und Sie kennen den Burschen persönlich?«

»Nein, ich hab ihn gestern zum ersten Mal gesehen. Er heißt Billy Baynard, der Sohn eines Farmers. Die meisten Farmer haben was gegen Wölfe, und es wundert mich nicht, dass er genauso denkt, aber ich hatte keine Ahnung, dass er der Anführer der Roten Kapuzen ist. Ich denke, den Zauber machen vor allem junge Leute mit. Rote Kapuzen haben etwas Geheimnisvolles.«

»Wie der Ku-Klux-Klan.«

»So schlimm sind sie nicht, nur zu verbohrt, um sich die Argumente der Gegenseite anzuhören. Billy Baynard hat sich immerhin angehört, was ich zu sagen hatte. Er hätte mir auch den Finger zeigen und verschwinden können.«

»Sie haben ihn herausgefordert, das lässt so ein Macho nicht auf sich sitzen, schon gar nicht so ein junger wie er. Was glauben Sie, was ich schon alles erlebt habe. Die meisten Gangster glauben doch, leichtes Spiel mit einer Frau zu haben. Bis ich ihnen Handschellen verpasst habe.«

Carla biss in ihren Toast und grinste. »Sind Sie deswegen zum FBI gegangen? Um es den bösen Buben zu zeigen? Um sie in die Knie zu zwingen?«

»Das auch.« Auch der Agentin schmeckte das Frühstück. »Und weil meine Eltern beide Cops waren. Zuerst auf der Straße und später als Detectives.«

»Hier in Alaska?«

»Philadelphia«, erwiderte Karen. »Als Detective hatte es mein Vater mit einem Serientäter zu tun, der eine junge Frau in South Philly umgebracht hatte. Sie waren dem Täter dicht auf den Fersen, aber dann schlug er in Virginia zu, und das FBI übernahm den Fall. Wenn ein Täter in mehreren Bundesstaaten mordet, haben die Feds vom FBI das Sagen. Also ging ich zum FBI.«

»Und was bringt Sie nach Alaska?«

»Meine Chefs in Quantico. Die dachten wohl, ich wäre hier gut aufgehoben, und schickten mich nach Anchorage. Sie wollten mir wohl eins auswischen, weil ich ihnen öfter Contra gegeben hatte, aber inzwischen gefällt es mir hier. Die Leute sind freundlicher und besser drauf als an der Ostküste.«

»Bis auf die bösen Buben.« Carla kaute lachend.

»Und unverbesserliche Machos.«

Die Tür ging auf, und ein junger Mann betrat das Lokal. Erst war er nicht genau zu erkennen, dann trat er in den Lichtschein einer Lampe und blieb abwartend stehen, eine Hand am Reißverschluss seines Anoraks. Er machte einen müden Eindruck, als hätte er eine lange Autofahrt hinter sich.

»Jason!«, riefen Carla und Karen beinahe gleichzeitig.

Und erstarrten im gleichen Augenblick.

Jason kam ungläubig auf sie zu, plötzlich blass geworden und scheinbar unfähig, die passenden Worte zu finden. »Carla! Karen!«, flüsterte er nur.

Carla und Karen waren geschockt. Fassungslos blickten sie auf den Wolfsjäger, der anscheinend nicht wusste, was er tun sollte, sich zu ihnen setzen oder schleunigst die Flucht ergreifen. Er blieb unschlüssig vor ihnen stehen.

»Ich hatte ja keine Ahnung …«, begann er und verstummte wieder.

Carla blickte die FBI-Agentin an. »Sie kennen Jason?«

»Wir waren mal zusammen. Ist lange her. Und Sie?«

»Ähm, wir … wir sind … ich weiß es nicht«, murmelte sie.

»Tut mir leid«, fand Jason seine Sprache wieder, »ich wusste ja nicht … ich wollte doch nur …« Er griff sich nervös an den Kopf. »Darf ich mich setzen?«

Beide nickten, und Jason setzte sich. Die Bedienung kam vorbei und schenkte ihm Kaffee ein. »Nur Kaffee«, sagte er, als sie fragte, ob er auch was essen wolle. Er legte seine Hände um den heißen Becher. »Frisch draußen.«

»Wolltest du zu mir?«, fragte Carla. »Oder zu Karen?«

»Ich wusste gar nicht, dass Karen hier ist. Außerdem …«

»Schnee von gestern«, mischte sich die FBI-Agentin ein. »Es ist 'ne halbe Ewigkeit her, dass Jason und ich zusammen waren, und ich hab nicht die Absicht, wieder etwas mit ihm anzufangen.« Ihre Miene verriet, dass die Trennung damals nicht ohne Komplikationen abgelaufen war. »Aber in meiner Eigenschaft als FBI-Agentin hätte ich dich natürlich noch aufgesucht, vor allem, seit ich weiß, dass der Brandstifter das Feuer nur wegen der Wölfe gelegt hat.« Sie hatte ihren Schrecken überwunden und benahm sich so kühl, wie man es von einer FBI-Agentin erwartete. »Du warst auch am Mystery Creek.«

»Um verletzte Wölfe und andere Tiere von ihren Leiden zu befreien«, erwiderte er. »Du glaubst doch nicht, dass ich was mit der Sache zu tun habe?«

»Natürlich nicht. Hast du eine Ahnung, wer es gewesen sein könnte?«

»Ich bin keiner dieser Fanatiker, die Wölfe am liebsten tot sehen würden, auch wenn Carla das vielleicht glaubt. Wenn ich einen Wolf töte, dann gibt es einen triftigen Grund dafür. Hass gehört nicht dazu. Und ich bin auch nicht auf Trophäen aus. Ich hänge mir keine Wolfsfelle oder so was an die Wand.«

»Aber du kennst viele Leute, die was gegen Wölfe haben.«

»Sicher. Die Roten Kapuzen, viele Rancher und Farmer ...«

»Wir haben Hinweise darauf, dass der Waldbrand am Mystery Creek nicht das erste Feuer des Brandstifters ist. Er war wahrscheinlich schon in Minnesota und Oregon aktiv, und es ist gut möglich, dass er beim nächsten Mal in dieser Gegend zuschlägt. Hast du eine Ahnung, wo er untergetaucht sein könnte? Auf einer Farm? Bei Protestgruppen wie diesen Roten Kapuzen?«

»Kann ich dir nicht sagen.«

»Falls du was hörst, ruf mich an.« Sie gab ihm ihre Visitenkarte.

Jasons Smartphone klingelte. Er zog es aus der Anoraktasche und blickte auf das Display. »Sorry, da muss ich dran.« Er ließ sie allein und beeilte sich, aus dem Lokal zu kommen. Carla und Karen blickten ihm schweigend nach.

Nach einigen Minuten kehrte er zurück. »Tut mir leid, ich muss weiter.«

»Ein neuer Auftrag?«, fragte Carla schnippisch.

»Weiß ich noch nicht. Ich melde mich, okay?«

Carla hatte das Gefühl, dass er erwartete, sie würde aufstehen und mit zur Tür gehen, um noch einige private Worte zu wechseln, blieb aber sitzen. Ein Fehler, wie sie später einräumte. Er konnte schließlich nichts dafür, dass ausgerechnet seine Ex bei ihr am Tisch gesessen hatte. »Okay«, antwortete sie.

Karen wartete, bis Jason gegangen war, und prostete ihr mit dem Kaffeebecher zu. »Kein Stress«, sagte sie, »ich hab keine Gefühle mehr für ihn.«

»Mögen Sie Wölfe?«, fragte Carla.

Karen blickte sie verwundert an. »Hm … darüber hab ich nie nachgedacht. Auf einer Wanderung würde ich ungern einem über den Weg laufen. Sagen wir mal so: Ich habe Respekt vor ihnen. Stattliche Tiere, die sich bestimmt nichts vormachen lassen. Aber ich würde auch einen Bogen um Hunde machen, wenn sie größer als ein Chihuahua sind. Ich bin keine Wildnis-Frau.«

»Dann sollte ich Ihnen sobald wie möglich unser Center zeigen, da erfahren Sie alles über Wölfe. Wenn wir von den Roten Kapuzen zurück sind?«

»Jederzeit«, antwortete Karen.

Sie zahlten und stiegen in Karens Wagen, einen Outlander mit Extrascheinwerfern auf dem Dach. So einen Wagen fuhren sonst nur Polizisten oder angeberische Machos. »Einer unserer Firmenwagen«, erklärte Karen, »leider schluckt er mächtig viel Benzin. Aber er kann was vertragen.«

Karen fuhr auf den Highway und lenkte den Wagen nach Norden. Der Motor hörte sich erstaunlich leise an. Am Himmel waren über Nacht einige Wolken aufgezogen, und die Sonne ließ sich nur noch sporadisch blicken. Auch der Wind hatte etwas aufgefrischt und blies losen Sand über den Asphalt.

Zu beiden Seiten des Highways erstreckten sich Wälder und grüne Täler. In der Ferne leuchteten die schneebedeckten Hänge der Alaska Range, der Gipfel des Mount Denali lag im Dunst verborgen, ein Ärgernis für alle Urlauber.

»Hat Jason Ihnen was über Wölfe erzählt?«, fragte Carla.

»Wir kannten uns, bevor er Wolfsjäger wurde«, antwortete sie, »wie gesagt, ist schon etliche Jahre her. Er lebte damals noch auf der Ranch seiner Eltern in Montana und mich hatte man in unser neues Field Office nach Jackson abkommandiert. Ich hab ihn auf einem Rodeo kennengelernt. Eigentlich hab ich nichts für Cowboys übrig, aber er war anders, als ich mir einen Cowboy vorgestellt hatte, und wir hielten eine Weile durch.«

»Und dann haben Sie ihm den Laufpass gegeben?«

»Wir haben uns beide den Laufpass gegeben«, verbesserte Karen sie. »Es passte einfach nicht. Von Jackson zu seiner Ranch sind es sechs Stunden, und wir sahen uns, wenn es hochkam, am Wochenende. Ich musste öfter Überstunden machen, und er hing den ganzen Sommer auf irgendwelchen Rodeos rum. Meinen Job aufzugeben kam nicht infrage. Ich bin nicht der Hausfrauen-Typ. Außerdem wurde ich nach Alaska versetzt, und bei ihm war von Alaska noch keine Rede.« Sie überholte einen Truck mit Baumstämmen. »Und Sie?«

Carla überlegte eine Weile. »Wie gesagt, ich weiß nicht mal, ob wir ein Paar sind. Mal lieben wir uns, dann liegen wir wieder im Clinch und beharken uns. Er tötet Wölfe für Geld und ich beschütze sie. Das ist ein Problem.«

»Niemand hat gesagt, dass Liebe einfach ist.«

»Haben Sie einen Freund?«

Sie nickte. »Einen Cop in Anchorage. Er ist Detective im Morddezernat. Er ist meinem Vater so ähnlich, dass ich es manchmal mit der Angst zu tun bekomme. Wenigstens versteht er meinen Job, und Überstunden ist er auch gewohnt.«

Carla war überrascht, wie offen sie Karen gegenüber war. Normalerweise schwieg sie Fremden gegenüber über ihre seltsame Beziehung mit Jason, aber Karen hatte irgendetwas an sich, dass einen zum Reden verleitete. Eine Begabung, die ihr sicher auch bei ihren Verhören zugutekam.

Der Paxson Lake, ein romantisch gelegener See, lag zu ihrer linken, als sie auf eine Schotterstraße nach Osten abbogen. Nach ungefähr zehn Minuten erreichten sie die Farm der Baynards, ein einsam gelegenes Blockhaus mit einem Stall und einem Schuppen, umgeben von zwei Äckern und einer großen Wiese, auf denen Schafe weideten. Ein Hund kam ihnen bellend entgegen.

»Jetzt sagen Sie bloß, der will nur spielen«, sagte Karen.

Sie parkten vor dem Haus und stiegen aus. Al Baynard, der Vater des Rote-Kapuze-Jungen, war vor die Tür getreten, und zu einem Western hätte nur noch eine Schrotflinte in seinen Händen gefehlt. Er war ein stämmiger Mann mit ausgeprägtem Nacken und misstrauischem Blick. »Was wollen Sie?«

»FBI, Special Agent Karen Roswell«, stellte Karen sich vor. Sie zeigte ihren Ausweis und steckte ihn in die Anoraktasche zurück. »Das ist Carla Gorman von Wolf Aid. Wir würden gern Ihren Sohn sprechen, Mister Baynard.«

»Billy? Wegen der Sache gestern? Deswegen kommt das FBI?«

»Er ist kein Verdächtiger«, beruhigte Karen den Farmer. »Wir möchten nur eine Auskunft von ihm.« Sie blickte misstrauisch auf den Hund, einen schwarzen Mischling, der sich immer noch in ihrer Nähe aufhielt und knurrte.

»Verschwinde!«, rief Baynard dem Hund zu und drehte sich zur halb geöffneten Tür um. »Billy! Wo steckst du? Eine FBI-Lady will dich sprechen.«

»Special Agent«, verbesserte Karen.

Billy erschien zögernd in der Tür. Ohne seine rote Kutte sah er weit weniger eindrucksvoll aus. Und seine große Klappe hatte er auch verloren. »Ja?«

»Waren Sie in letzter Zeit mal auf der Kenai-Halbinsel?«

»Nein … wieso?«

»Minnesota oder Oregon?«

»Wie kommen Sie denn darauf?«

»Gibt es bei Ihren Roten Kapuzen einen jungen Mann, der erst in den letzten Tagen zu Ihnen gestoßen ist? Einen, der sich vor uns verstecken muss?«

»Keine Ahnung. Ich …«

»Sie sind der Anführer Ihrer Truppe und wissen ganz genau, ob es einen Neuen gibt«, fuhr sie ihn an, »also sagen Sie gefälligst die Wahrheit. Wenn Sie mich anlügen, bekommen Sie ernsthafte Schwierigkeiten!«

»Nun ja … Jerry ist erst seit Freitag bei uns.«

»Ich brauche seinen vollen Namen und seine Adresse.«

»Jerry Horsley«, antwortete Billy, »seine Adresse hab ich nicht. Aber ich weiß, dass er bei Walmart in Fairbanks arbeitet. Regale einräumen und so.«

»Okay. Falls Sie ihn warnen, sind Sie dran, das wissen Sie hoffentlich.«

»Jerry ist mir egal.«

Carla und Karen stiegen in ihren Wagen und fuhren davon. Im Rückspiegel beobachteten sie, wie der Farmer seinen Sohn unsanft ins Haus stieß.

»Nette Leute«, sagte Carla. »Wollen Sie nach Fairbanks weiter?«

Karen blickte auf ihre Armbanduhr. »Wenn wir zügig durchfahren, sind wir gegen dreizehn Uhr dort. Wenn wir den Burschen finden, nehme ich ihn in die Mangel, dann gehen wir was essen und fahren zurück. Oder haben Sie was anderes vor?«

»Heute ist mein freier Tag.«

»Glück gehabt«, sagte Karen.

Carla war tatsächlich dankbar, die FBI-Agentin begleiten zu dürfen. Wenn der Brandstifter darauf aus war, Wölfe zu töten, stellte er auch eine Bedrohung für das Wolf Center und die Wolfsrudel der Umgebung dar. Nicht auszudenken, wenn in den Wäldern um Copperville ein Feuer ausbrach. Dann wären sowohl Tiere als auch Menschen gefährdet.

Sie tankten außerhalb von Paxson und fuhren nach Norden weiter. Meilenweit führte der Highway am Summit Lake vorbei, einem malerischen See inmitten einer romantischen Landschaft. Die Berge der Alaska Range bildeten eine dramatische Kulisse und leuchteten in den Sonnenstrahlen, die einen Weg durch die Wolkendecke gefunden hatten. Ein Adler kreiste hoch über ihnen, blieb bei ihnen, bis er in einem der Täler eine Beute gefunden hatte.

In Fairbanks musste Carla sich bei jedem Besuch an das ausufernde Häusermeer gewöhnen. Wer in einer winzigen Siedlung wie Copperville wohnte und ansonsten meist in der Wildnis unterwegs war, gewöhnte sich nur schwer an den starken Verkehr. Besonders im Hochsommer wimmelte es in Alaska von Urlaubern, die Fairbanks zu ihrem Hauptquartier auserkoren hatten.

Der Walmart lag mitten in den Stadt, nur wenige Schritte vom Highway entfernt, und bot den gewohnten Anblick: ein riesiges, kastenförmiges Gebäude mit dem vertrauten Logo über den Eingangstüren. Sie stellten ihren Wagen auf dem riesigen Parkplatz ab und betraten den Laden durch den Haupteingang. Bei einem Mitarbeiter erkundigten sie sich nach Jerry Horsley.

»Er räumt Regale ein, sagen Sie? Dann ist er bei den Lebensmitteln.«

Die Lebensmittelabteilung umfasste ungefähr ein Drittel des riesigen Ladens, und sie brauchten einige Zeit, um die Mitarbeiter beim Einräumen von Konserven zu entdecken. Dass sie den Verdächtigen auf Anhieb erkannten, lag an seiner eigenen Dummheit. Als er vor allem Karen erblickte, die selbstsicher und mit zielsicheren Schritten auf ihn zuging, rannte er davon.

»FBI! Bleiben Sie stehen!«, rief Karen ihm nach.

In seiner Panik dachte Jerry Horsley nicht daran. Er hetzte wie ein aufgeschrecktes Kaninchen durch den Gang mit den Obstkonserven, stieß gegen eine Pyramide aus Pfirsichdosen, die gerade im Angebot waren, und stürzte inmitten der fallenden Dosen zu Boden. Zitternd vor Angst blieb er liegen.

»FBI«, sagte Karen. Sie zeigte ihm ihren Ausweis.

»Ich hab nichts getan! Ich bin unschuldig!«

»Und warum laufen Sie dann weg?«

»Ich hatte Angst ... so wie Sie anmarschiert kamen!«

Karen zog ihr Smartphone, rief eine App auf und hielt es Horsley hin. »Ich brauche Ihre Fingerabdrücke. Einen nach dem anderen.« Sie zeigte ihm, wie er seine Finger abrollen musste, und wartete geduldig, bis er durch war. Die gesammelten Abdrücke schickte sie an ein Labor des FBI. »Ich lasse die Abdrücke checken, das kann einige Zeit dauern. Dann sehen wir, ob Sie unschuldig sind.« Sie steckte ihr Handy weg und legte ihm Handschellen an.

»Wenn es wegen der Roten Kapuzen ist ... ich hab das Recht auf freie Meinungsäußerung. So steht's in der Verfassung, stimmt's? Im ersten Zusatz.«

»Ich kenne die Verfassung, Jerry.« Inzwischen war der Manager des Ladens herbeigeeilt, und Karen zeigte ihm ihren Ausweis und versicherte ihm, dass er sich keine Sorgen zu machen brauche. Zu Jerry Horsley sagte sie: »Waren Sie während der letzten zwei Wochen mal auf der Kenai-Halbinsel?«

»Auf der Kenai-Halbinsel? Was soll ich denn da?«

»Waren Sie?«

»Nein, natürlich nicht. Da gibt's doch nur Bären.«

»Wo waren Sie dann? Soweit wir wissen, sind Sie den

Roten Kapuzen erst vor Kurzem beigetreten. Wo waren Sie vorher? In Minnesota und Oregon?«

Horsley blickte sie verständnislos an. »Was sollen die Fragen? Ich war in Seward, hab dort auf einem Fischerboot ausgeholfen. Die letzten vier, fünf Wochen. Bis der Mistkerl mir gekündigt hat. Sie können ihn gerne fragen.«

»Das werden wir tun, Jerry.«

Ihr Handy klingelte. Sie ging dran und hörte eine Weile zu. »Okay«, sagte sie. Sie klang enttäuscht. »Dann müssen wir weitersuchen. Danke, Kollege.«

Karen befreite den Verdächtigen von den Handschellen und hängte sie an ihren Gürtel. »Alles okay, Jerry. Sie können gehen. Sie hätten nicht weglaufen sollen, dann hätten wir das schneller über die Bühne bringen können. Sorry.«

»Sorry?« Er bekam wieder Oberwasser. »Ist das alles? Ich werde Sie verklagen, Miss! Wenn es sein muss, gehe ich bis zum Bundesgericht. Das war Freiheitsberaubung. Ich bin ein unbescholtener Bürger und hab das Recht ...«

Den Rest hörten sie auf ihrem Weg zum Ausgang nicht mehr.

»Dumm gelaufen«, sagte Karen nur.

10

Carla vertraute dem FBI. Sie hatten die Fingerabdrücke und den Namen des Verdächtigen, und es würde sicher nicht mehr lange dauern, bis er ihnen ins Netz ging. Mit den Möglichkeiten, die ihnen die moderne Technik bot, hatten sie schon viel raffiniertere Verbrecher aufgespürt. Doch einige Tage, nachdem Karen den falschen Verdächtigen im Walmart festgenommen hatte, waren sie kaum einen Schritt weitergekommen und beschränkten sich darauf, besonders kritische Gegenden im Auge zu behalten. Psychopathen wie Clayton Stark, die ganze Wälder anzündeten, nur um möglichst viele Wölfe qualvoll sterben zu sehen, waren unberechenbar und kannten keinerlei Skrupel.

Als Carla einige Tage nach ihrer Fahrt mit Karen durch das Klingeln ihres Handys geweckt wurde, fuhr sie erschrocken hoch. Jason? War das Jason? Sie tastete verschlafen nach ihrem Handy und wünschte sich nichts sehnlicher, als seine Stimme zu hören. Er hatte sich seit ihrer Begegnung im Roadhouse nicht gemeldet, und sie wollte ihm nicht wie ein verliebtes Schulmädchen auf die Nerven gehen und hatte auch nicht angerufen.

Doch auf dem Display las sie nur »C.J.«. Carla meldete sich gähnend. »C.J.?«

»Uuups!«, erwiderte er, »ich hab wieder nicht an den Zeitunterschied gedacht. Ich wollte dir nur sagen, dass ich noch ein paar Tage bleiben werde.«

»Kein Problem, C.J. Wir kriegen das auch ohne dich hin.«

»Ich bleibe nicht ewig hier.«

»Lass dir Zeit, C.J. Gibt es Probleme?«

C.J. zögerte ein wenig, überlegte wohl, ob er sie mit seinen Problemen belasten sollte. »Rosita ist hier rund um die Uhr im Einsatz und braucht dringend meine Hilfe«, sagte er nach einer Weile. »Sie kümmert sich um Diego, einen schwarzen Mischlingshund. Ein ähnlicher Fall wie Chico. Der arme Kerl wurde geschlagen und getreten und lag unter der großen Brücke am Rio Otun. Maria und Juan haben ihn gefunden, das Ehepaar, das sich jetzt um *Salva un amigo* kümmert, aber seit Rosita hier ist, hört Diego nur auf sie.«

»Ein Mischlingshund?«, überlegte Carla laut. »Den kannst du aber nicht mitbringen. Du weißt doch, wie spinnefeind sich Wölfe und Hunde sind.«

»Hab ich auch nicht vor, deshalb bleibe ich ja noch hier. Rosita braucht jede Hilfe, die sie kriegen kann. Und ehrlich gesagt, ist sie auch ein bisschen eifersüchtig auf Maria und Juan. Sie gibt *Salva un amigo* nur ungern her.«

»Hätte sie das nicht früher merken müssen?«

»Stimmt schon, aber …« Er wusste auch keine Erklärung.

Sie hatte das Gefühl, dass er um den heißen Brei herumredete, zögerte aber, ihn auf sein eigentliches Problem anzusprechen. »Ich bin jünger als du«, begann sie vorsichtig, »und es liegt mir fern, mich in dein Privatleben einzumischen, aber ich kann auch nicht zusehen, wie du in dein Unglück rennst. Irgendwie hab ich das Gefühl, dass bei euch beiden der Wurm drin ist. Sie will nach Pereira, du bist hier zu Hause … Hat sie denn noch irgendwas gesagt?«

»Wegen unserer Hochzeit? Nicht direkt … zu viel Arbeit.«

»Glaubst du noch daran?«

»Ich weiß nicht … es sieht nicht gut aus«, sagte er ehrlich.

»Warum kommst du dann nicht zurück, C.J.?«

»Spätestens am Mittwoch«, versprach er, »ganz bestimmt. Ich will noch mal mit ihr reden, bevor ich etwas kaputtmache, was vielleicht noch zu retten ist. Wir lieben uns, Carla, wir lieben uns wirklich! Was soll ich bloß tun?«

»Sprich mit ihr, C.J. Ihr müsst eine Lösung finden.«

Er seufzte verzweifelt. »Tut mir leid, dass ich dir mit meinem Liebeskummer auf die Nerven gehe, aber ich hab sonst niemanden, mit dem ich reden kann.« Im Hintergrund erklang Hundegebell. »Wie geht es Chico? Kommt ihr mit ihm zurecht? Schick mir doch mal ein Foto oder einen kurzen Film!«

»Willst du Rosita damit locken? Das wird nicht funktionieren.«

»Ich weiß. Schick's mir trotzdem, okay?«

»Mach ich. Lass dich nicht unterkriegen, C.J.!«

»Wie die 49ers? Immer nach vorn schauen?«

»Die haben am Montag gegen die Seahawks gewonnen. 27:24, eine knappe Sache, ich hab den Bericht gesehen. Ein Field Goal in letzter Sekunde.«

»Ich komme klar, Carla. Wir sehen uns am Sonntag.«

Sie legte auf und blieb eine Weile auf dem Bettrand sitzen. Ausgerechnet sie, die mit ihrem eigenen Liebesleben nicht klarkam, musste einem erfahrenen Mann wie C.J. gute Ratschläge geben. Was hätte sie sich selbst geraten? Lass diesen Jason endlich sausen, das bringt sowieso nichts? Ein Wolfsjäger und eine Tierschützerin, das passt einfach nicht zusammen? Du musst loslassen?

Durch den Anruf war sie früh dran. Genug Zeit, um ausgiebig zu duschen und bei einem Croissant mit Honig und einem Cappuccino den *News-Miner* auf dem Tablet zu studieren. Die Weltlage hatte sich nicht verändert, die üblichen Krisenherde und die gegenseitigen Beschuldigungen von Politikern, das Gerangel der Lokalpolitiker um höhere Gebühren im öffentlichen Nahverkehr und im Sportteil ein Bericht über die Seattle Seahawks und ihre Niederlage gegen die 49ers. Wenigstens mit den Footballern hat C.J. seine Freude, dachte sie. Es wird Zeit, dass er nach Hause kommt.

Mehr durch Zufall stieß sie auf einen kleinen Artikel über Mark Doherty, einen Mitarbeiter von Fish & Wildlife, der sich abfällig über Wölfe geäußert und die Jagd aus der Luft verteidigt hatte. »Es gibt über zehntausend Wölfe in Alaska«, sagte er, »und ich kann die Warnungen mancher Tierfreunde nicht nachempfinden, die sich um eine Dezimierung dieser Raubtiere sorgen.« Zu dem Thema war auch ein Vortrag angekündigt, den Doherty am Donnerstagabend im Community Center von Delta Junction halten würde. Delta Junction lag ungefähr zwei Autostunden nördlich von Copperville am Highway.

Carla zögerte keinen Augenblick und wählte Karens eingespeicherte Nummer. Sie war nach dem dritten Klingeln dran. »Carla! Tut mir leid, ich war gerade unter der Dusche«, sagte sie. »Ich kann Ihnen leider noch nichts Neues sagen, aber die Troopers und die Rangers in den Nationalparks sind wachsam. Wir kriegen den Burschen. Ich halte Sie auf dem Laufenden, versprochen.«

»Ich hab vielleicht was«, sagte Carla. Sie berichtete der FBI-Agentin von dem Vortrag in Delta Junction. »Da sind bestimmt Wolfsgegner dabei, nicht nur Aktivisten wie die Kapuzen. Ich dachte, das interessiert Sie vielleicht.«

»Schon notiert. Kommen Sie auch?«

»Sicher«, erwiderte sie, »schon um ihm Kontra zu geben.«

Im Wolf Center war Wendy bereits dabei, Maya und Duke zu füttern. Sie kümmerte sich rührend um die beiden Welpen und wusste inzwischen so viel über Wölfe, dass sie zu einer wertvollen Mitarbeiterin geworden war. Sobald sie mit dem College begann, würde sie seltener kommen, und Carla hoffte nur, dass sie ihr Versprechen wahrmachen und danach als Angestellte bei ihnen weitermachen würde. Engagierte Mitarbeiterinnen wie sie waren selten.

»Na, sind die Kleinen bereit?«, fragte Carla, als sie das Gehege betrat.

»Ich denke schon«, antwortete Wendy, »sie haben sich wirklich gut erholt. Mit Kawa und Ghost haben sie sich schon durch das Gitter angefreundet. Maya etwas mehr als Duke, aber die Jungs brauchen ja zu allem etwas länger.«

Carla beugte sich zu den Welpen hinunter. »Habt ihr gehört? Ihr dürft heute zu den Großen rein. Kawa und Ghost werden sich um euch kümmern.« In einem Wolf Center lebten Wölfe in kleineren Rudeln von drei, vier Wölfen zusammen. »Aber haltet euch an die Regeln, sonst bekommt ihr Ärger!«

Die Welpen waren unruhig geworden. Obwohl sie kein Wort verstanden, spürten sie am Klang von Carlas Stimme, dass etwas Wichtiges bevorstand. Duke war besonders aufgeregt, wusste anscheinend nicht, ob er sich freuen oder fürchten sollte. Er gab seltsame Laute von sich.

Ghost und Kawa spürten wohl, dass sie gleich Zuwachs bekommen würden, gaben sich aber wesentlich gelassener. Ghost blieb wieder mal im Hintergrund und beobachtete das Geschehen aus der Ferne, Kawa war an den Zaun gekommen und nahm die Witterung der beiden Welpen auf. Ihre entspannte Körperhaltung verriet Carla und Wendy, wie vertraut sie schon mit ihrem jungen Nachbarn war. Sie hatten sich schnell aneinander gewöhnt.

»Okay, dann wollen wir mal«, sagte Carla. Sie öffnete die Verbindungstür im Drahtzaun zwischen den beiden Gehegen und forderte Maya und Duke auf, ihre neuen

Eltern zu besuchen. »Keine Bange! Sie freuen sich auf euch.«

Nur zögernd wechselten sie die Seiten. Zuerst Maya, die sofort Kontakt mit der älteren Kawa suchte, dann Duke, der sich zwischen einige Büsche verzog und sich erst an die neue Situation gewöhnen musste. Er hatte die schrecklichen Ereignisse in dem brennenden Wald anscheinend noch nicht überwunden. Kein Wunder, dachte Carla, wäre etwas Ähnliches einem Kind passiert, hätte es wahrscheinlich noch größere Schwierigkeiten, sein Trauma in den Griff zu bekommen. »Ihr macht das schon!«, rief Carla den Welpen zu.

An diesem Morgen gab es viel Arbeit im Wolf Center. Wendy kümmerte sich um die Welpen und sah auch bei Doc Holliday vorbei, der sich in ihrer Gegenwart etwas zivilisierter als sonst verhielt. Carla betrat das Gehege der Wolfshunde und checkte Chico, der eher apathisch als aggressiv wirkte und nur noch ein wenig knurrte, als sie erschien. Er hatte kaum gefressen, fast sein ganzes Futter war noch in seinem Trog, und er lag auf seinem Strohlager.

»Ich weiß, du machst gerade einiges durch«, sagte Carla, »zuerst verschwindet Rosita und jetzt auch noch C.J. Aber hab keine Angst, die kommen bald wieder. In der Zwischenzeit kümmere ich mich um dich, okay?«

Sein feindseliges Knurren signalisierte ihr, dass er diese Regelung alles andere als okay fand. Am liebsten wäre es ihm wohl gewesen, wenn sie ihn nach Kolumbien zurückgeschickt hätte. Rosita hatte sich rührend um ihn gekümmert und würde es wieder tun. Ob sie jemals nach Alaska zurückkehren würde? Carla zweifelte langsam daran. Zwei unterschiedlichere Länder als Kolumbien und Alaska gab es kaum, klimatisch, aber auch politisch und gesellschaftlich, und *Salva un amigo* war Rositas Baby, ihr Lebensinhalt, ihre Aufgabe. Sie müsste C.J. schon sehr lieben, um diese Hindernisse überwinden zu können. Sie hoffte, dass es so war, hatte aber nicht viel Hoffnung. C.J. müsste schon nach Kolumbien auswandern, um mit ihr glücklich werden zu können, und auch das war kaum zu realisieren. C.J. war auf Wölfe spezialisiert und liebte seine Arbeit über alles.

Carla fotografierte Chico und mailte das Foto an C.J. Sie ahnte, dass er Rosita damit nach Alaska zurücklocken wollte, glaubte aber nicht, dass sie sich davon beeindrucken ließ. Anstatt zu Chico in den fernen Norden zu fliegen, würde sie ihn eher nach Kolumbien zurückholen. Als Außenstehender sah man Beziehungsprobleme nüchterner als die Beteiligten. Sie hoffte, dass die beiden die Kurve bekamen, hätte aber keine zehn Dollar darauf gewettet.

Gegen Mittag begnügte sie sich mit einem Sandwich. »Frischer Salat, Tomaten, gekochte Eier«, zählte sie auf, als sie sich im Bürogebäude einen Cappuccino aus dem Automat zog. »Und dazu einen gesunden Cappuccino.«

Amy knabberte an einer Möhre. »Du vergisst den Schinken.«

»Schinken?« Carla tat überrascht. »Wie ist denn der aufs Brot gekommen? Und ich dachte, ich wäre heute mal vegetarisch unterwegs. Morgen wieder.«

»Probier wenigstens mal etwas Rohkost!« Sie reichte ihr eine Möhre.

»Mein Nachtisch«, versprach Carla.

Carla hatte ihn bereits verspeist, als Linda erschien. Sie rauschte in gewohnter Manier zur Tür herein und breitete die Arme aus. »Gott sei's gedankt! Das wäre überstanden!« Sie klang wie eine Matrosin, die nach mehrmonatiger Fahrt in einem Hafen an Land ging. »Ich war mit Otto unterwegs.«

»Otto?«, wunderte sich Carla.

»Mein Kameramann.« Sie öffnete ihren Anorak. »Stellt euch vor, wir waren wandern, unten am Tanana River, der Trail, auf dem ich Larry zum ersten Mal geküsst habe. Ist lange her. Das Gleiche hatte ich mir von Otto erhofft. Die romantische Natur, ein Picknick auf einer blumenübersäten Wiese, ein leidenschaftlicher Kuss und vielleicht sogar mehr ... und was tut dieser Stoffel?«

»Ich ahne Schlimmes«, sagte Carla.

»Er packt seine Kamera aus und filmt Bienen! Bienen! Von links, von rechts, von oben und von unten! Wie sie durch die Luft schwirren, sich auf irgendwelchen Blüten niederlassen, über unsere Sandwiches krabbeln und sich über unserem Pudding versammeln! Ich kann froh sein, dass ich heil aus der Sache herausgekommen bin! Von wegen Gentleman und alte Schule! Der Typ hat mir doch nur Honig um den Mund geschmiert, um eine Assistentin für seinen Bienenfilm zu haben. Ich hab fast den Verdacht, der Bursche ist ...«

»Nicht doch«, unterbrach Carla ihre Kollegin, »damit hat das nichts zu tun. Dein Otto ist ein Stoffel, das ist alles. Einer dieser Idioten, die sich auf Komplimente verstehen, aber nur das tun, was ihnen gefällt. Auf der Highschool kannte ich einen Jungen, der hatte nur seine Computerspiele im Kopf. Weit verbreitet, die Krankheit, ich weiß. Der lockte ein Mädchen mit Komplimenten in sein Zimmer, nur um die anderen Jungen auszustechen, und sobald seine neue Freundin bei ihm auf dem Sofa saß, hing er nur an der Konsole.«

»Sag bloß, das hast du selbst erlebt.«

Carla hütete sich, darauf zu antworten. »Lass dich von dem Typ nicht verscheißern! Such dir einen anderen, Linda. Und glaub nicht alles, was die Männer sagen! Du bist jetzt ein Star! Du kannst dir den Mann aussuchen.«

»Habt ihr eine Ahnung! Den meisten bin ich doch viel zu alt.«

»Ältere Ladys und junge Männer ... liegt doch voll im Trend.«

Am Nachmittag hatten sie für das Publikum geöffnet, und es kamen etliche Besucher, die Linda in der Morning Show gesehen oder ihr Buch gelesen hatten und von ihr geführt werden wollten. Linda war der geborene Guide, geschickt mit Worten, immer ein Späßchen auf den Lippen und eine der besten Wolfsexpertinnen des Landes. An ihrer ersten Tour nahmen zehn Leute teil.

»Hey, heute herrscht ja richtiger Andrang«, begrüßte sie die Teilnehmer vor dem Gehege mit Ghost, Kawa, Maya und Duke, »muss an den Welpen liegen, die seit einigen Tagen bei uns leben. Heute dürfen sie zum ersten Mal mit den Großen spielen. Wie sie sicher gehört haben, hat eine unserer Mitarbeiterinnen sie vor einem Feuer gerettet.« Sie rief Carla aus dem Nachbargehege heran. Carla Gorman, ihr haben die Kleinen ihr Leben zu verdanken.«

Während Linda die Besucher an den Gehegen vorbeiführte, erzählte sie ihnen viel über die Wölfe. »Natürlich können wir unseren Wölfen nicht die gleichen Bedingungen wie die Natur bieten. In der Wildnis beherrscht jedes Rudel ein riesiges Territorium, das wir auf unserem Grundstück gar nicht nachstellen können. Aber unsere Gehege sind so groß, dass sie sich wohlfühlen. Ihr Fressen bekommen sie von uns, auf die Jagd geht nur Merlin, der fühlt sich auf der Pirsch am wohlsten, auch wenn er nur Eichhörnchen und Mäuse erlegen kann. Auswildern können wir unsere Wölfe leider nicht, sie würden in der Wildnis nicht überleben.«

»Dann benehmen sie sich anders als wilde Wölfe?«, fragte jemand.

»In vielerlei Hinsicht schon«, antwortete Linda, »unsere Wölfe sind manchmal aggressiver und leben auch in kleineren Rudeln zusammen. Alle Tiere, die bei uns landen, haben schlimme Erlebnisse hinter sich und knabbern oft monatelang an ihrem Trauma. Sie wurden angeschossen, landeten in Fallen, wurden von Tierquälern gefoltert oder vergiftet. So ein Trauma überwindet man nicht ohne die Pflege und Hingabe, die wir unseren Bewohnern zu geben versuchen.«

»Sind schon mal Wölfe ausgebrochen?«

Linda führte die Besucher an den Zäunen entlang. »Wir sind kein Gefängnis, aber die Wölfe wissen nicht, dass sie in der Wildnis nicht überleben würden, und es hat schon solche Versuche gegeben. Aber unsere Zäune sind hoch und vor allem auch tief, sie reichen weit in das Erdreich hinein, weil die Wölfe sich sonst ins Freie graben würden.«

Nach der Tour führte Linda die Besucher in den Museumsshop, wo sie natürlich auch ihr Buch kaufen konnten. Sie signierte einige Exemplare und kehrte zu Carla zurück. »Das kommt davon, wenn man süße Welpen rettet.«

»Oder in der Morning Show auftritt. Da kommt schon wieder jemand!«

Linda drehte sich um und erschrak. »Oje!«

»Was hast du denn?«

»Das ist Eddy Mandell! Mein Ex!«

»Dann mach jetzt bloß keinen Mist!«, riet ihr Carla flüsternd. »Sag ihm, dass du ihn nicht mehr sehen willst!« Wie immer, wenn sie wesentlich älteren Freundinnen wie Linda einen Ratschlag in Liebesdingen gab, fühlte sie sich seltsam. Hatte sie denn nicht genug mit ihren eigenen Gefühlen zu tun?

»Linda!«, rief Eddy fröhlich. »Ich dachte, ich sehe mal vorbei. Lass uns einen Kaffee trinken und noch mal über alles reden. Tu mir den Gefallen.«

»Sag ihm, du hättest keine Zeit!«, flüsterte Carla ihr zu.

»Ich komme gleich«, antwortete Linda.

11

»Dieser Philip McDonald hat wieder angerufen«, sagte Amy, als Carla am Donnerstagmorgen im Wolf Center erschien. »Er war ziemlich fertig, weil du ihn nicht zurückgerufen hattest, und wollte unbedingt deine Handynummer haben. »Ich hatte Mitleid mit ihm und hätte sie ihm am liebsten gegeben …«

»Was du natürlich nicht getan hast«, hoffte sie.

»Ich gebe nie Privatnummern raus, das weißt du doch, aber ich hab ihm versprochen, dass du dich meldest. Tu ihm den Gefallen, Carla! Ich weiß, dir wäre es lieber, Jason würde sich melden, ausgerechnet dieser Wolfskiller.«

»Er ist kein Killer, Amy. Er tötet nicht aus Spaß oder Mordlust.«

»Nein, nur für Geld.«

Carla ließ sich nicht auf eine Diskussion mit Amy ein, hätte auch gar nicht gewusst, wie sie dagegenhalten sollte. Schon seit Tagen blickte sie immer wieder auf ihr Handy und überlegte, ob sie ihn anrufen sollte, tippte einmal sogar die ersten Ziffern seiner Nummer ein, nur um gleich darauf wieder abzubrechen. Und er verhielt sich anscheinend ähnlich. Er schickte nicht mal eine kurze Nachricht. Hatte ihn die Begegnung mit Karen so sehr aus dem Gleichgewicht gebracht? Hatte er noch Gefühle für sie? Oder war er nur verwirrt?

Ob Philip McDonald nur eine harmlose Nachricht übermitteln oder ein Date mit ihr verabreden wollte, wusste sie nicht. So wie er sie beim Abschied angesehen hatte, wahrscheinlich Letzteres. Normalerweise wäre sie nicht abgeneigt gewesen. Der Firefighter passte zwar optisch nicht in ihr Beuteschema – sie stand mehr auf die dunkelhaarigen, etwas verträumten Männer –, er gefiel ihr aber wegen seines angenehmen Charakters und seiner zurückhaltenden Art. Gar nicht so, wie man sich einen draufgängerischen Firefighter vorstellte. Früher waren die Männer aufgestanden, wenn eine Frau den Raum betrat – so einer war er.

Sie beschloss, ihm bei nächster Gelegenheit eine SMS zu schicken und stürzte sich in die Arbeit, half der unermüdlichen Wendy beim Füttern der Welpen und versuchte, Chicos Laune zu verbessern. Er hatte seinen Fressnapf geleert und benahm sich etwas zugänglicher als noch am Nachmittag zuvor, trottete danach aber scheinbar gelangweilt am Zaun entlang, nur um Carla wütend anzufauchen, als sie ihn besuchte. Nicht mal Doc war so launisch.

»Ich weiß, nach was du dich sehnst«, beruhigte sie ihn. »Ich will auch, dass Rosita und C.J. bald zurückkommen.« Aus Angst, der Wolfshund könnte ihre Worte verstehen oder deuten, sagte sie ihm nicht, dass Rosita vielleicht in Peirera bleiben würde. Ob er sich mit C.J. begnügte, wenn sie nicht kam?

Mit Linda teilte sie sich ein Sandwich während der Mittagspause. Sie hütete sich, über Eddy Mandell zu sprechen, wollte nicht schon wieder wie eine Besserwisserin klingen und ihr gute Ratschläge geben, die sie sowieso nicht befolgen würde. Genauso wenig, wie Carla sich bei Jason oder Phil meldete.

Doch Linda hielt nicht lange durch und sagte: »Ich war nur einen Kaffee mit ihm trinken.« Sie meinte den Musher. »Alles zu einem versöhnlichen Ende bringen. Ich war ein wenig ruppig zu ihm, weißt du? Und ich weiß inzwischen, dass Otto der Falsche ist. Vielleicht sollte ich eine Auszeit nehmen.«

»Gute Idee.«

»Meinst du wirklich?«

»Wenn du Ruhe haben willst, hältst du dich vor allem von deinen Ex-Männern fern.« Also doch wieder ein guter Rat. »Du bist jetzt eine Bestsellerautorin, da kann man sich solche Skandälchen nicht mehr leisten. Oder willst du, dass sie dein Privatleben in einem dieser Schmierblätter breittreten?«

»Der *Inquirer* oder so? Meinst du, die würden so was tun?«

»Die würden sich auf eine solche Story stürzen. Wolfsautorin vernascht ihre Ex-Männer. Bestsellerautorin liebt zwei Männer. Wolf-Linda im Liebesrausch. Na, wären das Schlagzeilen? Und das sind die harmlosen Varianten.«

»Hör bloß auf!«

Am späten Nachmittag brach Carla in einem Pick-up

des Centers nach Delta Junction auf. Im Hochsommer blieb es in Alaska lange hell, und da kaum Wolken am Himmel hingen, leuchteten die Wälder und Wiesen im Licht der Sonne, die weit im Osten über den Bergen stand. Die schneebedeckten Gipfel der Alaska Range spiegelten sich in den Seen bei Paxson. Sie kam gut voran und erreichte die Stadt am Alaska Highway schon nach knapp zwei Stunden.

Die Stadt machte nicht viel her, bestand eigentlich nur aus einer Hauptstraße, ein paar Nebenstraßen und der Abzweigung zum Alaska Highway, der Lieblingsstrecke zahlreicher Touristen. Die meisten Bewohner lebten abseits der Hauptroute in Blockhäusern am Waldrand und am Tanana River. Obwohl es noch taghell war, brannten in fast allen Restaurants und Läden die Lichter.

Die Community Hall lag im Norden der Stadt. Carla aß die zweite Hälfte ihres Sandwiches, bevor sie ungefähr eine halbe Stunde vor Beginn der Veranstaltung auf den Parkplatz fuhr. Um mit dem Logo von Wolf Aid, das auf beiden Türen mit der Aufschrift »Wolf Center« prangte, nicht den Zorn von aggressiven Wolfsgegnern zu erregen, parkte sie im Schatten eines Trucks dicht neben der Ausfahrt zum Highway. Ganz in der Nähe lehnte der Trooper, der beim Puppy Day nach Copperville gekommen war, an seinem Streifenwagen. Sie grüßte ihn im Vorbeigehen und sah Karen am Eingang stehen.

Der Vortragsraum war ungefähr halb so groß wie eine Turnhalle und so schmucklos wie die meisten Community Halls eingerichtet. Ein Podium mit Pult und Mikrofon, ein Tisch mit kostenlosem Kaffee und einfache Stühle für die Zuhörer, an den Wänden einige Plakate mit Fotos vom Alaska Highway.

Obwohl der Saal nur zur Hälfte gefüllt war, begann die Veranstaltung pünktlich. Ein Vertreter der Stadt begrüßte den »ehrenwerten Mark Doherty, der sich als Mitarbeiter für Fish & Wildlife für Alaska und die Gemeinschaft verantwortungsvoller Bürger verdient gemacht und einige klare Worte an die Öffentlichkeit zu richten hat.« Doherty brauchte sich über den mangelhaften Besuch nicht zu ärgern, das Fernsehen und die Zeitung waren da und würden über seinen Vortrag berichten. Als mitten in die Ankündigung fünf rote Kapuzenmänner den Raum betraten und ihre Parolen anstimmten, hatten sie schon ihre ersten aufregenden Bilder. *»Kill the Wolves! Kill the Wolves!«*, riefen sie. »Tötet die Wölfe!« Ungefähr die Hälfte der Zuhörer klatschte.

Mark Doherty, der selbst wie ein Farmer aussah und mit Jeans und Hemd sogar wie einer gekleidet war, ließ sie eine Weile gewähren, trat auf das Podium und begrüßte die Zuhörer und sagte dann: »Die Roten Kapuzen vom Alaska Klan, das hätte ich mir ja denken können.« Er lächelte nachsichtig. »So fragwürdig in vielen Augen diese Kutten sind, so verständlich ist auch ihr Protest. Wir haben tatsächlich zu viele Wölfe in diesem Land.« Er wandte sich an die Kapuzen: »Aber hier herrscht Vermummungsverbot, und ihr wollt doch sicher keinen Ärger mit der Polizei bekommen. Was meint ihr denn, was die Leute denken, wenn sie euch in euren Kutten im

Fernsehen oder auf Fotos sehen? Sie werden Angst bekommen oder sich über euch lustig machen, und beides kann nicht in eurem Sinne sein. Zieht die Kutten aus und setzt euch zu uns! Hier wird euer Anliegen gehört, das verspreche ich euch.«

Die Kuttenträger folgten seinem Rat, wenn auch nur zögernd. Zum Vorschein kamen Billy Baynard und seine Freunde, alles junge Männer um die Zwanzig, die ohne ihre Verkleidung eher unscheinbar wirkten. Aber nach einigen Schrecksekunden waren sie wieder obenauf und machten sich lautstark Luft, indem sie weiter deftige Parolen riefen, bis Mark Doherty sie mit einer Handbewegung zum Schweigen brachte und mit seinem Vortrag begann.

Er war ein guter Redner, sprach verständlich, auch für einfache Gemüter, und verstand es, die Emotionen seiner Zuhörer anzusprechen. »Wir alle lieben Alaska und seine Natur, die endlosen Wälder und grünen Täler, die reißenden Flüsse und stillen Seen und natürlich unsere Berge. Wir lieben die Tiere, die Wale vor der Küste, die Elche in den Wäldern, die Bären und ... ja, auch die Wölfe.« Er ließ seine Worte wirken und fuhr fort: »Was wir nicht mögen, sind Bären, die im Abfall wühlen, und Wölfe, die Schafe und Kälber reißen und bis in unsere Siedlungen vordringen und vor allem unschuldige Menschen gefährden.« Von den jungen Männern des Alaska Klan und etlichen anderen Zuhörern, vor allem Farmern, kam tosender Beifall. Doherty genoss die Zustimmung und fuhr fort: »Deshalb setze ich mich dafür ein, mehr Wolfsjäger einzusetzen, die unsere zu große Anzahl von Wölfen auf ein erträgliches Mindestmaß reduzieren. Auch aus der Luft, weil die Jäger auf diese Weise am wenigsten gefährdet sind und am effektivsten gegen die reißerischen Bestien vorgehen können. In Alaska gibt es über zehntausend Wölfe, zu viel, wenn Sie mich fragen.«

Doherty brachte kaum Neues, wiederholte die zweifelhaften Argumente aller Wolfsgegner, die Wölfe lediglich als lästiges Übel und nicht als lebenswerten Teil der Natur betrachteten. Beim ersten Vortrag dieser Art war Carla noch wütend aufgesprungen und hatte protestiert, hatte inzwischen aber gelernt, sich einigermaßen zu beherrschen und erst zu reden, als die Zuschauer gefragt waren und sie an die Reihe kam. Sie stand auf und sprach ins Mikrofon, das einer der Helfer ihr hinhielt: »Ich bin Carla Gorman von Wolf Aid«, stellte sie sich vor, »wir betreiben das Wolf Center in Copperville.«

Wie immer, wenn sie sich auf einer Veranstaltung dieser Art outete, flogen ihr die Beschimpfungen um die Ohren. Billy Baynard zeigte ihr sogar den Mittelfinger und benutzte ein Schimpfwort, das sogar einige Farmer zusammenzucken ließ. Carla hatte sich ein dickes Fell zugelegt und überhörte solche Unverschämtheiten, ganz im Gegensatz zu Karen, die beinahe aufgesprungen wäre.

Carla ließ sich nicht aus der Ruhe bringen. »Mister Doherty«, sprach sie den Redner direkt an, »für einen Mitarbeiter von Fish & Wildlife, der auch für den Schutz der Natur zuständig sein sollte, gehört es sich eigentlich nicht, gemeinsame Sache mit Wolfsgegnern zu machen, die längst überholte Schauergeschichten und Unwahrheiten verbreiten. Seit zehn Jahren hat es keine Wolfsattacke auf Menschen mehr gegeben, und der Angriff damals war der einzige Zwischenfall mit tödlichem Ausgang, der in Alaska aufgezeichnet wurde. Wir sollten Wölfe nicht sinnlos abknallen, weil sie manchmal kranke oder schwache Schafe oder Kälber überfallen, schon gar nicht aus der Luft. Verbreiten Sie keine Panik!«

Ein bärtiger Mann im Overall sprang auf. Um die Fünfzig, die Haare zerzaust, das Gesicht gerötet. »Müssen wir uns diesen Mist anhören?«, rief er. Seine Augen glühten vor Zorn. »Wolf Aid, wenn ich das schon höre! Diese Tierschützer machen gemeinsame Sache mit den Wölfen! Die würden diese verdammten Bestien noch in Schutz nehmen, wenn sie einen von uns gekillt haben! Mir geht dieses Öko-Geschwätz schon lange auf den Wecker. Als hätten wir Menschen keine Rechte mehr. Als müssten wir jedes verdammte Viech vor dem Untergang retten.« Er blickte Carla an. »Hab ich richtig gelesen? Haben Sie nicht zwei Wölfe aus dem Feuer am Mystery Creek gerettet? Bringen sich und andere Menschen in Lebensgefahr … wegen zwei Welpen?«

Carla zwang sich zur Ruhe. »Ihnen gehen Natur- und Tierschutz auf den Wecker? Sie vergessen wohl, dass Sie selbst ein Teil dieser Natur sind. Wenn Sie Natur und Tiere töten, zerstören Sie auch sich selbst. Sie sind Farmer?«

»Zwei meiner Schafe haben sie gerissen, diese vierbeinigen Teufel!«

»Soweit ich weiß, zahlt die Regierung für den entstandenen Schaden. Mark Doherty arbeitet für Fish & Wildlife, die dieses Geld überweisen. Er müsste es doch am besten wissen. Und wenn Sie fair wären, müssten Sie zugeben, dass junge Schafe und Kälber viel eher an Krankheiten, während eines Diebstahls, eines Gewitters oder in Schneestürmen sterben. Ich bedauere Ihren Verlust, aber die Leute gegen Wölfe aufzuhetzen, macht die Schafe nicht lebendig und bringt doch nichts.«

»Was gebt ihr euch mit dieser Wolfstussi ab?«, rief ein anderer Mann. Er war genauso wütend wie der Bärtige. »Die hat doch keine Ahnung. Das ist eine von diesen Studierten, die angeblich alles besser wissen. Die hält rechtschaffene Leute wie uns für Idioten. Warum sind wir überhaupt alle hier? Warum gehen wir nicht raus und machen Jagd auf die Bestien? Am Tanana River will jemand ein neues Rudel gesehen haben. Worauf warten wir noch?«

Einige Zuhörer sprangen auf, andere stürmten bereits zum Ausgang, auf dem Podium wurde Doherty nervös, hatte anscheinend Angst, zu weit gegangen zu sein und seinen Job zu gefährden. Als Mitarbeiter von Fish & Wildlife durfte er sich einen solchen Aufstand nicht erlauben. »Wartet, Männer!«, rief er ins Mikrofon, »das bringt doch nichts. Wir jagen die Wölfe aus der Luft, das ist doch wesentlich effektiver. Setzt euch wieder hin und lasst uns reden.«

Typisch Politiker, dachte Carla, erst die Leute aufhetzen und dann zur Ruhe mahnen. Wie es einem gerade in den Kram passt. Am liebsten würde er sich doch selbst eine Waffe schnappen und wahllos auf die Tiere schießen.

Karen hatte die ganze Zeit geschwiegen und nicht erkennen lassen, was sie dachte. Doch jetzt stand sie auf und ging mit festen Schritten zum Podium. Doherty und die Zuhörer staunten nicht schlecht, als sie für alle sichtbar ihren Ausweis hochhielt und ans Mikrofon trat. »Special Agent Karen Roswell vom FBI. Ich kann Sie nicht daran hindern, auf Wolfsjagd zu gehen, aber ich möchte Sie daran erinnern, dass wir sehr wohl eingreifen können, wenn es zu Übergriffen kommt und Menschen dabei Schaden erleiden. Also halten Sie sich bitte zurück! Gerade in einer aufgeheizten Atmosphäre wie dieser kommt es oft zu schlimmen Unfällen.« Sie trat vom Mikrofon weg und wandte sich an Doherty. »Und Ihnen möchte ich empfehlen, etwas Zurückhaltung an den Tag zu legen und sich um Ihre eigentlichen Aufgaben zu kümmern.«

Bei einem Trooper hätten die Zuhörer vielleicht noch aufbegehrt, aber bei einer FBI-Agentin hatten sie wohl Angst, aus irgendeinem Grund in die Mühlen der Justiz zu geraten. Sie dachten sicher nicht daran, dass es gar keinen Anlass für Karen gab, sich in diesen Streit einzumischen. Keiner der Zuhörer hatte ein Verbrechen begangen, und die Wolfsjagd war in Alaska nicht strafbar. Wäre es dazu gekommen, hätten die Alaska State Troopers eingegriffen. Das FBI war nur berechtigt, gegen Straftäter vorzugehen, die gegen Bundesgesetze verstoßen oder auf regierungseigenem Land und über die Grenzen der Bundesstaaten hinweg gegen das Gesetz verstoßen hatten. Aber wer dachte über so was nach, wenn man von einer FBI-Agentin zurechtgewiesen wurde?

Anscheinend doch jemand, denn als Carla zu ihrem Pick-up gehen wollte, erkannte sie schon aus der Ferne, dass alle vier Reifen platt waren. Zusammen mit Karen und dem Trooper inspizierte sie den Wagen. »Sehen Sie sich das an«, sagte sie zu dem Trooper, »die hat jemand zerstochen!« Sie blickte hoch und sah Billy Baynard in einiger Entfernung vor seinem Wagen stehen. Er grinste frech. »Kann ich mir vorstellen, dass Ihnen das gefällt, Baynard.«

Der Trooper eilte ihr zu Hilfe und trat dem jungen Mann bestimmt entgegen. »Wenn Sie nicht reden wollen, muss ich Sie leider mitnehmen«, sagte er. »Im Verhörraum sind Sie sicher kooperativer. Immerhin stehen Sie im Verdacht, die Reifen selbst zerstochen zu haben. Wenn Sie unschuldig sind und eine Nacht in Untersuchungshaft vermeiden wollen, würde ich reden.«

»Gibt's eine Belohnung, wenn ich Ihnen sage, wer's war?«

»Ein reines Gewissen. Also?«

Baynard tippte auf seinem Smartphone herum und reichte es dem Trooper. Ein Foto, das den bärtigen Mann im Overall zeigte, wie er einen Reifen von Carlas Pick-up zerstach. Es war vor wenigen Minuten aufgenommen worden.

Der Trooper zeigte es Karen und Carla. »Herbie Randolph«, sagte er, »hat eine kleine Farm südlich von hier. Ein Unruhestifter, der uns schon öfter aufgefallen ist. Ich werde ihn mir gleich mal vorknöpfen.« Er lud das Foto auf sein Handy und reichte Baynard seins zurück. »Und Sie machen sich besser aus dem Staub, bevor ich Sie doch noch mitnehme. Lassen Sie den Unsinn mit den roten Kutten, das ist Kinderkram, in New York oder Chicago würde man Sie auslachen. Verschwinden Sie!« Er wartete, bis Baynard und seine Kumpane gegangen waren, und wandte sich an Karen und Carla. »Ich rufe den Abschleppdienst an, der wird sich um Ihren Wagen kümmern. Ich kenne den Besitzer. Wenn ich ihn freundlich bitte, kriegt er das heute noch hin. Wollen Sie Anzeige gegen Randolph erstatten? Wegen Sachbeschädigung?«

»Das bringt doch nichts. Hauptsache, er bezahlt die Reifen.«

»Ich werde ihm ins Gewissen reden.«

»Ich komme mit«, entschied Karen. »Ich habe einige Fragen an den Mann. So, wie er sich aufgeführt hat, könnte er was mit der Brandstiftung zu tun haben. Ich glaube zwar eher, er ist ein notorischer Stinkstiefel, gehe aber gern auf Nummer sicher.« Sie ging zu ihrem Wagen. »Ich folge Ihnen, Officer.«

Carla brauchte nicht lange auf den Abschleppdienst zu warten. Der Besitzer kam selbst, ein übergewichtiger Mann mit listigen Augen und Knollennase, und schüttelte nur den Kopf, als er die platten Reifen sah. »Kein Problem«, sagte er, »die Reifen sind Standard, die hab ich vorrätig. Dauert höchstens eine halbe Stunde, die neuen aufzuziehen. Meine Frau kocht Ihnen inzwischen einen starken Kaffee, den können Sie jetzt sicher gebrauchen.

Steigen Sie schon mal ein! Ich lade nur schnell den Wagen auf, dann kann es losgehen.«

Die Frau des Werkstattbesitzers verstand was vom Kochen, und der Kaffee schmeckte besser, als Carla befürchtet hatte. Noch besser waren allerdings die mit Aprikosenmarmelade gefüllten Butterkekse. »Sehr lecker!«, lobte sie die Frau, unterhielt sich mit ihr über die neuen Welpen, von denen auch sie schon gehört hatte, und merkte gar nicht, wie schnell die Zeit verging. Sie hatte gerade erst den zweiten Keks verspeist, als der Besitzer hereinkam und ihr mitteilte, dass ihr Wagen wieder fahrbereit sei. Gleichzeitig klingelte ihr Handy.

12

»Jason« stand auf dem Display. Carla ging direkt dran. Sekundenlang sagte er gar nichts, und auch sie meldete sich nicht. Nur ihr Atem war zu hören. »Carla?«, fragte er dann.

»Jason!« Sie klang schuldbewusst. »Eigentlich hätte ich anrufen sollen, ich weiß, ich hatte es auch vor, aber ich war durcheinander und … ich weiß auch nicht. Tut mir leid wegen neulich. Ich hab wie ein eifersüchtiges Schulmädchen reagiert. Ich hätte wissen müssen, dass du nichts mehr mit Karen hast.«

»Ich hab sie jahrelang nicht gesehen«, beteuerte Jason. »Ich wusste nicht mal, dass sie beim FBI ist. Karen beim FBI … das ist wirklich der Hammer.«

»Sie hat mir erzählt, dass sie einen Freund hat … einen Cop.«

»Das passt. Sie war schon immer dieser Law-and-Order-Typ.«

»Und du nicht?«

»Ich sehe alles ein wenig lockerer.«

»Auch wenn es um Beziehungen geht?«

»Ich bin eine treue Seele, Carla. Und ich liebe dich, wie oft soll ich dir das denn noch sagen? Manchmal denke ich tatsächlich darüber nach, mir einen anderen Job zu suchen, nur damit du endlich Ruhe gibst, aber dann sage ich mir, irgendwann erkennt auch sie, dass ich kein Killer bin. Ich bin keiner dieser Farmer, die wahllos auf Wölfe schießen und sich ihre Felle an die Hauswand nageln.«

»Wo steckst du?«

»Südlich von Fairbanks.«

»Ein Auftrag?«

»So was Ähnliches.« Mehr wollte er nicht sagen.

»Das sind keine drei Stunden«, erwiderte Carla. »Wir sollten mal wieder einen Kaffee zusammen trinken. In aller Ruhe. Nur wir zwei ... ohne Karen.«

»Mit einem von diesen Super-Cheeseburgern?«

»Wolfburger.«

»Genau ... dabei könnten wir uns mal aussprechen. Sonst eiern wir unser ganzes Leben so wie jetzt rum. Du kehrst die Tierschützerin raus und beschimpfst mich als Wolfkiller, und ich versuche vergeblich, dir klarzumachen, dass ich keiner bin und auch nicht den Kreislauf der Natur zerstöre, wie du manchmal sagst.«

»Eine Friedensverhandlung.«

»Wie Politiker. Nur besser.«

»Abgemacht.«

Kaum war sie unterwegs, klingelte ihr Handy wieder. Diesmal war Karen am anderen Ende und hatte gute Nachrichten: »Herbie Randolph hat mir einen Hunderter für Ihre neuen Reifen gegeben. Dafür musste ich ihm versprechen, dass Sie keine Anzeige gegen ihn erstatten. Schon dass er einen Hunderter rausrückte, war ein Wunder. Ich bin sicher, damit können Sie leben.«

»Ein Hunderter ist okay.« Obwohl Carla mehr gezahlt hatte, war sie zufrieden, die Reifen hätten sowieso bald erneuert werden müssen. »Eine Anzeige hätte doch nichts gebracht. Haben Sie ihn verhört? Ist er verdächtig?«

»Jetzt nicht mehr«, antwortete Karen, »der Wirt in dem Lokal, in dem er sich alle paar Tage mit seinen Freunden trifft, hat meine Vermutung gerade bestätigt. Er ist nicht der Typ für ein solches Verbrechen. Dazu muss man viel wütender und nicht ganz richtig im Kopf sein. Er würde vielleicht mit seinen Freunden auf Wolfsjagd gehen, aber einen so großen Wald anzünden? Eher nicht.«

»Dann stehen Sie wieder am Anfang?«

»Sieht fast so aus.« Karen war sichtlich genervt. »Obwohl ich immer noch glaube, dass sich Clayton Stark in Alaska versteckt hält und in nächster Zukunft erneut zuschlagen wird. Eigentlich unverständlich, dass wir ihn mit unseren technischen Möglichkeiten noch nicht aufgespürt haben. Er hat keine lebenden Verwandten, und das Foto auf seinem Führerschein ist so alt, dass ihn nicht mal seine Mutter erkennen würde. Kein Bankkonto, gar nichts.«

»Sie kriegen ihn, Karen, da bin ich ganz sicher.«

»Und wenn er Alaska doch verlassen hat? Wenn er in einem anderen Teil des Landes zuschlägt? Nicht auszudenken, was dann alles passieren könnte.«

»Ich höre mich auch noch mal um«, versprach Carla. »Wenn er tatsächlich einen solchen Hass auf Wölfe schiebt, muss er uns doch mal über den Weg gelaufen sein. Haben Sie nicht eine Suchmeldung in den Medien verbreitet?«

»Wie es sich gehört. Fernsehen, Radio, Zeitungen, soziale Medien, das volle Programm. Mit Foto. Unsere Leute gehen jeder Meldung nach, aber bisher hat die Aktion nichts gebracht. Ich rufe Sie an, wenn ich mehr weiß.«

Carla beeilte sich, nach Hause zu kommen. Sie war todmüde und freute sich auf ihr Bett. Copperville wirkte verlassen, wie meist am späten Abend, und da zwei Straßenleuchten ausgefallen waren, lagen die meisten Häuser im Dunkeln. Aus alter Gewohnheit fuhr sie am Wolf Center vorbei, um nach dem Rechten zu sehen. Ihr Blick glitt über das Gebäude und die Gehege. Alles wie immer … oder doch nicht? War da ein dunkler Schatten am Zaun?

Sie bog nervös auf den Parkplatz ab. Als das Scheinwerferlicht ihres Pick-ups über das Verwaltungsgebäude und die Wolfsgehege strich, sah sie gerade noch, wie eine schemenhafte Gestalt in der Dunkelheit untertauchte.

Ohne lange nachzudenken, stieg sie aus und folgte ihr in den schmalen Gang zwischen Verwaltungsgebäude und Drahtzaun. Hinter dem Haus blieb Carla stehen. Sie hörte Schritte, die sich in Richtung Straße entfernten, und rannte hinterher. Sie war durchtrainiert und eine einigermaßen gute Läuferin, doch als sie die Straße erreichte, war niemand mehr zu sehen. Sekunden später heulte ein Motor auf, und ein Pick-up mit ausgeschalteten Scheinwerfern raste in eine Nebenstraße davon. In der Dunkelheit war er kaum zu erkennen.

Das Motorengeräusch verhallte in der Ferne, und sie kehrte enttäuscht zum Center zurück. Ein Wolfsgegner, der sich an den Wölfen vergreifen wollte? Ein Dieb, der ihren kleinen Safe im Verwaltungsgebäude knacken wollte? Der Brandstifter, nach dem das FBI fahndete? Zumindest hatte er einige Wölfe durch seine bloße Anwesenheit aufgeschreckt. Vor allem die beiden Welpen, die in den wenigen Tagen seit ihrer Rettung sichtbar gewachsen waren, und Kawa, die sich rührend wie eine Mutter um sie kümmerte, waren aufgesprungen und standen am Zaun. Doc Holliday, der beim geringsten Anlass die Zähne fletschte, und Wolfshund Chico jaulten und bellten um die Wette.

Sicherheitshalber suchte sie die Gehege mit ihrer Taschenlampe nach verdächtigen Fleischbrocken ab. Nichts zu finden. Sie rief Karen an und berichtete von dem Verdächtigen. Die FBI-Agentin versprach, die State Troopers zu informieren und sie zu bitten, öfter als sonst am Center vorbeizufahren und nach dem Rechten zu sehen. Mehr konnten sie im Augenblick nicht tun.

»Kein Grund, sich aufzuregen«, beruhigte Carla die Tiere, »wer immer es war, ist schon auf und davon. Sicher nur ein neugieriger Vogel, der euch mal aus der Nähe sehen wollte. Legt euch wieder schlafen, okay? Wenn er euch was Böses wollte, kommt er heute Nacht bestimmt nicht wieder. Der Brandstifter wäre schön blöd, wenn er sich ausgerechnet hier herumtreiben würde.«

Carla ließ den Wagen beim Center stehen und ging die paar Querstraßen zu Fuß. Der Zwischenfall hatte ihre

Sinne geschärft und ließ sie aufmerksam nach allen Seiten blicken, bevor sie das Haus betrat und in ihre Wohnung hinaufstieg. So einen Abend hatte sie schon lange nicht erlebt. Eine Weile blickte sie noch aus dem Fenster und sah dem Mond zu, wie er hinter den Wolken verschwand, dann ging sie ins Bett und schlief wenige Minuten später ein.

Noch einige Male in dieser Nacht schreckte sie aus dem Schlaf, bedingt durch unruhige Träume, in denen Männer in roten Kutten und wütende Farmer mit Gewehren auftauchten. Und morgens um halb sieben war sie so müde, dass sie am liebsten im Bett geblieben wäre. Sie beließ es bei einer heißen Dusche und einem herzhaften Frühstück und lief zur Arbeit, ihr Frühsport, wenn auch lange nicht so anstrengend wie die Trainingsfahrten von Amy, die jeden zweiten oder dritten Morgen mit ihrem Schlitten unterwegs war. Dennoch schaffte es die Musherin regelmäßig, als Erste ins Büro zu kommen.

Auch an diesem Morgen saß sie schon am Schreibtisch, als Carla am Empfang erschien und ihr Postfach checkte. Sie berichtete von ihrer nächtlichen Begegnung mit dem Unbekannten, unternahm aber nichts. »Wenn ich's mir recht überlege, könnten wir nicht mal was unternehmen, wenn er hier hereinmarschiert käme. Er hat sich nichts zuschulden kommen lassen.« Sie ging zu ihrem Schrank in den Umkleideraum und zog ihre Gummistiefel an. »Ich glaube, ich bin zu oft mit meiner FBI-Freundin zusammen. So was färbt ab.«

Wendy war bereits bei der Arbeit, hatte die Wölfe gefüttert und beobachtete die Welpen durch den Zaun. »Duke macht mir ein wenig Sorgen«, sagte sie. »Ich glaube, er hat sich den Magen verdorben, obwohl ich die Mahlzeiten der Welpen besonders sorgfältig gecheckt habe. Ich werde ihn mal eine Weile beobachten. Wenn es schlimmer wird, müssen wir wohl einen Tierarzt rufen.«

»Der beruhigt sich wieder«, sagte Carla. »Wahrscheinlich ist ihm der Umzug ins große Gehege auf den Magen geschlagen. Nicht jeder steckt Stress so gut weg wie Maya. Sie haben ihre Eltern und Geschwister verloren und sind beinahe in ihrem Bau verbrannt. In der Hinsicht reagieren Wölfe nicht anders als Menschen. Stell dir vor, du hättest das alles erlebt.«

»Daran will ich gar nicht denken.«

Carla verbrachte den Morgen vor allem damit, das für die Fütterungen gelieferte Fleisch in portionsgerechte Stücke zu zerschneiden und die Vorräte an Trockenfutter im Schuppen zu überprüfen. Am späten Vormittag fuhr sie zum Supermarkt nach Paxson, der ihnen alle paar Wochen eine Ladung Fleisch spendete, ungeachtet einiger Proteste von Kunden, die nicht damit einverstanden waren, dass man die »Bestien« auch noch fütterte. Im Roadhouse war die Lunchzeit schon vorbei, aber es war noch Borschtsch übrig, diesmal mit leckeren Fleischbrocken, der ihr beinahe genauso gut wie ein Wolfburger schmeckte.

»Du siehst müde aus«, sagte Ma Barker.

»Viel Arbeit, besonders mit Chico. Der sehnt sich nach Rosita und C.J., mit denen kommt er zurecht. Bei Wendy und mir benimmt er sich wie ein Rüpel. Höchste Zeit, dass sie wiederkommen! C.J. will Sonntag hier sein.«

»Und Rosita?«

»Keine Ahnung. Ich hoffe, dass sie mitkommt.«

»Aber?«

»Ich glaub nicht recht daran.«

»Bei Linda bin ich solche Probleme ja gewohnt, aber C.J. ... der würde uns ordentlich was vorjammern, wenn Rosita ihm davonliefe. Ich werde vorsichtshalber mal eine Flasche Wodka kalt stellen. Apropos Linda, unseren Fernsehstar hab ich schon lange nicht mehr gesehen. Ist sie wieder auf Tour?«

»Sie hat sich freigenommen.«

»Ein neuer Lover?«

»Gut möglich.«

»Das fehlte noch!«

»Du kennst doch Linda!« Carla hatte schon Angst, über ihr eigenes Liebesleben erzählen zu müssen, und drehte den Spieß um. Sie war zu sehr mit anderen Gedanken beschäftigt und hatte auch keine Lust, mit der Wirtin darüber zu diskutieren. »Und du? Willst du ohne Mann durch dein restliches Leben gehen?«

»Ich war dreimal verheiratet, das reicht doch wohl.«

»Du hattest drei Männer?«

»Zwei, den einen hab ich zweimal geheiratet.«

Carla verließ das Lokal und wollte gerade die Straße überqueren, als sie beinahe mit einem jungen Mann zusammenstieß. »Oh ... tut mir leid!«, entschuldigte sie sich, wollte weitergehen und blickte ihn erstaunt an. »Phil!«

»Ich wollte gerade zu Ihnen«, sagte er.

»Phil McDonald! Was tun Sie denn hier?«

»Ich besuche meine Tante in Fairbanks.« Er grinste schwach. »Ich hab wirklich eine Tante in Fairbanks, aber ich geb's zu, ich wollte Sie wiedersehen. Telefonisch komme ich nicht an Sie ran, da dachte ich mir, ich fahr einfach bei Ihnen vorbei.« Sein Grinsen verschwand. »Sie sind mir doch nicht böse?«

Carla war eher sprachlos. »Sie sind meinetwegen von Fairbanks nach Copperville gefahren?« Sie konnte es nicht fassen. »Das sind über drei Stunden!«

»Und wegen des Wolf Centers ... das wollte ich unbedingt mal sehen.«

Obwohl kaum Verkehr war, blieben beide am Straßenrand stehen.

»Aber eigentlich nur Ihretwegen«, schob Phil nach.

Carla fühlte sich geschmeichelt, aber dachte natürlich sofort an Jason, dem sie erst gestern ihre Liebe gestanden hatte. Sie war nicht wie Linda, der es nichts auszumachen schien, wie ein Schmetterling von einer Blüte zur anderen zu flattern. Denn dass Phil etwas für sie übrig hatte und es darauf anlegte, sie näher kennenzulernen, hatte sie schon am Mystery Creek bemerkt.

Die Fairness hätte ihr geboten, ihm gleich reinen Wein einzuschenken und ihm zu sagen, dass sie einen anderen Mann liebte und kein Interesse an weiteren Liebschaften hatte. Das Dumme war nur, dass sie den Firefighter sympathisch fand und ihn nicht vor den Kopf stoßen wollte. Und ihm das Wolf Center zu zeigen und einen Kaffee mit ihm zu trinken, war schließlich nichts Böses.

»Ich habe heute leider wenig Zeit«, entschuldigte sie sich, »aber das Wolf Center zeige ich Ihnen gerne. Das kann ich dem Mann, der unseren beiden Welpen zu Namen verholfen hat, wohl nicht abschlagen.« Sie überquerten die Straße und betraten das Verwaltungsgebäude. »Amy, das ist Phil McDonald, der Firefighter, der Maya und Duke die Namen gegeben hat. Amy Morton erledigt bei uns den Bürokram, die Einzige, die gut rechnen kann. Sie gehört zu den besten Musherinnen des Landes. Beim letzten Iditarod war sie unter den Top Twenty. Sie sagt, ihr vegetarisches Essen habe ihr dabei geholfen. Ich sage, mit einem Wolfburger pro Woche hätte sie das Ding längst gewonnen.«

»Sie waren am Mystery Creek dabei?«, fragte Amy, während Carla für Phil und sich jeweils einen Cappuccino aus dem Automaten zog. »Das war ein ziemlich wildes Feuer, nicht wahr? Wilder als gewöhnliche Waldbrände.«

»Weil der Wind ständig drehte«, erklärte Phil. »Wir mussten sogar ein Team aus Wyoming holen, um gegen das Feuer anzukommen. Dass die beiden Welpen überlebt haben, grenzt an ein Wunder. Das haben sie nur Carla zu verdanken. Sie ist bis zum Bauch in den heißen Wolfsbau gekrochen.«

Amy lehnte sich schmunzelnd zurück. »Ja, unsere Carla ist was ganz Besonderes. Wenn sie jetzt noch auf Fleisch verzichten würde, wäre sie beinahe unschlagbar. Sie hat es eine Woche versucht und fing trotzdem wieder an.«

»Weil ich mir ein Leben ohne Wolfburger nicht vorstellen kann«, erwiderte Carla. Sie kehrte mit den Cappuccinos zurück und reichte Phil einen. Zu Amy sagte sie: »Ich nehme an, du hast einen Smoothie aus Gurken dabei.«

»Früchte, Ingwer und Chili. Willst du mal probieren?«

»Lieber nicht, das klingt mir zu gefährlich.«

Amy wurde ernst. »Ist das Feuer denn vollständig gelöscht?«

»Sonst wäre ich nicht hier. Die Brandschneisen waren sehr wirkungsvoll, und der Regen, der während der letzten Tage auf der Kenai-Halbinsel fiel, hat uns natürlich geholfen. Jetzt haben wir erst mal Ruhe. Der Chief hat uns zwei Tage freigegeben, dann geht es wieder zum Training und zur Weiterbildung.«

»Und die Namen der geretteten Welpen waren Ihre Idee?«

Phil trank einen Schluck Kaffee und nickte zufrieden. »Maya und Duke. So hießen die Kinder unserer Nachbarn. Sie waren fünf und sieben, als sie mit ihren Eltern beim Wandern auf Kodiak Island waren und von einem heftigen Gewitter überrascht wurden. Ein Blitz schlug dicht neben ihnen ein und spaltete einen Baum, der sofort Feuer fing und ein Wildfeuer auslöste. Die Eltern mussten mitansehen, wie ein brennender Ast auf ihre Kinder fiel und sie lebensgefährlich verletzte. Ich war bei den Firefighters, die zuerst an der Unglücksstelle waren und die Kinder in einen Rettungshubschrauber verfrachteten. Sie starben schon auf dem Weg ins Krankenhaus.

Sie können sich ja vorstellen, wie es den Eltern ging. Den Brand konnten wir schnell löschen.«

»Wie furchtbar!«, erwiderte Amy. »Und was für eine schöne Geste, die beiden Welpen nach den Kindern zu nennen. War das für die Eltern okay?«

»Sie haben sich sehr darüber gefreut.«

»Dann wollen wir mal sehen, was aus den Welpen geworden ist«, sagte Carla, nachdem sie ihren Kaffeebecher weggestellt hatte. »Sie glauben nicht, wie schnell die zwei groß werden. In vier Monaten sind sie erwachsen.«

Phil verabschiedete sich von Amy und folgte Carla nach draußen. Sie führte ihn zu dem Gehege, in dem Maya und Duke mit einem Teil der erwachsenen Wölfe lebten und sich mit Kawa und Ghost arrangiert zu haben schienen.

»Die junge Wölfin mit den kräftigen Beinen, das ist Maya«, erklärte Carla. Sie deutete auf Duke, der scheinbar niedergeschlagen neben einem Gebüsch lag und sich kaum bewegte. »Duke geht es zurzeit nicht besonders. Irgendwas mit dem Magen. Am Fleisch kann es nicht liegen, das untersuchen wir gründlich, bevor wir es an die Wölfe verfüttern. Muss psychisch bedingt sein.«

»Psychisch? Sie meinen, er kann das Feuer nicht vergessen?«

»Wölfe können genauso unter einer Tragödie leiden wie Menschen. Er hat seine Eltern und Geschwister verloren, von dem ganzen Rudel sind nur Maya und er übrig geblieben. Maya hat den Schock besser verarbeitet, bei Duke wird es wohl noch ein bisschen dauern.«

Carla führte ihn auch zu den anderen Wölfen, zeigte ihm sogar den wie immer missgelaunten Doc Holliday und hielt ihn nur vom Gehege der Wolfshunde fern. Wendy hatte im Schuppen zu tun und winkte ihnen aus der Ferne zu. Carla fühlte sich wohl in der Gesellschaft des Firefighters. Er war ein angenehmer Zeitgenosse und auch jetzt nicht aufdringlich, obwohl er eine lange Reise auf sich genommen hatte, anscheinend nur um sie zu treffen. Sie fühlte sich geschmeichelt und wollte ihn schon mit Jason vergleichen, machte aber gar nicht erst den Versuch. Sie waren sich ähnlich und doch verschieden.

Es war bereits Mittag, als sie sich vor dem Verwaltungsgebäude von Phil verabschiedete. Mehr aus Höflichkeit küsste sie ihn auf die Wange, genau in dem Augenblick, als ein Pick-up auf den Parkplatz fuhr. Der Wagen kam ihr bekannt vor, und sie kannte auch den Grund dafür. »Jason!«, flüsterte sie.

Er stieg aus und blickte sie entgeistert an. »Carla! Also so ist das!«

Bevor Carla ihm alles erklären und ihn zurückhalten konnte, stieg er wieder ein und fuhr vom Parkplatz. Mit heulendem Motor brauste er davon.

»Tut mir leid«, entschuldigte sich Phil kleinlaut.

13

Carla war der Appetit vergangen. Die Begegnung mit Jason war ihr auf den Magen geschlagen, und nicht mal ein Wolfburger konnte sie nach dem peinlichen Zwischenfall noch locken. Sie sagte nichts, als Phil ohne ein weiteres Wort und mit enttäuschter Miene in seinen Mietwagen stieg, und hielt sich beide Hände vors Gesicht. Sie spürte, wie sich Tränen in ihren Augen sammelten. Warum hatte sie Phil auf die Wange geküsst? Warum war sie überhaupt auf ihn eingegangen und hatte ihm Hoffnungen gemacht? Und warum, zum Teufel, musste Jason ausgerechnet in diesem Augenblick auftauchen?

Nachdem sie sich einigermaßen von ihrem Schrecken erholt hatte, kehrte sie ins Verwaltungsgebäude zurück und holte sich einen zweiten Cappuccino. Sie legte beide Hände um den Becher und blieb vor dem Empfang stehen.

»Was ist denn mit dir los?«, fragte Amy erstaunt. Sie löffelte gerade ein Müsli aus einem Schälchen. »Du bist ja weißer im Gesicht als Maya und Duke. Als wärst du gerade dem Gehörnten persönlich begegnet!«

»Jason war gerade hier.«

»Das wird aber auch Zeit. Vertragt ihr euch jetzt endlich?«

Carla hatte immer noch Tränen in den Augen. »Er hat gesehen, wie ich mich von Phil verabschiedet habe, und ist gleich wieder weggefahren. Jetzt denkt er wahrscheinlich, ich hab was mit Phil. Ich könnte mich ohrfeigen.«

»Vielleicht passt Phil ja besser zu dir. Firefighter sind Helden.«

»Und Wolfsjäger rücksichtslose Killer?«

Amy lächelte kaum merklich. »Zumindest hättest du nicht ständig Stress mit ihm. Ihr seid auf derselben Seite. Eine aufrechte Tierschützerin und ein tapferer Firefighter kämpfen gegen das Elend und Unglück dieser Welt.«

»Du machst dich lustig über mich!«

»Wen magst du denn lieber?«

Carla nippte vorsichtig an ihrem Cappuccino, der Kaffee kam kochend heiß aus dem Automaten. »Das weißt du doch. Phil ist ein lieber Kerl und hat einen Job, für den ihn alle bewundern. Aber Jason ... mit ihm ist das was anderes. Ich kann's nicht erklären. Bei Jason hab ich das Gefühl, wir sind irgendwie füreinander bestimmt. Als wären die Schwierigkeiten nur da, um überwunden zu werden. Als wollte man uns beide auf die Probe stellen.« Sie konnte plötzlich wieder lachen. »Wär doch eine erfolgreiche Realityshow: ›Tierschützerin liebt Wolfsjäger – die Geschichte einer unmöglichen Liebe.‹«

»Und ich dachte, Linda würde den Vogel abschießen.«

»Wo steckt sie eigentlich? Sie müsste doch längst zurück sein?«

Amy stellte die leere Schüssel in den Spülstein, wusch sich die Hände und kehrte aus der Küche zurück. »Ich hab vor einer Stunde versucht, sie anzurufen. Sie geht nicht an ihr Handy. Ich weiß nicht mal, welcher ihrer Lover gerade aktuell ist. Dass sie mit Eddy Schluss gemacht hat, glaube ich nicht.«

»Sein Training war ihr zu anstrengend, das macht sie nicht mit.«

»Und wenn er sie überredet? Ich kenne Eddy Mandell vom Iditarod. Wenn er nicht gerade auf seinem Schlitten steht, kann er ein Charmeur sein. Er fühlt sich in seinem Stolz getroffen, wenn eine Frau mit ihm Schluss macht, und hat bestimmt mit Engelszungen auf sie eingeredet, um sie umzustimmen. Er ist ein unverbesserlicher Macho … wenn einer Schluss macht, dann nur er.«

»Und Linda fällt auf so was rein? Nie im Leben.«

»Eddy ist einer von den Hundertfünfzigprozentigen. Er kann nicht verstehen, dass jemand nicht ständig mit einem Hundeschlitten durch die Wälder fahren will, völlig egal, ob Räder oder Kufen dran sind. Er will eine Freundin, die sich ebenso für seinen Job begeistert wie er, ihn auf Trainingsfahrten begleitet und spätnachts aus den Federn kriecht, wenn was mit den Hunden ist.«

»Und dann lässt er sich mit Linda ein?« Carla schüttelte verwundert den Kopf. »Ausgerechnet Linda, die eine Menge anderer Dinge im Kopf hat? Er muss doch wissen, dass sie nicht Tag und Nacht nur für ihn da sein kann.«

»Darum geht's ihm nicht. Er will sie überzeugen.«

»Und sie spielt mit.« Sie überlegte. »Oder ist bei ihrem Kameramann.«

»Ein Flirt, weiter nichts.«

»Dann fällt mir nur Larry ein.«

»Bei ihrem Ex? Dem miesen Typ, der ihr vorgemacht hat, seine Frau wäre schwer krank und er brächte es nicht übers Herz, sich von ihr zu trennen? So dumm wird sie doch wohl nicht sein.« Sie weckte ihren Computer mit einem Tastendruck. »Aber ich kann's mal versuchen. Seine Nummer hab ich hier.«

»Lass mich das machen«, sagte Carla, die nicht nur neugierig war, sondern sich auch Sorgen um Linda machte. Sie ließ Amy wählen und griff nach dem Hörer. Eine Sekretärin meldete sich und stellte sie durch, als Carla ihr sagte, es ginge um eine vermisste Bekannte. Ob sie von seinen Eskapaden wusste?

»Larry«, kam Carla gleich zur Sache, als er sich meldete, »hier spricht Carla Gorman vom Wolf Center. Wir suchen Linda. Sie geht nicht an ihr Handy, und wir haben keine Ahnung, wo sie sein könnte. Haben Sie eine Ahnung?«

»Wie kommen Sie darauf? Hier ist sie jedenfalls nicht.«

»Sind Sie absolut sicher?«

»Was fällt Ihnen ein? Natürlich bin ich sicher.«

Carla legte auf und reichte Amy den Hörer zurück. »Versuch es weiter bei ihr, Amy. Ich mache mir Sorgen. So was sieht ihr gar nicht ähnlich.«

»In der Liebe ist alles möglich, besonders bei Linda.«

Carla machte sich an die Arbeit. Sie besuchte Merlin, einen dreijährigen Rüden, der wie fast jede Nacht auf die Jagd gegangen war und ein Eichhörnchen erbeutet hatte.

Es tat ihr in der Seele weh, einen ausgewachsenen Wolf mit einer solchen Beute zu sehen, aber was blieb ihm in dem Gehege auch anderes übrig? Das Gelände war zwar riesig und schloss einen Wald und etliche Hügel mit ein, aber außer kleineren Säugetieren schaffte es kein Beutetier über den Zaun. Sie erinnerte sich an ein Buch über Indianer, die nach dem Verschwinden der riesigen Bisonherden stattdessen zahme Rinder jagten.

»Tut mir leid, dass wir dich nicht auswildern können«, sagte sie zu Merlin, der sein Leben lang humpeln würde, »ich hätte es auch lieber, du würdest mit einem Rudel durch die Wildnis streifen und Elche und andere Tiere jagen.«

Merlin blickte sie an, ließ das Eichhörnchen fallen und rannte hastig davon, als würde er sich schämen, mit einer so unscheinbaren Beute erwischt worden zu sein. In der Wildnis vergriffen sich erwachsene Wölfe nur an so kleinen Tieren, wenn es keine anderen Beutetiere mehr in ihrem Revier gab.

Cody hatte weniger Probleme. Seitdem C.J. ihn aus einer Falle befreit hatte, verließ er sich auf die Fleischbrocken, die er von den Zweibeinern bekam, und schien seinen Jagdinstinkt vollkommen abgelegt zu haben. Er lag gern in der Sonne, schloss die Augen und träumte sicher von einer hübschen Wölfin.

Wie jeden Morgen checkte Carla das Gehege der Wolfshunde. Chico, immer noch schlechter Laune, begrüßte sie knurrend und entblößte seine scharfen Zähne. Wenn es C.J. nicht gelang, ihn zur Vernunft zu bringen, würden sie noch viel Ärger mit ihm haben. Es war vielleicht ein Fehler gewesen, ihn ins Wolf Center zu holen, bevor Rosita sich endgültig entschieden hatte.

»Wir beide werden uns wohl nie verstehen«, sagte sie zu dem aufgebrachten Wolfshund. Seine beiden Artgenossen hatten sich von ihm anstecken lassen und benahmen sich ebenfalls feindselig. »Du sehnst dich nach Rosita und C.J., ich weiß, aber ich kann die beiden nicht herzaubern. C.J. kommt in ein paar Tagen zurück, aber bei Rosita bin ich mir nicht sicher. Dennoch kein Grund, mich ständig anzuknurren. Ich will dir nichts Böses, Chico, im Gegenteil, ich bin deine Freundin und tue alles, um dir ein besseres Leben zu ermöglichen. Hier bekommst du ordentlich zu fressen, wir kümmern uns um deine Gesundheit, und kein Mensch will dir irgendwas Böses. Auch wenn du es noch nicht wahrhaben willst, mein Lieber, du hast ein Glückslos gezogen.«

Wendy hatte sich bereits um die Welpen gekümmert und wirkte bekümmert. »Ich bin keine Tierärztin«, sagte sie, »und vielleicht bilde ich mir alles nur ein, aber Duke benimmt sich irgendwie komisch. Er hat irgendwas. Vielleicht kämpft er gegen sein Trauma an, oder er braucht noch einige Zeit, um sich an seine neuen Verwandten zu gewöhnen, aber … ich mach mir Sorgen.«

Carla ging zu den Welpen ins Gehege und untersuchte Duke, der auf seinem Strohlager lag und müde wirkte. Wölfe waren meist nachts aktiv, und ein Wolf, der tagsüber schlief, war nichts Besonderes, doch Duke wirkte auch schlapp, und als sie ihn berührte, jaulte er. »Wahrscheinlich nur eine Magenverstimmung. Mal sehen, was Doktor White dazu sagt.« Sie rief den Tierarzt von ihrem Handy an und schilderte ihm die Symptome.

»Leichte Kost?«

»Auf jeden Fall«, antwortete er. »Ich bin leider gerade unterwegs und erst morgen wieder in meiner Praxis. Beobachten Sie den Wolf und rufen Sie mich oder einen anderen Tierarzt an, falls sich sein Zustand verschlimmert.«

Carla bedankte sich und informierte Wendy. »Wir setzen ihn auf leichte Kost. Sag mir sofort Bescheid, falls irgendwas mit ihm ist. Keine Angst, Wendy, übermorgen kommt C.J. zurück und kann ihn genau untersuchen.«

»Ich sorge mich um ihn, Carla.«

»Keine Panik. Wölfe haben öfter mal was am Magen.«

In ihrer Mittagspause wollte Carla mal wieder Eintopf bei Ma Barker essen, doch sie war noch nicht über die Straße, als Karen in ihrem Geländewagen vor dem Wolf Center hielt, sich über den Beifahrersitz beugte und die Tür öffnete. »Hi«, rief sie. »Billy Baynard ist verschwunden. Er hat das Gewehr seines Vaters mitgenommen und ist anscheinend auf Wolfsjagd. Steigen Sie ein und helfen Sie mir suchen. Sie wissen, wo sich die Wölfe aufhalten.«

Carla wusste, welches Unheil ein junger Heißsporn wie Billy Baynard anrichten konnte, und überlegte nicht lange. »Warten Sie! Ich sage im Büro Bescheid und bin gleich zurück.« Sie sagte Amy, was sie vorhatte, schnappte sich ihren Rucksack mit dem Notfallkasten, dem Feldstecher und der übrigen Ausrüstung und stieg zu der FBI-Agentin in den Wagen. »Okay, wir können.«

Karen lenkte den Wagen auf den Highway nach Norden. »Billy Baynard wird seit heute Morgen vermisst«, sagte sie. »Mit seinen Eltern hab ich bereits telefoniert. Sie waren nicht gerade freundlich und haben mir lediglich verraten, dass er öfter mal verschwindet und wahrscheinlich mit seinen Freunden beim Zielschießen ist. Irgendwo in der Wildnis, wo es mehr Spaß macht.«

»Das ist nicht strafbar.«

»Weiß ich auch, aber ich traue dem Bengel nicht, und seinen Eltern noch viel weniger. Könnte sein, dass er eine Schweinerei vorhat. Wenn er Wölfe umlegt, haben wir nichts gegen ihn in der Hand, aber ich werde den Verdacht nicht los, er könnte was mit dem Feuer am Mystery Creek zu tun haben.«

»Ich dachte, Sie hätten ihn überprüft.«

»Haben wir auch«, erwiderte sie. »Billy Baynard war weder in Minnesota, Oregon noch auf der Kenai-Halbinsel. Und er ist auch zu jung, um das Feuer gelegt zu haben. Der Führerschein von Clayton Stark wurde 1981 ausgestellt, also müsste er jetzt um die Vierzig sein. Aber er könnte den Mann kennen.«

»Und deswegen wollen Sie ihm bis in die Wildnis nach?«

»Wollen Sie, dass er wahllos Wölfe erschießt?«

»Natürlich nicht.«

»Dann freuen Sie sich, dass ich fünfe gerade sein lasse und meinen Zuständigkeitsbereich etwas ausdehne. Aber zuerst fahren wir bei seinen Eltern vorbei. Ich bin sicher, die wissen, in welcher Gegend er sich herumtreibt.«

»Am Mount Hayes, nehme ich an. Ein Viertausender, westlich vom Highway, ungefähr zwei Stunden von hier. Dort oder am Delta-Clearwater River südöstlich von Delta Junction. In beiden Gegenden gibt es Wolfsrudel, aber die Wölfe am Mount Hayes sind bei den Farmern verhasster, weil sie vor ein paar Wochen ein Kalb gerissen haben. Dort kämen wir selbst mit Ihrem Geländewagen nicht weit. Dort gibt es keine Straßen und nur wenige Trails.«

»Dann mieten wir uns zwei Four-Wheeler.«

»Im Wolf Center hätten wir zwei stehen.«

»Dauert zu lange. Die Dinger gibt's doch überall.«

Sie hatten die Schotterstraße zur Farm der Baynards erreicht und bogen nach rechts ab. Am Himmel waren einige Wolken aufgezogen, aber die Sonne schien und der Wind hielt sich in Grenzen. Am Ufer eines schmalen Baches standen zwei junge Elche und ließen sich auch durch ihren Motorenlärm nicht stören. Lediglich einen flüchtigen Blick riskierten sie und fraßen weiter.

»Warum finden Sie denn Clayton Stark nicht?«, fragte Carla. »Das FBI spürt doch sonst jeden auf. Ich dachte, inzwischen wäre es unmöglich, sich zu verstecken. Oder ist Stark einer dieser raffinierten Burschen, die eine vollkommen fremde Identität annehmen. Hab ich mal in einem Film gesehen.«

»Das glaube ich nicht«, antwortete Karen. »Solche Leute gibt's natürlich, aber die bewegen sich in ganz anderen Sphären. Clayton Stark ist immer noch Clayton Stark, davon sind wir fest überzeugt. Ein krankhafter

Wolfshasser, wahrscheinlich ein Fallensteller, der irgendwo in der Wildnis haust und seinen Bau nur verlässt, um irgendwo Wölfe umzubringen oder Feuer zu legen.«

»Und die Wildnis ist groß.«

Karen nickte. »Zu groß, um alle Fallensteller aufzutreiben.«

Sie hatten die Farm erreicht und parkten in einiger Entfernung vom Eingang. Der schwarze Hund empfing sie mit wütendem Gebell. Diesmal hing er an einer langen Kette. Karen achtete darauf, ihm nicht zu nahe zu kommen.

»Was wollen Sie denn schon wieder?«, rief Al Baynard. Er stand bereits in der offenen Tür und erwartete sie. »Ich hab Ihnen doch schon am Telefon alles gesagt. Billy ist mit seinen Freunden unterwegs. Und nein, er hat seine Kutte nicht dabei. Der Alaska Klan hat mit dem Ku-Klux-Klan nichts zu tun, auch wenn mein Sohn manchmal so tut. Nichts, was das FBI interessieren könnte. Um was Richtiges anzustellen, haben sie doch gar nicht den Mumm.«

»Wer sind seine Freunde? Die anderen mit den Kutten?«

»Keine Ahnung.«

»Sie wissen es nicht?«

»Er ist allein weggefahren.«

»Mit dem Four-Wheeler?«

»Mit unserem alten Pick-up. Gut möglich, dass er seinen Four-Wheeler aufgeladen hatte. Den hat er immer dabei, wenn es in die Wildnis geht.«

»Und Ihr Jagdgewehr?«

»Sie ballern ein bisschen rum, nichts Ernstes.« Baynard schien langsam die Geduld zu verlieren und brummte ungeduldig. »Woher wissen Sie überhaupt, dass mein Sohn unterwegs ist? Und wieso interessieren Sie sich so für ihn?«

Karen ging nicht auf seine Fragen ein. »Vielen Dank für die Auskunft, Mister Baynard. Wir melden uns, falls wir noch Fragen haben. Auf Wiedersehen.« Sie warf einen misstrauischen Blick auf den schwarzen Hund und ging zum Wagen. Carla folgte ihr und war froh, als sie vom Farmhof fuhren.

»Unangenehmer Bursche«, sagte Carla. »Und woher wissen Sie es?«

»Dass sein Sohn unterwegs ist?« Sie wich einer Bodenwelle aus. »Von dem State Trooper, der bei dem Vortrag in der Community Hall dabei war. Er hat Billy in seinem Pick-up fahren sehen und es mir sicherheitshalber gesagt.«

»Dann wussten Sie von dem Pick-up und dem Four-Wheeler?«

»Ich wollte wissen, ob Al Baynard die Wahrheit sagt.«

Carla grinste. »Ich sehe schon, das FBI arbeitet mit allen Tricks.«

»Wenn die Lage nur nicht so ernst wäre.« Sie fuhren durch Paxson und weiter nach Norden. »Wir haben noch immer keine Spur von Clayton Stark.«

»Und Sie meinen, Billy und seine Freunde könnten was wissen?«

»Wir müssen allen Hinweisen nachgehen.«

»Wollen Sie über Nacht in den Bergen bleiben?«

Karen deutete hinter sich. »Ich hab alles dabei. Ein Zelt, groß genug für zwei, ausreichend Wasser und Vorräte, zwei Schlafsäcke … ich lebe auch schon eine Weile in Alaska, und beim FBI sind wir auf alles gefasst.« Sie lachte. »Aber nur, wenn es nicht zu vermeiden ist. Wollen Sie kneifen?«

»Nein, es ist nur … nächste Woche kommt C.J. aus Kolumbien zurück. Unser Tierarzt und der Leiter unseres Centers. Wir haben ein paar wichtige Sachen zu besprechen, da muss ich dabei sein. Lange kann ich nicht bleiben.«

»Keine Angst«, sagte sie. »Eine Nacht vielleicht, nicht länger.«

»Dann lassen Sie mich besser im Center anrufen.« Sie zog ihr Handy hervor und rief Amy an. In wenigen Worten schilderte sie ihr, was Karen und sie vorhatten. »Die Kapuzen könnten auf das Mount-Hayes-Rudel losgehen.«

»Kein Problem, Carla. Wir kommen zurecht.«

»Sonst was Neues?«

»Linda hat sich noch nicht gemeldet.«

»Bleib dran! Das sieht ihr gar nicht ähnlich.«

»Und du pass gut auf dich auf! Denk daran, du bist Biologin und Wolfsexpertin und keine FBI-Agentin. Und geh in Deckung, wenn Schüsse fallen.«

»So schlimm wird es nicht werden«, sagte Carla.

14

Wie eine weiße Wand ragten die östliche Alaska Range und der Mount Hayes jenseits der Wälder und Seen empor. Die schneebedeckten Gipfel leuchteten im Sonnenlicht, das von zahlreichen Wolken gefiltert wurde und nur stellenweise seine ganze Kraft entfaltete. In den Tümpeln und Seen spiegelten sich die Schwarzfichten, die hier schon wesentlich kleiner als im Süden waren.

Nur der Denali Highway weiter südlich, der ausschließlich im Sommer befahrbar war, und ein paar schmale Trails durchkreuzten diese Wildnis. Carla und Karen, obwohl sportlich und erfahren im Umgang mit Four-Wheelern, hatten Mühe, in der Spur zu bleiben und nicht im sumpfigen Boden stecken zu bleiben. Zügig, aber nicht zu schnell und mit wachen Augen fuhren sie dem Wald entgegen.

Die Four-Wheeler hatten sie bei einem Outfitter in Delta Junction gemietet. Sie hatten ihre Rucksäcke und die Ausrüstung auf die beiden Gepäckträger verteilt und trugen Schutzbrillen, um besser gegen den aufwirbelnden Schlamm geschützt zu sein. Carla hatte die Führung übernommen. Sie war schon ein paarmal in der Gegend um den Mount Hayes gewesen, hatte dort kampiert und das Wolfsrudel beobachtet. Nach der letzten Meldung war es auf neun Wölfe angewachsen, ein großes Rudel mit einem starken Anführer.

Während des kurzen Sommers war Carla nur ungern in der Wildnis unterwegs. Sie fühlte sich auf einem Snowmobil oder selbst auf den Kufen eines Hundeschlittens sehr viel wohler. Der Sommer war wunderschön in Alaska, besonders im September, wenn er in den Herbst überging und die Laubbäume bunte Inseln in den Mischwäldern bildeten. Allerdings war der Boden vielerorts sumpfig und morastig, ein willkommener Brutplatz für Moskitos, die auch am Polarkreis zur Plage werden konnten. Carla schützte sich mit einem wirkungsvollen Spray gegen die Plagegeister, der Fahrtwind tat ein Übriges.

Das Motorengeräusch der Four-Wheeler war ebenso störend und nervig wie bei Snowmobilen, aber nicht laut genug, um den Gewehrschuss zu übertönen, der plötzlich die Luft zerriss. Sekundenlang hing sein Echo in der Luft, verebbte nur ganz allmählich. Gleich darauf fiel ein weiterer Schuss. Sein Echo rollte aus Nordwesten heran, ein bedrohliches Geräusch wie langsam verhallender Donner.

Carla bremste so plötzlich, dass Karen beinahe in sie hineinfuhr. Nur mühsam schaffte sie es, ihren Four-Wheeler auf den Rädern zu halten. Sie rutschte nach links und blieb seitwärts stehen. Der Motor tuckerte unbeirrt weiter.

Karen war es ähnlich ergangen. Sie war nicht so geübt mit einem Four-Wheeler wie Carla, stürzte ins Gras, verletzte sich aber nicht. Leise fluchend kletterte sie wieder in den Sattel. Sie winkte ab, als Carla sich entschuldigte.

Sie ließen die Motoren laufen und blickten nach Nordwesten.

»Könnte ein Jäger sein«, sagte Carla.

»Oder Billy Baynard!«, gab Karen zu bedenken.

»Wenn er einen Wolf erschossen hat …«

»Überlassen Sie ihn mir, okay?«

»Okay.« Carla wusste selbst, dass sie viel zu emotional reagieren würde, falls Baynard und seine Kumpane durchgedreht waren. Sie verstand Menschen nicht, die aus reiner Rachsucht oder sogar nur aus Vergnügen auf Tiere schossen oder sie auf grausame Weise quälten.

Und Mark Doherty, bei dessen erbärmlicher Rede sie sich nur mühsam zurückgehalten hatte, schlug sich auf ihre Seite. Ausgerechnet er, ein Mitarbeiter von Fish & Wildlife, einer Regierungsstelle, die eigentlich für den Erhalt der Natur gegründet worden war, auch wenn er behauptete, nur für die Jagd aus Hubschraubern eingetreten zu sein. Warum arbeitete er überhaupt für die Regierung? Wahrscheinlich weil er wusste, dass er mit seiner Haltung großen Zuspruch in der Bevölkerung fand. Nicht nur Aktivisten wie die Roten Kapuzen, auch viele Bürger, die sich von den Fernsehkameras fernhielten, waren gegen Wölfe.

Carla verdrängte die Gedanken und deutete auf den Fichtenwald, der jenseits eines Labyrinths von natürlichen Kanälen begann. »Das kam aus dem Fichtenwald da drüben«, sagte sie. »Auf der anderen Seite gibt es ein tiefes Tal, in dem wir das Rudel damals beobachtet haben.« Sie deutete auf den See, der sich östlich von ihnen ausbreitete und von Hügeln umgeben war. »Wir müssen ans Nordufer, dort beginnt der Pfad, den wir letztes Mal genommen haben. Über den kommen wir am schnellsten hin. Billy ist bestimmt dort.«

»Okay, jetzt übernehme ich die Führung«, sagte Karen. Entschlossen fuhr sie an ihr vorbei und hielt auf das Nordufer des Sees zu. Carla blieb in ihrem Windschatten. Sie fuhren jetzt mit Vollgas, in dem sumpfigen Gelände ein großes Risiko, das sie bewusst eingingen. Der Gedanke, Billy Baynard und seine Freunde könnten ein Scheibenschießen auf das Wolfsrudel veranstalten, war ihr unerträglich. Gerade auf das stattliche Mount-Hayes-Rudel war Carla immer besonders stolz gewesen. Eigentlich hatte sie sich darauf verlassen, dass sich die Wölfe selten blicken ließen und die jungen Männer sie gar nicht zu Gesicht kommen würden, aber das Schicksal ging oft seltsame Wege und hatte sich anscheinend gegen die Wölfe gewandt.

Obwohl die Schwarzfichten nicht besonders dicht standen, kamen sie im Wald besser voran. Der Pfad, wahrscheinlich ein ehemaliger Jagdtrail der Indianer, führte in zahlreichen Windungen durch den Wald und über einen steilen Hang auf ein baumloses Plateau, das mit Gestrüpp und Gras bewachsen war. Ungefähr hundert Schritte weiter wurde der Boden felsiger und fiel in das tiefe Tal hinab, in dem Carla damals das Wolfsrudel beobachtet hatte.

Die beiden Frauen bremsten fast gleichzeitig.

Im knöcheltiefen Gras, ungefähr fünfzig Schritte vor ihnen, lag ein totes Tier, das wie ein Wolf aussah. Am

Rand des felsigen Tales standen zwei Four-Wheeler. Billy Baynard und seine Freunde waren nirgendwo zu sehen.

Carla lief zu dem toten Tier und beugte sich zu ihm hinab. Ein Kojote, von einer Kugel in den Kopf getroffen und übel zugerichtet. Der Schütze schien seine Wut an ihm ausgelassen zu haben. »Ein Kojote«, sagte sie. »Hätte mich auch gewundert, wenn ihnen die Wölfe auf den Leim gegangen wären.«

Besuchern fiel es oft schwer, zwischen einem Wolf und einem Kojoten zu unterscheiden, und auch Billy Baynard hatte ihn wohl verwechselt, dabei hätte er es eigentlich besser wissen müssen. Wer in Alaska aufgewachsen war, wusste, dass ein Kojote wesentlich kleiner als ein Wolf war und spitzere Ohren besaß. Dieser Kojote war allerdings kaum noch zu erkennen.

»Brutale Tierquäler«, sagte Karen.

Ganz aus der Nähe kam ein Stöhnen.

Karen reagierte schneller und rannte zu den Felsen, dicht gefolgt von Carla, die genauso erschrak wie die FBI-Agentin, als sie die beiden jungen Männer auf einem Felsvorsprung weiter unten liegen sah. Anscheinend hatten sie über einen steilen Abhang zu dem Pfad abkürzen wollen, der sich in mehreren Serpentinen bis ins Tal hinabwand. Neben Billy Baynard lag sein Gewehr.

»Billy Baynard und Jerry Horsley, der Typ aus dem Supermarkt.«

Carla holte ihren Rucksack und stieg hinter der FBI-Agentin zu den Verletzten hinab. Sie beugte sich über Billy, der stöhnend aus seiner Bewusstlosigkeit erwachte und sich mit schmerzverzerrtem Gesicht an den Kopf griff. »Mein Kopf!«, klagte er. »Vor mir dreht sich alles! Verdammt, tut das weh!«

»Sie sind gestürzt. Sie haben eine Gehirnerschütterung.«

»Helfen Sie mir! Himmel, diese Schmerzen!«

»Das haben wir gleich, Billy. Sind Sie zu zweit?«

»Nur ... nur Jerry ... und ich.«

Sie tastete ihn vorsichtig ab und stieß auf mehrere Schürfwunden und einen geschwollenen Knöchel. »Hier, schlucken Sie die!« Sie gab ihm zwei starke Schmerztabletten aus ihrem Notfallkasten und reichte ihm ihre Wasserflasche. »Schwere Gehirnerschütterung, verstauchtes Fußgelenk, einige Prellungen und Schrammen«, rief sie Karen zu. »Er muss in ein Krankenhaus.«

»Jerry hat sich irgendwas verrenkt. Sieht nicht gut aus.«

»Wir brauchen einen Hubschrauber.«

Karen hielt bereits ihr Handy in der Hand und rief ihr Field Office an. Sie waren schon etliche Meilen vom Highway entfernt, und der Empfang war nicht besonders. Sie schilderte den Sachverhalt in knappen Worten und forderte einen Rettungshubschrauber an. Gleich darauf mailte sie die Koordinaten. Sie verhielt sich kontrollierter als ihre Kolleginnen in vielen Fernsehkrimis, die in solchen Szenen meist eine besondere Hektik an den Tag legten.

In dieser Notlage wäre es falsch gewesen, die Verletzten mit Vorwürfen zu belasten. Carla beschränkte sich darauf, Billy mit Worten zu beruhigen und ihm zu sagen, dass der Hubschrauber unterwegs war. Inzwischen erwachte auch Jerry und stöhnte vor Schmerz. Carla gab ihm ebenfalls zwei von den starken Schmerztabletten, ziemlich das Einzige, was sie in dieser misslichen Lage tun konnte. Karen beschwor Jerry, sich möglichst nicht zu bewegen.

Die Tabletten begannen schnell zu wirken. Billy grinste sogar, als der Schmerz nachließ, und zwinkerte verwirrt mit den Augen, weil er glaubte, auch wieder klar sehen zu können. Bei Jerry kamen die Tabletten kaum gegen den Schmerz an, und er stöhnte und weinte ununterbrochen. Als FBI-Agentin kannte sich auch Karen mit Erster Hilfe aus und passte auf, dass er sich in seinem Schmerz nicht zu heftig bewegte und vor allem seinen Kopf ruhig hielt.

Nach ungefähr einer halben Stunde, die ihnen wie eine Ewigkeit vorkam, hörten sie endlich das Rattern des Hubschraubers. Carla übernahm die Bewachung von Jerry und überließ es Karen, auf das Plateau zu steigen und den Hubschrauber heranzuwinken. Wenig später erschienen die Sanitäter und der Notarzt mit einer Trage. »Hi«, grüßte der Arzt. Während er sprach, untersuchte er die Verletzten bereits. »Sie haben ihnen Schmerztabletten gegeben?«

Carla nannte das Fabrikat.

»Genau richtig«, lobte sie der Arzt und wies die beiden Sanitäter an, Jerry mit der Trage in den Hubschrauber zu bringen. »Vorsichtig! Er hat sich am Halswirbel verletzt!« Er wartete, bis die beiden nach oben gestiegen waren, und kümmerte sich um Billy. »Gute Arbeit, Sie haben das Zeug zur Ärztin.«

Sie freute sich über das Lob. »Ich kann besser mit Tieren.«

Die Sanitäter kehrten zurück und trugen Billy nach oben. Carla und der Arzt folgten ihnen. Sekunden später stieg der Hubschrauber zum Himmel auf, reckte die Nase nach vorn und flog über die Hügel und die Fichten davon.

»Ohne uns hätten sie vielleicht nicht überlebt«, sagte Carla.

»Gut möglich«, erwiderte Karen ernst.

»Was passiert jetzt mit ihnen?«

»Wir übergeben sie den State Troopers, aber strafrechtlich kann man ihnen nichts vorwerfen. Einen Kojoten zu erschießen, ist nicht verboten und schon gar kein Fall für den FBI. Ich hatte eigentlich gehofft, eine Verbindung zwischen Billy Baynard und dem Brandstifter aufzudecken, aber das wäre wohl zu schön und einfach gewesen. Die beiden werden sich wohl an den Bergungskosten beteiligen müssen, falls sie nicht ausreichend versichert sind.«

»Und was machen wir mit ihrem Four-Wheeler?«

»Den sollen ihre Eltern holen.« Sie blieben am Rand des Plateaus stehen. »Ich möchte nicht in ihrer Haut stecken, wenn die Troopers ihnen sagen, was ihren Söhnen passiert ist. Zum Glück müssen wir beide das nicht erledigen.«

Sie stiegen auf ihre Four-Wheeler. Der Abend hatte längst begonnen, und in gemäßigten Zonen wäre es bereits dunkel gewesen, aber so nahe am Polarkreis war es taghell. Die Sonne würde erst gegen zweiundzwanzig Uhr untergehen, und arktisches Zwielicht würde noch bis kurz vor Mitternacht die Dunkelheit bekämpfen, bevor es für wenige Stunden kapitulierte. Ein Zustand, der Besucher in Alaska oftmals verwirrte und die meisten Hotels zwang, dichte Vorhänge an den Fenstern anzubringen. Einheimische wie Carla und Karen machten sich nichts aus den hellen Nächten, waren während dieser Zeit besonders aktiv. Carla genoss die seltsame Stimmung während der kurzen Nächte sogar. Das Zwielicht schuf einen eigenartigen Zauber, der die Wildnis und die Siedlungen in eine Märchenlandschaft zu verwandeln schien.

»Es ist schon spät«, sagte Karen. »Es ist wohl besser, wenn wir uns einen geeigneten Lagerplatz für die Nacht suchen und morgen früh weitermachen.«

»Ich bin noch einigermaßen munter«, erwiderte Carla.

»Aber erschöpft und nicht aufmerksam genug, falls wir diesem Clayton Stark tatsächlich begegnen. Es spricht vieles dafür, dass er sich in dieser Gegend herumtreibt, und wir müssen ausgeruht sein, falls wir ihn erwischen.« Sie musterte Carla eine Weile. »Wenn es nach meiner Dienststelle geht, hätte ich Sie wahrscheinlich gar nicht mitnehmen sollen, aber Sie kennen sich mit diesen Wölfen besser als jeder andere aus und können mir bestimmt helfen.«

»Ich versuche es … und mache Ihnen keinen Ärger.«

»Kennen Sie einen guten Lagerplatz in dieser Einöde?«

Carla deutete nach Süden. »Runter vom Plateau und am Waldrand entlang zu den Hügeln am nördlichen Ende des Tales. Da gibt es einige Felsen, zwischen denen wir letztes Mal gelagert haben. Ist höchstens eine halbe Stunde.«

Diesmal fuhr Carla voran. Auf dem holprigen Pfad am Waldrand merkte auch sie, wie anstrengend dieser Tag gewesen war und dass Karen richtig damit lag, sich einen Lagerplatz für die Nacht zu suchen. Ausgeschlafen und ausgeruht wären ihre Chancen wesentlich größer, den Brandstifter aufzuspüren. Carla ging es vor allem darum, das Wolfsrudel zu finden. Sie befanden sich bereits im riesigen Revier der Wölfe, und sie würde sich vor allem nach ihren Spuren umsehen. Sie musste wissen, ob sie unversehrt waren, oder ob sich Billy und Jerry oder Clayton Stark bereits an ihnen vergriffen hatten.

Sie parkten ihre Four-Wheeler zwischen den Felsen und bauten das kuppelförmige Zelt auf. Der Lagerplatz war gut gewählt und schützte vor dem böigen Wind, der auch an diesem Abend aufgekommen war. Von den Felsen – klobige Klötze, die teilweise von Gestrüpp überwuchert waren – hatte man einen guten Ausblick in das lang gestreckte Tal. Schräg über ihnen waren das Plateau und der Pfad zu sehen, auf dem sie Billy und Jerry gefunden hatten.

»Nichts«, sagte Carla, nachdem sie das Tal mit ihrem Feldstecher abgesucht hatte. »Aber es sieht nach Regen aus. Könnte ungemütlich werden.«

»Das Zelt ist wasserdicht … angeblich«, erwiderte Karen.

Sie brauten Tee auf dem Gaskocher, den Karen mitgebracht hatte, und aßen Sandwiches aus ihrem Proviant. Über ihnen spannte sich ein scheinbar grenzenloser Himmel, den die heranziehenden Regenwolken immer dunkler färbten. Eine unheimliche Stimmung, die zu ihrer Gemütslage passte. Billy und Jerry taten ihnen leid. Sie ließen sich von irgendwelchen Hassparolen leiten und würden sich ihr ganzes Leben versauen, wenn sie so weitermachten.

Sie waren zu erschöpft, um lange zu reden, und gingen früh schlafen. Ein Feuer hätte ihnen gutgetan, wäre aber zu gefährlich so nahe am Wald gewesen. Außerdem waren ihre Schlafsäcke von bester Qualität und hätten sie sogar in der Arktis geschützt. Auf eine Wache verzichteten sie. Die Felsen schützten sie vor einer Entdeckung, und Karen hatte ihren Dienstrevolver neben dem Schlafsack liegen, eine Glock 17, wie sie Carla erklärte.

Carla fiel in einen traumlosen Schlaf und schreckte nach einigen Stunden so plötzlich wieder hoch, dass sie mehrere Sekunden brauchte, um den Grund für ihr ruckartiges Erwachen zu erkennen. Das Motorengeräusch eines Four-Wheelers drang zu ihnen herüber.

Sie kroch aus ihrem Schlafsack und wollte die FBI-Agentin wecken, doch Karen hatte das Zelt längst verlassen. Carla schlüpfte in ihre Stiefel, griff nach ihrem Feldstecher und folgte ihr, kletterte neben sie auf einen der Felsklötze.

»Sehen Sie irgendwas?«, fragte sie leise.

»Das Geräusch kommt näher«, antwortete Karen.

Es war kurz nach vier Uhr früh und über dem Tal lag das seltsame Zwielicht, das schon das Ende der kurzen Nacht eingeleitet hatte, nur dass es diesmal leicht regnete. Carla hielt ihr Fernglas vor die Augen und suchte nach dem Gefährt.

Nach einigen Minuten tauchte ein Mann auf einem Four-Wheeler in ihrem Blickfeld auf, fuhr am Ufer des Baches entlang, der durch das Tal floss, und hielt auf sie zu. Er trug eine Schutzbrille und hatte sich die Kapuze seines Anoraks über den Kopf gestülpt. Von seinem Gesicht war nichts zu sehen.

Erst als er in einiger Entfernung anhielt, die Schutzbrille nach oben schob und das Tal und den Waldrand mit dem Fernglas absuchte, erkannten sie ihn.

»Das ist doch …«

»Jason!«, ergänzte Carla leise.

Sie duckten sich rasch, um nicht von ihm entdeckt zu werden, und warteten geduldig, bis der Motor wieder aufheulte und sich das Geräusch schnell entfernte. Ungläubig blickten sie in die Richtung, in die Jason verschwunden war. Die Auspuffgase seines Four-Wheelers hingen noch lange in der Luft.

»Was will der hier? Um diese Zeit?«, wunderte sich Karen.

»Ein neuer Auftrag«, erwiderte Carla. »Ich wollte, ich hätte Unrecht, aber warum sollte er sonst hier sein? Soll er das Mount-Hayes-Rudel erledigen?«

»Das glaube ich nicht.«

»Sie haben recht«, sagte Carla. »So gemein ist er nicht. Er hat mir geschworen, niemals Wölfe aus reiner Jagdlust zu töten. Wenn er einen Wolf tötet, muss ein triftiger Grund vorliegen.« Sie nahm das Fernglas herunter. »Er weiß, dass mir das Mount-Hayes-Rudel besonders am Herzen liegt.«

Sie warteten noch eine Weile, dann kehrten sie in ihr Zelt zurück.

»Wollen Sie gleich weiter?«, fragte Karen.

Carla kroch in ihren Schlafsack. »Ich vertraue ihm.«

Aber als sie den Reißverschluss bis zum Hals zog und sich zur Zeltwand drehte, beschlich sie ein ungutes Gefühl, das sie bis in den Traum verfolgte.

15

Frühmorgens blickte Carla ins Tal hinab und beobachtete, wie ein Wolf zwischen den Fichten hervortrat, witternd die Nase in die Sonne hielt und durch den schmalen Bach zum nächsten Waldrand watete. Ihm folgten acht erwachsene Wölfe und zwei Jungtiere, eigentlich schon alt genug, das Rudel zu verlassen und eigene zu gründen. Einer hinter dem anderen durchquerten sie das Tal, angeführt von der Alpha-Wölfin, wie Carla der FBI-Agentin erklärte, die ihren Kopf stolz erhoben hielt und sich allein auf ihren Geruchssinn verließ.

»Das Mount-Hayes-Rudel«, erklärte Carla flüsternd. Sie hatte beinahe lautlos ihren Feldstecher aus dem Rucksack genommen und blickte auf die Wölfe hinab. Als Wanderer oder während einer Fahrt mit dem Four Wheeler bekam man ein Wolfsrudel nur äußerst selten zu Gesicht, und Carla empfand es als Geschenk, die wilden Tiere in freier Wildbahn beobachten zu können. Selbst aus der Ferne spürte man die unsagbare Kraft und Energie, die sie ausstrahlten, und sich dabei so anmutig und geschmeidig bewegten, als könnten sie sich Haltungsnoten verdienen.

Karen blickte durch ihr eigenes Fernglas. Fasziniert verfolgte die FBI-Agentin, wie die Wölfe den kürzesten

Weg durch das Tal wählten und auf die Hügel im Westen zuhielten. »Jetzt verstehe ich, warum Sie sich für diese Tiere einsetzen«, sagte sie leise, »nur Raubkatzen bewegen sich eleganter.«

Plötzlich blieben die Wölfe stehen. Die Alpha-Wölfin blickte in ihre Richtung und hielt die Nase in den Wind. Obwohl der Wind von der Seite kam, musste sie etwas gewittert haben. Sie drehte sich zu den anderen um, als wollte sie ihnen etwas sagen, und beschleunigte ihre Schritte, unterstützt vom Alpha-Männchen, einem besonders kräftigen Tier mit silbergrauem Fell.

»Sie haben uns gewittert«, erschrak Karen.

»Keine Angst«, erwiderte Carla, »die haben kein Interesse, uns näher kennenzulernen. Beute gibt es um diese Jahreszeit genug. Wölfe machen sich nicht viel aus Menschen, und ich kann es ihnen nicht einmal verdenken.«

Die Wölfe hatten bereits den Wald erreicht und tauchten zwischen den Schwarzfichten unter, als erneut der Motor eines nahenden Four-Wheelers erklang und eine dunkle Gestalt am anderen Ende des Tales auftauchte. »Jason!«, flüsterten beide, waren sich aber nicht sicher.

Der Fremde hielt neben einem abgestorbenen Baum. Der Motor blubberte im Leerlauf weiter.

Karen hatte den Feldstecher noch vor den Augen. »Ein Mann«, sagte sie, »aber so genau kann man das nicht erkennen. Die Schutzbrille bedeckt fast sein ganzes Gesicht.« Sie gab Carla das Fernglas zurück. »Was meinen Sie?«

Auch Carla konnte nicht mehr erkennen. »Ein Mann«, bestätigte sie. »Etwas älter, so wie er sich bewegt. Er hat ein Jagdgewehr auf dem Rücken.«

Die FBI-Agentin hielt inzwischen ihr eigenes Fernglas in den Händen. Etwas kleiner, aber auch schärfer und mit besserer Auflösung. »Eine 270 Winchester, ein gutes Gewehr. Damit können Sie einen erwachsenen Elch töten.«

»Das ist nicht Jason«, sagte Carla.

Sie beobachteten den geheimnisvollen Jäger, der keine hundert Schritte von ihnen entfernt verharrte. Spürte er ihre Nähe? Nach einer Zeit, die ihnen länger vorkam, als sie wirklich war, wendete er seinen Four-Wheeler und verschwand zwischen den Hügeln, wo man ihn noch ein paarmal sehen konnte. Nur das Röhren des Motors zeigte ihnen, in welche Richtung der Mann fuhr.

»Er folgt den Wölfen«, sagte Karen, als der Motor leiser wurde. »Gibt es einen anderen Weg durch das Tal? Wo wir auch mit den Four-Wheelern weiterkommen? Ich würde dem Burschen schon mal gern auf den Zahn fühlen.«

Carla überlegte eine Weile. »Wir müssten über die Hügel im Westen fahren, aber dort ist der Wind immer am stärksten, und man kommt leichter vom Weg ab. Wenn uns eine Windböe erwischt, fegt sie uns glatt vom Trail.«

»Und wenn wir durchs Tal fahren?«

»Brauchen wir mindestens eine Stunde länger.«

»Dann nehmen wir den Weg über die Hügel.«

Carla zögerte noch. »Wer immer es ist, ich glaube nicht, dass er sich mit dem Rudel anlegt. Selbst wenn er es vorhat, wird er wohl den Kürzeren ziehen. Wölfe sind intelligente Tiere. Sie werden ihm aus dem Weg gehen.«

»Ich möchte es trotzdem versuchen.«

»Glauben Sie, er ist der gesuchte Brandstifter?«, fragte Carla. »Das wäre schon ein seltsamer Zufall, wenn er uns ausgerechnet hier in die Arme liefe.«

»Ein Mann, kein junger Hüpfer mehr, mit einem Gewehr allein in einer Gegend, in der sich ein besonders großes Wolfsrudel aufhält. Das passt doch.« Sie überlegte. »Zumindest sollten wir uns den Mann mal vorknöpfen.«

»Okay«, war Carla einverstanden. Immerhin hatte es der Jäger auf die Wölfe abgesehen, sonst wäre er nicht dicht hinter ihnen im Tal aufgetaucht, und es musste auch sie interessieren, ob sie es mit einem besonders hartnäckigen Wolfsgegner zu tun hatten. »Und warum folgt er den Wölfen auf einem Four-Wheeler, wenn er sie töten will? Wenn er wirklich der gesuchte Brandstifter ist, warum legt er dann kein Feuer wie am Mystery Creek?«

»Weil er in Oregon mehrere Wölfe mit einem Jagdgewehr umgebracht hat, einer 270 Winchester, bevor er zum Feuerzeug griff. Und wer weiß, wie viele Wölfe er sonst noch auf dem Gewissen hat, von denen wir nichts wissen.«

»Das ist nicht gegen das Gesetz.«

»Weiß ich, aber er gefährdet mit seinem Fanatismus und seinem Hass auf Wölfe auch die Allgemeinheit. Auch in Alaska kann man nicht wie ein Irrer durch die Wälder streunen und auf alles schießen, was sich bewegt. Wirft man dem FBI nicht immer vor, dass wir erst eingreifen, wenn es zu spät ist?«

Sie kehrten zu den Four-Wheelern zurück, verstauten ihre Rucksäcke und brachen auf. Carla übernahm die Führung. Der Himmel hatte sich weiter zugezogen, und die Sonne war kaum noch zu sehen. Vereinzelt fielen sogar ein paar Regentropfen. Der Wind war nicht so heftig, wie sie befürchtet hatte, aber der Boden teilweise so glitschig, dass sie nur langsam vorankamen.

Jenseits der Hügel erreichten sie einen lang gezogenen See, dessen Ufer von vereinzelten Schwarzfichten und Laubbäumen gesäumt wurde. Teilweise hatte sich das Laub schon herbstlich verfärbt. Im Wasser trieben abgebrochene Äste und Zweige, die Überreste eines schweren Gewitters. Ein Elch, der nahe des Ufers im Wasser stand und das Grünzeug aus dem See fischte, hob den mächtigen Kopf und sah ihnen neugierig entgegen. Er hatte wahrscheinlich schon zu viele Menschen gesehen, um sich durch einen Motor stören zu lassen. Unbeeindruckt zupfte er weiter die grünen Blätter von den Ästen.

Sie fuhren an dem See entlang und erreichten einen morastigen Pfad, der kaum breit genug für einen Four-Wheeler war. Hier fanden sie auch die Spuren des geheimnisvollen Jägers wieder. Sie hatten sich tief ins Gras gegraben.

»Das muss er sein«, sagte Karen.

Sie schalteten die Motoren aus und lauschten in die plötzliche Stille hinein. Kein Motorengeräusch, nur das Rauschen des Windes und das leise Plätschern des Sees.

Ein Fisch sprang aus dem Wasser, zeigte seinen silbernen Rücken und fiel in den See zurück. Ein Raubvogel flatterte über sie hinweg.

Carla nahm die Schutzbrille ab und blickte durch ihr Fernglas. Außer einigen Wachteln, die aus einem ufernahen Gebüsch stiegen, war nichts zu sehen. Das Land vor ihnen stieg an und war vielerorts zerklüftet, wie felsige Zungen ragten Geröllhalden, die Überbleibsel früherer Gletscher, in das Gras hinein.

Vor ihnen lag wieder Wald. Schwarzfichten und Laubbäume, ein bunter Mischwald, der bis in die Ausläufer der Berge reichte. Sie erinnerte sich an einige rotbraune Felsen, die hinter dem Wald aus dem morastigen Land ragten. Dort gab es eine baufällige Blockhütte, in der früher, als es noch mehr Wild in diesen Regionen gegeben hatte, auch Fallensteller übernachtet hatten.

Sie erzählte Karen von der Hütte. »Eine halbe Stunde von hier.«

Sie kamen gut voran und erkannten schon aus der Ferne, dass sie den richtigen Weg eingeschlagen hatten. Eine baufällige Blockhütte aus verwitterten Stämmen lehnte an den Felsen am Waldrand. Davor stand ein Four-Wheeler.

»Wir haben ihn«, sagte Karen.

»Oder er uns«, erwiderte Carla.

Die Tür ging auf, und ein Mann trat vor die Hütte. Er hielt ein Gewehr in der Hand, den Lauf nach unten gerichtet, als hätte er nicht die Absicht, damit zu schießen, und grinste. »Ich hab mir schon gedacht, dass Sie vorbeikommen. Sie waren ja nicht zu überhören. Wie wär's mit einem Becher Tee?«

Karen deutete auf das Gewehr des Mannes. »Haben Sie immer eine Winchester dabei, wenn Sie Leute in ihre Hütte einladen? Soweit ich weiß, beginnt die Elchsaison erst im September. Oder waren Sie auf der Wolfsjagd?«

»Warum sollte ich hinter Wölfen her sein?«

»Wir haben gesehen, wie Sie das Rudel verfolgt haben.«

»Weil es mein Job ist. Ich bin Ranger.« Mit der freien Hand zog er seinen Anorak auf und deutete auf das goldene Abzeichen an seinem Hemd. »State Park Ranger Craig Laxton. Ich beobachte die Wölfe schon seit vorgestern.«

»Hier gibt's meilenweit keinen State Park«, sagte Carla.

»Ich arbeite im Denali State Park und bin privat hier. Wölfe interessieren mich, und das Mount-Hayes-Rudel gehört zu den größten und interessantesten. Ich hab mich einige Tage freistellen lassen, um sie studieren zu können.«

Karen lenkte ein. »Tut mir leid, wenn wir misstrauisch waren, aber wir sind hinter einem Tierquäler und Brandstifter her und ermitteln in alle Richtungen.« Sie zog ihren Ausweis. »Special Agent Karen Roswell vom FBI.«

Sie folgten dem Ranger in die Hütte. Außer einem Tisch, einer Bank und einem Stuhl und einer zerfledderten Matratze auf dem Boden war sie leer. Unter dem Fenster stand eine blecherne Teekanne auf einem Gaskocher, den er wahrscheinlich mitgebracht hatte. Aus seinem Rucksack zog er zwei Becher. »Ich hab leider nur noch einen. Sie müssen sich einen teilen.«

Während der Ranger einschenkte, sah Carla, wie Karen ihr einen warnenden Blick zuwarf und einen Finger auf den Mund legte. Anscheinend sollte Carla auf der Hut sein und es ihr überlassen, mit dem Ranger zu sprechen. Auch wenn Laxton ein Abzeichen trug, traute sie ihm nicht über den Weg.

»Interessieren Sie sich schon lange für Wölfe?«, fragte Karen.

»Schon seit ein paar Jahren«, antwortete der Ranger. Er war ein großer, etwas schlaksig wirkender Mann mit einem knochigen Gesicht und einem dünnen Oberlippenbart. Sein Gewehr hatte er an die Wand gelehnt. »Faszinierende Tiere. Ich wollte sie schon immer mal aus der Nähe betrachten, hab's im Denali National Park und unten in Wrangell-St. Elias versucht, aber nie Glück gehabt. Hier liefen sie mir gleich am zweiten Tag über den Weg. Leider hab ich den Fehler gemacht, ihnen mit dem Four-Wheeler zu folgen.«

»Wölfe mögen keinen Lärm«, sagte Carla.

Karen brachte sie mit einem warnenden Blick zum Schweigen. Der Ranger sollte wohl nicht wissen, dass Carla als Expertin für Wolf Aid arbeitete. »Carla, meine Kollegin«, stellte Karen sie verspätet vor. »Hat sich in letzter Zeit ein Fremder in dieser Gegend blicken lassen? Sind Sie jemandem begegnet?«

Der Ranger schüttelte den Kopf. »Hier war niemand. Ich bin selten in einer so gottverlassenen Gegend unterwegs gewesen, nicht mal in Wrangell-St. Elias. Seit ich hier bin, kommt es mir so vor, als wäre ich der letzte Mensch auf der Welt. Dafür gibt's jede Menge Tiere. Elche, Wildschafe, Schwarzbären, sogar einen Grizzly hab ich gesehen. Das reinste Paradies für Wölfe.«

»Waren Sie in letzter Zeit mal in Oregon und Minnesota?«

»Nein, was soll die Frage?«

»Reine Routine. Und auf der Kenai-Halbinsel?«

»Vor ungefähr zwei Wochen. Bei meinem Bruder und seiner Frau in Homer. Ich hatte die beiden seit einem Jahr nicht gesehen und es war wieder mal fällig.« Er war mehr überrascht als wütend. »Warum fragen Sie mich das alles? Gehöre ich etwa zu den Verdächtigen? Ein Brandstifter soll ich sein?«

»Sie erinnern sich an das Feuer auf der Kenai-Halbinsel?«

»Natürlich. Ich war in Homer, als es ausbrach.«

»Das Feuer hat ein Brandstifter gelegt«, sagte Karen. »Ein Wolfshasser, der die Tiere auf möglichst grausame Weise umbringen will. Wir haben den starken Verdacht, dass er es auf das Mount-Hayes-Rudel abgesehen hat.«

Der Ranger lachte. »Und deshalb haben Sie mich in Verdacht?«

»Wie gesagt, reine Routine.«

»Den Spruch kenne ich aus dem Fernsehen.« Er schüttelte wieder den Kopf. »Ich bin das genaue Gegenteil von ihrem Brandstifter, Agent. Wölfe gehören zu meinen Lieblingstieren und Waldbrände kann ich nicht ausstehen. Vor zwei Jahren hatten wir eins in unserem State Park, einfach furchtbar!«

»Nur noch eine Frage.« Karen zog ein Foto aus ihrer Anoraktasche und schob es dem Ranger hin. »Haben Sie diesen Mann schon mal gesehen?«

Er nahm das Foto in die Hand und betrachtete es. »Nein.«

Karen steckte das Foto zurück und bedankte sich lächelnd. »Das war's schon, Craig. Tut mir leid, dass wir Sie belästigen mussten, aber ein bewaffneter Mann in der Nähe des Rudels … wir mussten der Sache nachgehen.«

»Wollen Sie heute Nacht hierbleiben?«, fragte der Ranger, als sich Karen und Carla von ihm verabschiedeten. »Verstehen Sie mich nicht falsch. Ich würde natürlich in meinem Zelt übernachten. Aber es ist schon nach zehn.«

Karen war bereits aufgestanden. »Sehr freundlich von Ihnen, aber wir müssen zurück. Zum Glück wird es hier im Sommer kaum dunkel, also kein Problem.« Sie reichte ihm ihre Karte. »Rufen Sie mich an, wenn Sie einem Fremden in den Wäldern begegnen oder Ihnen etwas anderes auffällt, okay?«

Sie verließen die Hütte und stiegen auf ihre Four-Wheeler. Carla hatte den Eindruck, dass sich Karen besonders wachsam benahm und den Ranger nicht aus den Augen ließ, solange sie in Sichtweite waren. Obwohl er sein Gewehr in der Hütte gelassen hatte, schien sie ihm nicht über den Weg zu trauen.

Unter seinen Augen fuhren sie davon. Carla blieb dicht hinter der FBI-Agentin und war froh, als sie außer Sichtweite des Rangers waren. Wie immer im Sommer war es auch spätabends noch hell, und sie würden rechtzeitig in Delta Junction bei ihrem Wagen sein. Der Himmel war voller Wolken und zeigte ein schmutziges Grau, das nur gelegentlich von hellen Streifen unterbrochen war. Frischer Wind rauschte im dichten Geäst der Schwarzfichten.

Erst am Ufer des lang gestreckten Sees hielten sie kurz an.

»Meinen Sie, der Ranger hat was mit dem Feuer zu tun?«, fragte Carla.

»Keine Ahnung. Lässt sich schnell überprüfen.«

»Etwas seltsam war er schon.«

»Wie ein Eigenbrötler ... oder ein Verdächtiger.«

»Wer war eigentlich der Mann auf dem Foto?«, fragte Carla.

Karen lachte. »Mein Onkel.«

»Ihr Onkel? Aber ...«

»Onkel Bud ist schon seit drei Jahren tot. Ich benutze sein Foto nur, um an die Fingerabdrücke eines Verdächtigen zu kommen. Ich schiebe es ihnen hin, sodass sie gar nicht anders können, als es in die Hand zu nehmen und ihre Abdrücke auf dem Papier zu lassen. Nicht unbedingt nach Vorschrift, aber ...«

»Und wann kriegen Sie das Ergebnis?«

»Morgen oder übermorgen, wenn es schnell geht.«

»Dann müssen Sie nach Fairbanks?«

»Vorschlag«, erwiderte Karen, die sich anscheinend schon Gedanken gemacht hatte, wie es weitergehen sollte. »Wir fahren nach Fairbanks zum Labor, ich lasse die Fingerabdrücke überprüfen, lade Sie in ein gutes Lokal auf ein gutes Steak ein und bringe Sie anschließend nach Copperville zurück.«

»So ein Umstand meinetwegen?«, fragte Carla.

»Kein Problem, ich übernachte sowieso in Copperville.«

»Das FBI, dein Freund und Helfer.«

»So ungefähr.«

Es regnete in Strömen, als sie Delta Junction erreichten. Obwohl sie ihre Regencapes übergezogen hatten, triefte ihnen das Wasser vom Gesicht. Sie brachten die Four-Wheeler zurück, wuschen sich am Waschbecken des Vermieters und fuhren nach einer kurzen Pause weiter. Es tat gut, wieder in einem bequemen Auto zu sitzen und die Wärme zu spüren. Auf dem Richardson Highway waren zahlreiche Trucks und Urlauber in Wohnmobilen unterwegs, aber Karen war eine exzellente Fahrerin und sie kamen zügig voran.

Ihr Blick wanderte über die Wälder, die sich zu beiden Seiten des Highways erstreckten. Weiter westlich verloren sie sich in den felsigen Ausläufern der Alaska Range, überschattet von schneebedeckten Bergriesen. Irgendwo in dieser meist menschenleeren Wildnis lauerte Jason, ein unbarmherziger Jäger, wenn es darum ging, einer Beute zu folgen. Und ein liebenswerter Mann, an den sie ihr Herz verloren hatte, ungeachtet seines Jobs.

»Jason«, flüsterte sie in Gedanken. Ob er jemals von seinem blutigen Geschäft lassen würde? Ihr zuliebe? Weil es sinnvoller war, sich für den Schutz der Natur einzusetzen?

Auch um sich abzulenken, rief Carla im Center an.

Amy war sofort am Apparat und erkannte wohl ihren Namen auf dem Display. »Hey, Carla! Wird auch Zeit! Wir dachten schon, du wärst verschollen.«

Carla erzählte ihr von Billy und Jerry, von dem verdächtigen Ranger und ihrer Begegnung mit den Wölfen. »Das Mount-Hayes-Rudel, die ganze Familie!«

»Kein Brandstifter?«

»Kommt drauf an.« Sie berichtete ihr von den Fingerabdrücken und fing einen warnenden Blick von Karen ein. »Behalte bitte für dich, was ich gerade gesagt habe, sonst kriege ich Ärger mit dem FBI, einverstanden?« Amy gelobte, die Neuigkeiten für sich zu behalten. »Hat sich Linda schon gemeldet?«

»Sie ist wie vom Erdboden verschluckt.«

»Wenn Karen nichts dagegen hat, sehen wir auf dem Rückweg mal bei Eddy Mandell vorbei. Nur um sicherzugehen, dass er sie nicht gefangen hält.«

Die Antwort war als Witz gedacht, aber sicher war sie nicht.

»Eddy Mandell ein Entführer? Einer der bekanntesten und beliebtesten Musher und mehrfacher Champion ein Gewalttäter?« Sie lachte. »Niemals!«

16

Sie erreichten Fairbanks um die Mittagszeit. Nach ihrer Fahrt durch die Wildnis kam Carla die Stadt noch geschäftiger vor als sonst, vor allem während des kurzen Sommers wurde sie zum Stützpunkt für zahlreiche Urlauber, die meist mit Wohnmobilen oder Campern in die Wildnis und zu den Nationalparks fuhren. Einem Besucher aus New York oder Los Angeles wäre Fairbanks eher als beschauliche Kleinstadt oder gar Provinznest vorgekommen, in Alaska zählte sie neben Anchorage und Juneau als bedeutsame Metropole.

In Fairbanks war der Regen zu einem unangenehmen Nieseln verkümmert, das ihnen mit dem Wind ins Gesicht blies, als sie vor dem FBI-Büro in der Innenstadt parkten. Carla wartete in der Coffee Bar nebenan, sah sich die Nachrichten in dem Fernseher an, der über dem Tresen hing und auf stumm mit Untertiteln geschaltet war, und schüttelte nur den Kopf, als von den zahlreichen Krisenherden auf der Welt berichtet wurde. Als Tierschützerin regte sie besonders auf, wie mit der Natur auch in Alaska umgegangen wurde, wo immer mehr Naturschutzgebiete für die Förderung von Bodenschätzen freigegeben wurden. Von den viel zu lockeren Jagdgesetzen ganz zu schweigen.

Karen kehrte eine halbe Stunde später zurück und holte sie in der Coffee Bar ab. »Nach dem Essen schauen wir noch mal bei den Kollegen vorbei«, sagte sie, »der Super würde Sie auch gern kennenlernen.« Und als Carla sie fragend anblickte: »Special Agent James Whitmore, unser Supervisor. Wenn wir großes Glück haben, liegt dann schon ein Ergebnis wegen Laxton vor.«

Sie fuhren zum Pump House, einem der besten Steakhäuser am Chena River, und bestellten Steaks mit Baked Potatoes. Der Aufenthalt in der Wildnis hatte sie hungrig gemacht. Karen bevorzugte Kaffee, Carla eine Diet Coke.

»Sind Sie oft mit Ihrem Freund zusammen?«, fragte Carla.

Karen lachte. »Sie sind ganz schön neugierig.«

»Tut mir leid, ich wollte Sie nicht aushorchen.«

»Ach was, ich mache doch nur Spaß.« Sie trank einen Schluck von ihrem Kaffee. »Sie meinen, weil er in Anchorage wohnt und ich hier in Fairbanks zu Hause bin? Das macht uns wenig aus, im Gegenteil, ich glaube, wir finden die Lösung wohl beide ganz gut. So vermeiden wir, uns gegenseitig auf die Nerven zu gehen. Wir hatten sowieso vor, unsere Wohnungen zu behalten.«

»Also, ich glaube, ich finde es schöner, wenn man zusammen wohnt.«

»Haben Sie's schon mal versucht?«

»Bis jetzt noch nicht.«

»Aber ich … vor einigen Jahren mit einem Typ aus Philly. Arbeitete als Anlageberater für eine Bank. Wie aus dem Ei gepellt, teures Duftwässerchen, elegante Ausdrucksweise, aber in den eigenen vier Wänden ein echter Langweiler. Leider bekam ich das erst heraus, als wir uns eine gemeinsame Wohnung mieteten. Zwei Monate später zog ich wieder aus und schwor mir, nie wieder mit einem Mann zusammenzuziehen. Auch mit Ben McLean nicht.«

»Ihrem Cop?«

Sie nickte. »Verstehen Sie mich nicht falsch, wir lieben uns, und ich hätte nichts dagegen, dass wir unser ganzes Leben zusammenbleiben, aber ich brauche auch Abstand. Vielleicht, weil wir beide in einem ähnlichen Job arbeiten und uns jeden Abend mit unseren aktuellen Fällen auf die Nerven gehen würden.«

»Waren Ihre Eltern nicht auch beide Cops?«

»Eben«, erwiderte Karen. »Bei ihnen klappte es, aber auch nur, weil mein Dad für das Morddezernat und meine Mom als Streifenpolizistin arbeitete. Da waren die Rollen klar verteilt, und mein Machodad behielt das Sagen.«

»Sie wollen sich nicht unterordnen?«

»Schon mal von Emanzipation gehört?«

Carla bestellte eine zweite Diet Coke und nickte dankbar, als sie kam. »Ich lasse mich auch nicht unterkriegen«, sagte sie. »Ich würde niemals meinen Job für einen Mann aufgeben oder mir gefallen lassen, dass er mich die ganze Hausarbeit allein machen lässt. Ich stehe nicht so auf Waschen und Putzen.«

Karen grinste. »Wer tut das schon?«

»Aber ich will auch einen starken Mann, der genau weiß, was er will. Und gegen Kinder hab ich eigentlich auch nichts einzuwenden. Vorausgesetzt, mein Mann und ich würden uns gemeinsam darum kümmern. Das geht.«

»Mit Jason?«

Carla errötete ungewollt. Sie hatte bei jedem ihrer Worte an Jason gedacht und wusste nicht, was sie sich mit ihm einhandeln würde. »Vielleicht ... ich hab, ehrlich gesagt, keine Ahnung. Er sagt, dass er mich liebt, und ich hab ihm geantwortet, dass ich seine Gefühle erwidere, aber weiter sind wir bis jetzt nicht gekommen. Wie auch? Er tötet Wölfe für Geld. Ich tue alles, um notleidende Wölfe vor dem Tod zu retten. Aus uns kann doch nichts werden.«

»Die Liebe geht oft seltsame Wege.«

»Den Spruch hab ich schon öfter gehört.«

»Stimmt aber.«

»Wie war er bei Ihnen? Jason, meine ich?«

Karen kaute bedächtig. »Wir hatten nur zwei Dates. Beim ersten gingen wir in eine Countrykneipe und er wollte mir unbedingt den Twostepp beibringen. Ich fiel auf die Nase und verstauchte mir den Knöchel. Beim zweiten erwischte ich zu viel Bier und redete nur Blödsinn. Das war's dann für uns.«

»Dann haben Sie beide Schluss gemacht?«

»Dass aus uns kein Traumpaar wird, war doch schon beim ersten Date klar. Ich bin bei Ben besser aufgehoben. Da halte ich es ganz mit meinen Eltern: Nur ein Cop versteht einen anderen Cop. Und kann mit der ständigen Angst leben, dass der andere ums Leben kommt und nicht mehr zurückkehrt.«

»Waren Sie schon mal in Lebensgefahr?«

»Schon zweimal. Ich rede nicht so gern darüber. Und Sie?«

»Ich bin mal zwischen eine Grizzlymutter und ihre Jungen geraten. Zum Glück war ich mit einem Ranger unterwegs. Er gab zwei Warnschüsse ab und vertrieb die Bären, aber es hätte auch böse ausgehen können. In der Wildnis überlebt man nur, wenn man Tiere respektiert und ständig auf der Hut ist.«

»Wir haben gefährliche Jobs«, sagte Karen grinsend.

»Nichts für Weicheier.«

»Und die Männer, die uns erobern wollen, müssen einiges draufhaben.« Karen grinste immer noch. »Jason und Sie passen sicher gut zusammen.«

»Meinen Sie?«

Karen blickte auf ihre Armbanduhr und mahnte zum Aufbruch. Es hatte aufgehört zu regnen, und am Himmel zeigten sich vereinzelte helle Streifen. Die Gipfel der Alaska Range leuchteten weiß. Sie fuhren in die Innenstadt zurück, parkten vor dem FBI-Gebäude und fuhren gemeinsam in den dritten Stock.

Carla hatte ein großzügiges Büro mit lichten Räumen erwartet und war überrascht, lediglich vier Räume im dritten Stock vorzufinden. Neben Karen arbeiteten dort noch zwei weitere Special Agents, beides Männer in legeren Anzügen und mit schnittigen Frisuren. Special Agent James Whittaker hatte das Sagen in der »Residential Agency«, wie die FBI-Agentur offiziell hieß.

»Sie werden es nicht glauben, Karen«, sagte er, als sie

bei Kaffee und Keksen am Besprechungstisch saßen, »wir haben bereits ein Ergebnis. Ich habe es Ihnen gerade gemailt. Craig Laxton arbeitet tatsächlich als State Park Ranger für die Regierung und hat sich nie etwas zuschulden kommen lassen. Nicht mal einen Strafzettel haben die Cops ihm gegeben. Er ist sauber.« Er trank einen Schluck Kaffee und zuckte die Achseln. »Sieht so aus, als wäre uns Clayton Stark wieder entwischt. Der Bursche ist raffiniert, das muss man ihm lassen. Glauben Sie denn wirklich, er will noch mal in Alaska zuschlagen?«

Karen rührte Milchpulver in ihren Kaffee. »Ganz sicher sogar, Ben. Auf der Kenai-Halbinsel hat er sich die Gegend mit dem größten Wolfsrudel ausgesucht, mehr Wölfe als am Mystery Creek gab es dort nicht. Und ein noch größeres Rudel gibt es nur in der Gegend um den Mount Hayes. Wenn er wirklich so besessen von der Idee ist, möglichst viele Wölfe in einem möglichst großen Feuer zu töten, kann er der Versuchung nicht widerstehen. Er muss irgendwo in der Nähe sein, um möglichst bald zuschlagen zu können.«

»Das stimmt«, sagte Carla, »ein größeres Rudel gibt es nicht im zentralen Alaska. Auch wir von Wolf Aid glauben, dass er sich dieses Rudel ausgesucht hat. Ein Feuer in dieser Gegend wäre fatal. Wenn es sich so rasch ausbreitet wie am Mystery Creek, müssten wir mehrere Siedlungen evakuieren.«

»Ein Wolfshasser und Brandstifter«, erwiderte Whittaker. »Sie haben doch sicher Ihre Erfahrungen mit solchen Menschen gemacht, Carla, zumindest mit schießwütigen Verrückten, die es auf Wölfe abgesehen haben. Gibt es einen besonders niederträchtigen Burschen, dem Sie eine solche Tat zutrauen?«

Carla brauchte nicht lange nachzudenken. »Karen und ich haben uns bereits einige dieser Verdächtigen vorgeknöpft. Auch wir wenden uns entschieden gegen Verbrecher, und ich sage bewusst ›Verbrecher‹, die Wölfe aus reiner Mordlust erschießen und sich die Felle als Trophäe an die Wand nageln.«

»Diese Roten Kapuzen?«

»Die sind eigentlich harmlos«, erklärte Carla, »irregeleitete Jugendliche, meist Farmerssöhne wie Billy Baynard und Jerry Horsley, die sich in den Wäldern austoben und Kojoten mit Wölfen verwechseln. Schlimm genug, aber sie haben ein Alibi, und ich glaube auch nicht, dass sie dazu fähig wären, einen Waldbrand zu entfachen. Ein wütender Farmer wie Al Baynard schon eher. Auf dem Treffen neulich, bei dem sich Mark Doherty für die Wolfsjagd von Hubschraubern stark gemacht hat, war eine ganze Reihe solcher Männer.« Sie blickte geringschätzig in ihren Kaffeebecher. »Ausgerechnet ein Angestellter von Fish & Wildlife, der sollte eigentlich bessere Ideen haben.«

»Mark Doherty? Den kenne ich doch von irgendwoher«, erwiderte Whittaker. »Vielleicht aus meiner Zeit in Wyoming. Damals hatten wir auch einen Tierquäler am Wickel, einen Verrückten, der wahllos Wildpferde in den Bergen umbrachte. Fish & Wildlife hat uns damals geholfen, ihn zu finden.«

»Wenn er dort auch so geredet hat, haben sie ihn sicher strafversetzt.«

Der FBI-Mann trank seinen Kaffee aus und wandte sich an Karen. »Wie wollen wir weiter vorgehen? In Anchorage werden sie langsam nervös, weil wir keine Ergebnisse liefern. Vielleicht sollten Sie mal diesen Mark Doherty verhören, wenn der so viele dieser Wolfsgegner um sich schart. Er kennt sicher noch einige Verdächtige, die Sie überprüfen könnten. Was meinen Sie?«

»Klingt gut«, sagte Karen. »Ist er denn gerade in Fairbanks?«

Carla checkte seinen Namen im Internet und wurde auf Anhieb fündig. »Er muss in Delta Junction sein«, sagte sie, »dort hält er morgen einen Vortrag in der Highschool. Über das Wappentier der Vereinigten Staaten, den Weißkopfseeadler, und angewandten Tierschutz. Na, da spricht der Richtige.«

»Dann nehme ich ihn mir morgen gleich vor«, sagte Karen. »Ich wollte sowieso mit Carla nach Copperville fahren und mich in der Gegend noch ein wenig umhören. Auch Billy Baynards Vater würde ich noch mal verhören.«

»Drei Tage … höchstens! Dann musst du Ergebnisse haben.«

»Ich tue, was ich kann.«

Es regnete wieder, als sie in ihren Wagen stiegen. Das rhythmische Knarren der Scheibenwischer begleitete sie über den Highway nach North Pole, einer kleinen Stadt nur wenige Meilen südöstlich von Fairbanks. Am Straßenrand begrüßte sie ein überdimensionaler Santa Claus, ein weithin sichtbarer Hinweis darauf, dass der Weihnachtsmann tatsächlich am Nordpol wohnte und im legendären Christmas Store auch im Hochsommer anzutreffen war.

Karen hatte nichts dagegen, dass sie bei Eddy Mandell vorbeifuhren, und hatte die Adresse des Mushers ins Navi eingegeben. Er wohnte in einem zweistöckigen Blockhaus außerhalb der Stadt, umgeben von einigen Laubbäumen und einem Bretterzaun, der schon bessere Zeiten gesehen hatte. Vor dem Haus begrüßten sie ungefähr dreißig Huskys mit einem lauten Jaulkonzert. Sie waren mit langen Ketten gesichert, um sich nicht gegenseitig in die Quere zu kommen. An einem Schuppen lehnte ein Hundeschlitten mit angeschraubten Rädern, im dürren Gras lagen einige Hundegeschirre und Leinen.

Eddy Mandell kam ihnen mit einem Eimer entgegen, ein schlanker Mann in Overall und Gummistiefeln, eine Schirmmütze mit dem Logo einer Futtermittelfirma auf dem Kopf. Seine Augen waren blau oder grün, so genau konnte man das nicht erkennen, und seine Herzlichkeit wirkte gekünstelt. »Sorry«, sagte er, »ich veranstalte keine Hundeschlittentouren mehr. Erst im Winter wieder. Gehen Sie auf meine Homepage, da stehen die Termine.«

»Deswegen sind wir nicht hier«, sagte Carla. »Ich bin Carla Gorman vom Wolf Center in Copperville und suche nach Linda Segarra. Ist sie bei Ihnen?«

»Linda?«

Carla kam seine Reaktion seltsam vor. »Wir versuchen seit Tagen, sie zu erreichen, aber ihr Handy ist abgeschaltet, und gemeldet hat sie sich auch nicht. Das ist gar nicht ihre Art. Haben Sie eine Ahnung, wo sie sein könnte?«

Er antwortete nicht, rief nur seinen Huskys zu, sich zu beruhigen.

»Soweit ich weiß, hat meine Kollegin auch versucht, Sie zu erreichen, leider ebenso vergeblich. Wir dachten, Sie wären vielleicht mit den Hunden unterwegs und wären irgendwo, wo man kein Netz bekommt. Das würde einiges erklären. Wir machen uns wirklich große Sorgen. Es ist so gar nicht ihre Art, spurlos zu verschwinden. Waren Sie mit ihr in letzter Zeit zusammen?«

Der Musher fing sich langsam. »Sie war hier, das stimmt, ist aber schon bald darauf weitergefahren. Wir sind nicht zusammen, wenn Sie das meinen ... nur locker befreundet. Ich war bis heute Morgen in den Bergen unterwegs.«

»Sie wohnen allein hier?«

»Nur ich und meine Huskys. Was soll die Fragerei?«

Carla schwieg eine Weile. Als sie am Haus emporblickte glaubte sie, eine Bewegung hinter einem Fenster zu erkennen. Sie tat so, als hätte sie nichts Ungewöhnliches bemerkt. »Dürfte ich vielleicht Ihre Toilette benutzen?«

»Sicher ... im Haus die erste Tür rechts.«

Während sie an den Hunden vorbeiging, hörte sie Karen mit dem Musher reden. Die FBI-Agentin gab sich alle Mühe, ihn abzulenken. Anscheinend hatte auch sie die Bewegung am Fenster gesehen. »Wundervolle Hunde haben Sie. Und so kräftig! Und welche nehmen Sie auf das nächste Iditarod mit?«

Carla betrat das Haus und ging an der Toilette vorbei zur Treppe. Mit leisen Schritten stieg sie nach oben. Einige Stufen knarrten verdächtig, und sie hielt jedes Mal inne, aus Angst, der Musher könnte es gehört haben. Oben angekommen, befand sie sich auf einer Empore, von der vier Türen abgingen.

»Linda? Bist du hier?«, rief sie mit gedämpfter Stimme.

Keine Antwort.

»Ich bin's … Carla.«

Sie öffnete die erste Tür und blickte in ein Büro. Auf dem Schreibtisch stand ein Computer, in den Regalen standen Aktenordner und Bücher, vor allem über Huskyzucht und auch ein paar Romane. Auf einem Beistelltisch lagen Zeitschriften und Broschüren. Sie trat vorsichtig ans Fenster und sah Karen angeregt mit dem Musher reden und immer wieder auf die Huskys zeigen. Karen verstand es offensichtlich, einen Mann um den Finger zu wickeln. Wahrscheinlich ein Teil des Trainings, das die Agents absolvieren mussten.

Carla kehrte auf die Empore zurück und öffnete die nächste Tür. Ein Gästezimmer mit Bett, Schrank, einem Tisch und zwei Sesseln. Auf einem der Sessel saß Linda und blickte sie schuldbewusst an. Ihre Augen waren vom Weinen gerötet, ihr Make-up verschmiert. »Tut mir leid«, jammerte sie leise.

»Linda!« Carla lief auf sie zu und schloss sie in die Arme. »Linda! Was ist passiert? Was tust du hier? Warum bist du nicht nach draußen gekommen?«

»Ich … ich hab mich nicht getraut.«

Carla lockerte ihre Umarmung und blickte sie an. Erst jetzt sah sie die blutigen Schrammen an ihrer linken Wange. »Hat der Mistkerl dich geschlagen, Linda? Verdammt, warum bist du nicht weggerannt? Hält er dich gefangen?«

Sie schniefte, und Carla reichte ihr ein Taschentuch. Sie schnäuzte sich leise. »Er wollte mich nicht schlagen, Carla. Wir haben uns gestritten, und er ... er hat mich gegen die Wand gestoßen ... das ist alles. Nichts Schlimmes.«

»Und warum lügt er uns dann an? Warum sagt er, dass du gleich wieder gefahren bist? Warum erreicht man weder dich noch ihn auf dem Handy?«

»Eddy sagt, dass ich alles hinter mir lassen muss, wenn ich die Wildnis wirklich verstehen will. Nicht für immer, nur für ein paar Wochen. Er will ... er wollte mit mir auf große Fahrt gehen, zum Yukon hoch und in die Tundra, dort hätte er ein Wolfsrudel gesehen, über das ich schreiben könnte. Und wir wären zusammen, er und ich allein in der Wildnis, nur wir und die Hunde ...«

»Dummes Geschwätz!« Carla war wütend. »Er ist ein verdammter Macho, der dich kontrollieren wollte. So wie seine Hunde. Wo sind deine Sachen, Linda? Wo steht dein Wagen? Wir fahren jetzt nach Hause und essen erst mal einen anständigen Wolfburger, du wirst sehen, dann geht's dir wieder besser.«

»Ich hab schon wieder Mist gebaut, was?«

»Du hast Pech mit den Männern, das ist alles. Dafür verstehst du was von Wölfen und bist Bestsellerautorin.

Komm, wir fahren nach Hause! Bei diesem Dreckskerl hast du nichts verloren. Hat er dir das Handy abgenommen?«

Sie nickte schwach. »Meine Sachen sind im Wagen … hinterm Haus.«

Carla führte ihre Kollegin nach draußen und blieb vor dem Musher stehen. »Bei Ihnen wäre jedes Wort sinnlos«, sagte sie nur, »das grenzte an Freiheitsberaubung.« Sie streckte eine Hand aus. »Das Handy. Lindas Autoschlüssel.«

Er gab ihr beides.

Karen brauchte keine große Erklärung, ihr reichte ein Blick in Lindas geschundenes Gesicht. »Wollen Sie Anzeige erstatten, Linda?«, fragte sie.

»Er würde … er würde doch alles abstreiten.«

Karen zog ihren FBI-Ausweis und zeigte ihn dem Musher. Er wurde schlagartig blass. »Special Agent Karen Roswell vom FBI«, stellte sie sich vor. »Ich weiß, dass Sie sich vor Gericht herausreden könnten, Mister. Aber wie mir gesagt wurde, sind Sie eine große Nummer beim Iditarod. Wenn mir nur die geringste Klage zu Ohren kommt, wenn Sie auch nur daran denken, Linda oder irgendeine andere Frau zu belästigen, informiere ich die Presse. Sie können sich sicher vorstellen, wie sich eine solche Meldung auf ihre Karriere auswirken würde. Dann nützen Ihnen die besten Huskys nichts mehr.«

»Aber …«

»Auf Wiedersehen, Mister Mandell.«

17

Carla war aufgeregt. Die Maschine, mit der C.J. kam, hatte sich verspätet, und sie wartete ungeduldig darauf, dass der Computer endlich ihre Landung vermelden würde. Über Fairbanks war ein kräftiges Gewitter niedergegangen, und fast alle Flüge waren verspätet. Sie nuckelte an dem Café Latte, den sie sich bei Starbucks geholt hatte, mit doppeltem Espresso, um wach zu werden.

Wenn sie an Linda dachte, lief ihr jetzt noch ein kalter Schauer über den Rücken. Bisher waren die amourösen Abenteuer ihrer Kollegin eher heiter und unterhaltsam, im schlimmsten Fall peinlich verlaufen, aber niemals war sie irgendwo in Gefahr gewesen. Eddy Mandell war ein gefährlicher Mann und hatte sie wie eine Sklavin gehalten. Ein Kontrollfreak, ein unverbesserlicher Macho, der es wohl genossen hatte, sie nach seiner Pfeife tanzen zu lassen. Sie waren gerade noch rechtzeitig gekommen. Nachdem ihn Karen so hart angegangen war und ihm mit der Presse gedroht hatte, würde er sich bestimmt nichts mehr zuschulden kommen lassen. Karen hatte es ernst gemeint.

Linda ruhte sich zu Hause aus. Ihr Abenteuer mit dem Musher und der Stress, dem sie während ihrer Promotiontournee ausgesetzt gewesen war, hatten ihr stark zugesetzt. Sie brauchte dringend Ruhe. Amy und Wendy kümmerten sich um sie, während sie C.J. abholte, und brachten ihr die Mahlzeiten, die sie bei Ma Barker einkauften. Wendy konnte nicht kochen, und Amy war nur auf Rezepte mit vegetarischer und gesunder Kost spezialisiert.

Bei ihren Vierbeinern gab es wenig Neues. Doc Holliday hatte schlechte Laune und ließ sich kaum am Zaun blicken, Merlin hatte ein weiteres Eichhörnchen gefangen, Kawa und Maya kamen immer besser miteinander aus, und Ghost zeigte sich von seiner besten Seite, wenn Besucher kamen. Nur als ein junger Mann zu nahe an den Zaun kam und ihn berühren wollte, knurrte er. Duke war noch schlapp und für einen Welpen auffallend müde, sodass sich Wendy große Sorgen machte und ungeduldig auf die Rückkehr von C.J. wartete. »Ich glaube, es ist tatsächlich psychisch bedingt«, sagte sie, »so wie er mich ansieht, denkt er noch immer an das Feuer und seine Verwandten.«

Noch größeren Kummer bereitete ihnen Chico, der sich wohl nie daran gewöhnen würde, ohne Rosita zu sein. Carla hoffte, dass er sich wenigstens über die Rückkehr von C.J. freuen und dann etwas zutraulicher werden würde. Wenn Rosita in Kolumbien bleiben wollte, mussten sie sich irgendetwas einfallen lassen. Und wenn gar nichts half, würden sie den Wolfshund tatsächlich nach Pereira zurückschicken müssen. Ein Wagnis, das sie nur ungern eingehen und das C.J. vielleicht sogar verbieten würde. Daran, wie C.J. selbst auf eine endgültige Trennung von Rosita reagieren würde, wagte sie noch nicht zu denken.

Sie blickte auf den Monitor und sah, dass die Maschine aus Seattle gelandet war. Durch die Fenster beobachtete sie, wie sie von der Landebahn bog.

Ihr Handy klingelte.

»Karen«, meldete sich die FBI-Agentin. »Wo stecken Sie?«

»Am Flughafen, meinen Kollegen abholen.«

»Stimmt ja. Ich bin gerade auf dem Weg nach Delta Junction, Mark Doherty verhören. Keine Ahnung, ob er uns weiterhelfen kann. Was ich sagen wollte: Al Baynard ist unschuldig. Ich hab mir ihn und seine Frau noch mal vorgeknöpft und ihn überprüfen lassen. Auch Herbie Randolph, der Bursche, der auf der Versammlung gestänkert hat, ist okay. Ich weiß nicht, ob ich darüber lachen oder weinen soll. Jetzt muss ich wieder ganz von vorn anfangen.«

»Melden Sie sich, wenn Sie Hilfe brauchen«, erwiderte Carla.

C.J. gehörte zu den letzten Passagieren, die aus der Maschine kamen. Carla lief ihm entgegen und umarmte ihn lange, spürte jetzt schon, wie sehr ihn der Abschied von Rosita mitgenommen hatte. »Schön, dass du wieder hier bist«, begrüßte sie ihn, »wir haben dich sehr vermisst. Wie war dein Flug?«

»Unruhig.« Sie gingen zum Baggage Claim und warteten auf sein Gepäck. »Meinst du, wir können unterwegs bei einem Burgerladen halten? Im Flieger gab es nur ein

Sandwich. Schmeckte nach Pappe. Ich konnte nicht mal erkennen, mit was es belegt war. Und der Kaffee war auch nicht viel besser.«

»Kein Problem. Wie geht es dir?«

»Verrate ich dir nach dem ersten Bissen. Und bei euch?«

Carla spürte, dass C.J. noch nicht bereit war, über Rosita zu sprechen, und brachte ihn während der Fahrt zu einem Burger King am Stadtrand auf den neusten Stand. Das meiste hatte sie ihm ohnehin schon am Telefon erzählt. »Aber Duke musst du dir genauer ansehen, dem geht es nicht besonders.«

»Kein Wunder bei dem, was er durchgemacht hat.«

»Und Chico … der macht mir noch größere Sorgen.«

»Für die beiden brauchen wir wohl einen Psychologen.«

»Du kriegst die beiden hin. Wozu haben wir dich studieren lassen?«

C.J. war nicht zu Scherzen aufgelegt und wurde erst zugänglicher, als sie im Burger King saßen und er einen halben Whopper verspeist hatte. »War anstrengend«, war sein erster Kommentar zu Kolumbien. »Mit *Salva un amigo* haben sich Rosita, Maria und Juan mehr Arbeit aufgehalst, als sie stemmen können. Eigentlich wollten es Maria und Juan allein schaffen, aber es gibt so viele herrenlose Hunde, die man einfach nicht alleinlassen kann. Eigentlich wollten ihnen einige Freunde helfen, aber die sprangen gleich wieder ab. Warum kümmert ihr euch um Tiere, wenn es den Menschen noch dreckiger geht, fragen die. Wenn das so weitergeht, geben Maria und Juan auch bald auf.«

»Gibt es denn keine staatlichen Stellen?«

»Gibt's denn hier welche?«, konterte er. »Ohne private Initiativen geht auch in Kolumbien nichts. Diego wäre längst tot, wenn Rosita nicht gewesen wäre. Du hättest den armen Hund sehen sollen, gegen ihn waren die verwahrlosten Wolfshunde, die bei uns im Center landen, verwöhnte Rassehunde. Rosita hat sich in den kleinen Kerl verliebt und kümmert sich rührend um ihn. Sie weiß natürlich, dass er einer unter vielen ist, aber irgendwo muss man anfangen.«

Carla wollte C.J. nicht direkt auf Rosita ansprechen. Er würde sicher etwas sagen, wenn er es für richtig hielt. »Wie viele Hunde haben sie denn?«

»Bei *Salva un amigo*? Über zwanzig. Zu viele, wenn man kaum Mitarbeiter hat. Rosita kann keinen Lohn zahlen. Ihr Center ist allein auf Spenden angewiesen, und die fließen äußerst spärlich. Die Leute haben andere Sorgen.«

»Geht es den Kolumbianern so schlecht?«

»Im Gegenteil, der wirtschaftliche Aufschwung ist dort größer als in den meisten anderen südamerikanischen Staaten, aber es gibt viel Korruption, eine Drogenmafia, und zu viele Leute sind arbeitslos oder verdienen zu wenig.«

»Du hast eine Menge für *Salva un amigo* getan.«

»Für Rosita«, erwiderte er ehrlich, »ich hab's für Rosita getan.« Er biss in seinen Whopper und kaute nachdenklich. Erst als er den Bissen runtergeschluckt und mit Cola nachgespült hatte, fuhr er fort: »Sie hat geweint bei unserem Abschied … wir haben beide geweint. Ich glaube sogar, dass sie mitgekommen wäre, wenn es *Salva un amigo* nicht gäbe. Und Diego und die vielen anderen Hunde. Und ihre Eltern, ihr Bruder und ihre anderen Verwandten.«

»Das tut mir leid, C.J.«

Er legte den Rest seines Whoppers in die Schachtel und starrte eine Weile vor sich hin. »Auch als ich ihr das Foto von Chico gezeigt habe, hat sie geweint … und dann hat sie mit den Fäusten gegen meine Brust getrommelt, weil sie wütend auf mich war, weil ich sie mit einem Foto ködern wollte.«

»Wolltest du?«

»Natürlich wollte ich. Ich liebe sie, Carla!«

»Und sie?«

»Sie liebt mich auch«, sagte er so laut, dass sich einige Gäste nach ihm umdrehten. »Das sagt sie wenigstens, und ich glaube ihr. Aber man lässt halt nicht so einfach seine Heimat zurück, vor allem nicht, wenn man eine wichtige Aufgabe übernommen hat. Ich bin auch nicht bereit, nach Kolumbien auszuwandern. Ich glaube nicht, dass ich dort auf Dauer zurechtkommen würde, auch wenn ich leidlich Spanisch spreche. Ich bin in einer Zwickmühle.«

»Und Pendeln geht nicht?«

»Vier Wochen hier und vier Wochen da?« Er schüttelte den Kopf. »Nicht bei der Arbeit, die wir tun. Du weißt doch selbst, wie schwer es ist, ein Vertrauensverhältnis zu verwundeten und geplagten Tieren aufzubauen. Das haut nicht hin. Ich kann sie alle paar Monate für ein paar Tage besuchen, aber was bringt das? Das würde doch alles nur noch schlimmer machen. Wir sind wie die zwei Königskinder in dem Lied, die nicht zusammenkommen können.«

Carla erinnerte sich an das Lied. Eine deutsche Austauschstudentin, die vier Wochen bei ihnen im Center gewesen war, hatte es ihnen vorgesungen. »Es waren zwei Königskinder, die hatten einander so lieb, die konnten beisammen nicht kommen, das Wasser war viel zu tief …« Eine Volksweise, die bereits die alten Griechen gesungen hatten, trauriger als »Romeo und Julia«.

»Und wie geht es jetzt weiter?«, fragte sie vorsichtig.

»Keine Ahnung«, antwortete er, »sie will sich um Diego kümmern und dann noch mal über alles nachdenken. Aber … aber es klang nicht gerade so, als dürfte ich mir große Hoffnungen machen.« Er wischte sich einige Tränen aus den Augen. »Aber es gibt Wichtigeres als meinen Beziehungsstress. Lass uns weiterfahren, damit ich mich um Duke und Chico kümmern kann. Wäre doch gelacht, wenn wir sie nicht hinkriegen würden. *Vamanos, amigos!*«

Während der knapp vier Stunden, die sie nach Copperville brauchten, schlief C.J. Er hatte sichtlich unter dem Aufenthalt in Kolumbien und dem Dauerstress wegen seiner Liebe zu Rosita gelitten, wirkte abgespannt und müde, und brauchte dringend Ruhe. Carla hatte Mitleid mit ihm und erkannte, dass ihre Probleme mit Jason dagegen minimal waren. Sie mussten es lediglich schaffen, ihre unterschiedlichen Ansichten in Einklang zu bringen oder wenigstens zu tolerieren. Die Chancen für C.J. standen sehr viel schlechter.

Sie war lange nicht so konsequent wie einige andere Tierfreunde. Sie lebte weder vegetarisch noch vegan und akzeptierte, dass es den Menschen vorbehalten war, sich auch von Fleisch und Fisch zu ernähren. Wichtig für sie war, die Natur zu respektieren, auch die Pflanzen. Aus diesem Grund war sie auch gegen die Trophäenjagd und die Ölsuche in Naturschutzgebieten. Sie zitierte gern Indianer, die von der »Mutter Erde« sprachen und sich nur so viel von der Natur nahmen, wie sie zum Leben brauchten. Wenn sie einen Elch getötet hatten, bedankten sie sich bei ihm und sprachen ein Gebet, bevor sie ihn abhäuteten. »Ich danke dir, dass du mich mit deinem Fleisch am Leben erhältst.« Einen Elch nur wegen seines Geweihs zu erschießen, hielt sie für frevelhaft. Und half Jason nicht der Natur, im Gleichgewicht zu bleiben?

Sie erreichten Copperville am späten Nachmittag. Carla wollte C.J. gleich nach Hause fahren, doch er hatte genug geschlafen und wollte unbedingt im Wolf Center vorbeischauen. Amy und Wendy begrüßten ihn mit großem Hallo, nur Linda ruhte sich noch aus und wollte erst am nächsten Morgen kommen. *Bienvenidos, amigo!* stand auf einem Banner über dem Eingang.

C.J. bedankte sich, indem er beide umarmte, dann aber machten sich schon die Wölfe bemerkbar. Sie hatten ihn bereits gewittert und stimmten ein lautes Heulkonzert an. Ohne sich umzuziehen, blieb er lange vor jedem Zaun stehen und redete auf sie ein. Man sah ihm an, wie sehr er sie vermisst hatte.

Carla war bei ihm, als er das Gehege der Wolfshunde betrat und Chico in die Arme schloss. Jeden anderen Besucher hätte der kolumbianische Hund gebissen oder zumindest feindselig angeknurrt, doch C.J. war ihm vertraut, einer der wenigen Zweibeiner, die ihn gut behandelt und gefüttert hatten.

»Chico, mein Lieber!«, begrüßte er ihn. »Ich weiß, ich weiß, ich habe dich auch vermisst, und ich soll dir schöne Grüße von Rosita ausrichten. Sie wäre gern mitgekommen, aber sie kann nicht, sie muss sich noch um einen deiner vierbeinigen Freunde kümmern. Ich hoffe, sie kommt bald nach, *muy bien*?«

Chico schien ihn zu verstehen, ob er nun Englisch oder Spanisch sprach, hatte nichts dagegen, dass C.J. ihn unter dem Kinn kraulte und benahm sich beinahe so zahm wie ein Haushund. Das täuschte natürlich und war nur seiner Vertrautheit mit C.J. geschuldet. So wie manche Raubtiere in einem Zoo mit ihrem Tierpfleger auskommen. Sie waren deswegen nicht weniger gefährlich.

Sie verbrachten eine halbe Stunde bei Chico. Für Carla war es schön anzusehen, wie gut sich C.J. und der Wolfshund tatsächlich verstanden. Diese Vertrautheit würde Chico helfen, sich besser bei ihnen einzuleben, und es ihnen leichter machen, auf Rosita verzichten zu können. Denn Carla glaubte nicht daran, dass die Kolumbianerin jemals wieder nach Alaska kommen würde. Zu tief war ihre Bindung zu ihren Hunden und ihrer Heimat.

Im Gehege des Rudels, zu dem die Welpen inzwischen gehörten, untersuchte C.J. den erkrankten Duke, der immer noch einen schlappen Eindruck machte und C.J. zwar erkannte, sich aber kaum freuen konnte. »Dir geht's nicht gut, Duke?«, begrüßte C.J. ihn nur scheinbar fröhlich. »Hast du was Falsches gefressen? Hast du dir den Magen verdorben? Oder was ist los?«

»Ich bin keine Tierärztin«, sagte Wendy, die bei Duke gewartet hatte, »aber irgendwas fehlt ihm, da bin ich sicher. Wir dachten erst, es wäre was Psychisches, wie PTSD bei Menschen, so eine Art Trauma nach dem Feuer, aber inzwischen befürchte ich, es ist was anderes. Irgendeine Krankheit.«

C.J. war ausgebildeter Tierarzt und untersuchte den jungen Wolf gründlich. Während er seinen Bauch abtastete, bildeten sich tiefe Sorgenfalten auf seiner Stirn. »Das sieht nicht gut aus«, sagte er besorgt. »So schwach ist ein Welpe nur, wenn er von einer Krankheit befallen ist. Das Immunsystem ist bei einem jungen Wolf noch nicht besonders ausgebildet, schon gar nicht bei einem Tier, das nur mühsam überlebt hat. Es könnte ein Geschwür sein.«

Wendy verzog das Gesicht. »Das klingt nicht gut.«

»Und wenn es bösartig ist, meist tödlich. Auch wenn wir ihn nach der Rettung gründlich untersucht und geimpft haben, aber alles können wir eben auch nicht verhindern.« Er tätschelte den Welpen. »Keine Sorge, Duke. Wir bringen dich in die Tierklinik nach Delta Junction, da kümmern sich die besten Ärzte um dich. Ich werde auch dabei sein. Wir werden alles tun, um es dir so erträglich wie möglich zu machen. Du brauchst keine Angst zu haben.«

Das war natürlich gelogen, aber was sollte er auch anderes sagen? Dass sie ihn wahrscheinlich einschläfern würden, wenn die Krankheit zu weit fortgeschritten war? Dass er vielleicht an einer noch schlimmeren Krankheit litt?

»Am besten bringe ich ihn mit dem Flieger hin.« Er zog sein Handy aus der Tasche und rief Randy an. »Ich will dem Welpen noch ein Beruhigungsmittel geben, damit er uns nicht schlappmacht, dann komme ich.« Er legte auf und blickte Carla an. »Ich bleibe bei Duke in Delta Junction. Holst du mich morgen mit dem Pick-up ab? Ich rufe dich an, wenn ich so weit bin, okay?«

»Und wann willst du ausschlafen?«

»Später«, erwiderte er. »Duke ist erst mal wichtiger.«

»Aber du hast einen langen Flug hinter dir!«

»Ich habe genug geschlafen«, widersprach C.J. und ließ sich von Wendy seinen Arztkoffer holen. »Hilfst du mir, ihn zum Flieger zu bringen?«

»Sicher.«

Sie hoben den benommenen Wolf auf und trugen ihn zum Pick-up und bei Randy's Flying Service in die Cessna. Das Beruhigungsmittel, das C.J. ihm gespritzt hatte, wirkte bereits. Der Pilot wartete mit laufendem Motor.

»Ich mache mir Vorwürfe«, sagte Carla, als C.J. in die Maschine kletterte. »Ich hätte ihn schon vor einigen Tagen in die Tierklinik bringen sollen.«

»Ihr habt nichts falsch gemacht. Das war nicht zu erkennen.«

»Ruf mich an, wenn du mich brauchst. Auch nachts, okay?«

»Mach ich. Drück die Daumen!«

Er schloss die Tür, und Randy lenkte die Maschine auf die sandige Startbahn. Mit heulendem Motor trieb er die Cessna in den regnerischen Himmel.

18

Zum Abendessen kehrte Carla im Roadhouse ein. Zusammen mit Amy und Wendy hatte sie noch mehreren Besuchern, die durch die Berichte über die Welpen angelockt waren, das Wolf Center gezeigt. Die Eintrittsgelder waren nur ein geringer Beitrag zur Finanzierung ihrer Arbeit, die hauptsächlich durch Sponsorengelder und Spenden abgedeckt wurde. Sie war hundemüde und hatte kaum Hunger, brauchte aber etwas Ablenkung von den bedrohlichen Problemen, die sie seit dem Feuer am Mystery Creek beschäftigten.

Im Roadhouse war immer was los, der Fernseher lief, wenn auch nur mit Untertiteln, man traf Bekannte, die von ihren Sorgen und Nöten nichts ahnten, und keine beherrschte die Kunst der Aufmunterung wie Ma Barker. Ein Problem, das groß genug war, die Wirtin zu verunsichern, gab es nicht, und wenn es wirklich mal eng wurde, half ein kleiner Schluck aus der Wodkaflasche. Mehr als ein winziges Glas trank Ma nicht, dazu war sie zu schlau.

Carla brauchte überhaupt keinen Wodka. Ihr genügten ein Cappuccino mit Schokostreuseln und ein Teller Borschtsch. Sie winkte dem Besitzer eines Souvenirladens zu, einem älteren Mann, der in Copperville geboren und aufgewachsen war und wie viele andere

Ladenbesitzer vom Wolf Center profitierte. Ein junges Ehepaar, das am späten Nachmittag bei ihnen gewesen war und den legendären Wolfburger probiert hatte, blieb lange genug an ihrem Tisch stehen, um sich noch mal bei ihr für die fachkundige Führung zu bedanken.

Als es ruhiger im Lokal wurde, und das Collegemädchen, das während der Sommerferien aushalf, allein zurechtkam, setzte sich Ma Barker zu Carla an den Tisch. Sie brachte ein Stück Cherry Pie mit und reichte ihr den Teller. »Du siehst so aus, als könntest du was Süßes vertragen. Geht aufs Haus.«

»Ich wiege jetzt schon zu viel.«

»Alles Panikmache. Du bist genau richtig.«

Der Cherry Pie schmeckte hervorragend. Sie redete sich in Gedanken damit heraus, dass sie auf die Schlagsahne verzichtete, und genoss jeden Bissen.

»Ich hab gehört, einem der Welpen geht es nicht gut?«

Carla nickte. »Duke … es ist wohl doch was Ernstes. C.J. bringt ihn gerade in die Klinik nach Delta Junction. Ich hoffe, er wird wieder. Vielleicht liegt es ja doch daran, dass er den Verlust seines Rudels nicht verwunden hat. Auch Wölfe haben öfter mit der Psyche zu tun, besonders wenn sie jung sind.«

»Und seine Schwester, wie habt ihr die noch mal genannt …«

»Maya«, ergänzte Carla, »die hält sich wacker.«

»Weil sie eine Lady ist.«

Carla musste schmunzeln. »Meinst du?«

»Sieh mich an«, forderte Ma Barker sie auf. »Hätte ein

Mann das alles überstanden, was ich in meinem Leben durchgemacht habe? Mir reichen schon meine zwei Ehemänner. Beim kleinsten Windhauch fielen die um, und hätte ich den einen nach der Scheidung nicht ein zweites Mal geheiratet, wäre er glatt verhungert. Die meisten Männer sind Mimosen. Wenn wir Frauen nicht das Kommando übernehmen, sind die Kerle noch hilfloser als eure Welpen.«

»Jason ist anders.«

»Ach ja? Und warum versteckt er sich dann?«

»Meine Schuld. Weil ich mit Phil hier war.«

Ma Barker verdrehte die Augen. »Was war denn schon dabei? Du warst mit einem Firefighter unterwegs, der dir geholfen hat, die Welpen zu retten. Du hast ihm das Wolf Center gezeigt und ihm einen Kaffee spendiert. Und?«

»Ich hab ihn umarmt und auf die Wange geküsst.«

»Big Deal.«

»Es war harmlos, aber woher sollte er das wissen?«

»Echte Kerle laufen nicht weg.«

»Dann hätte C.J. in Kolumbien bleiben müssen«, sagte Carla. »Der arme Kerl ist vollkommen fertig. Er würde sich in Kolumbien nicht zurechtfinden, und Rosita kann sich nicht von ihren Verwandten und Straßenhunden trennen. Nicht mal Romeo und Julia hatten so viele Probleme. Nicht mal dein Wodka käme dagegen an. Warum gibt's keine gute Fee, die Rosita holt?«

Ma Barker war ernst geworden. »Ich wollte damals auch nicht aus Russland weg. Für kein Geld der Welt und erst recht nicht für einen Mann hätte ich Mütterchen

Russland verlassen. Da mussten sie schon andere Geschütze auffahren. Immerhin bin ich in Alaska gelandet, wo die Leute genauso verrückt sind wie ich. Wer tut sich denn sonst so lange Winter an und hält es im Sommer mit miesen Moskitos aus? Nur die Russen und wir in Alaska.«

Die Wirtin hatte nie verraten, warum sie Russland verlassen hatte, und Carla fragte auch jetzt nicht danach. Im Spaß hatte sie einmal gesagt, dass sie ihren ersten Mann einem gefräßigen Bären vorgeworfen hatte, und wer wusste schon, ob sie damit nicht die Wahrheit gesagt hatte? Ma Barker ließ sich nichts gefallen und hatte nicht umsonst den Namen einer berüchtigten Kriminellen aus dem Chicago der 1930er-Jahre angenommen. Wenn Carla die Wirtin auch als hilfsbereite Frau mit einem Herz aus Gold kennengelernt hatte.

Der Cherry Pie lag ihr ein wenig im Magen, als sie wenig später nach Hause ging. Der leichte Regen, der am späten Nachmittag eingesetzt hatte, störte sie nicht. Auch um zehn Uhr abends war es noch hell, selbst wenn die grauen Wolken eine düstere Stimmung erzeugten und dem Land einen schmutzigen Anstrich gaben. Die Sommer waren okay, wenn die Sonne schien und einen goldenen Schimmer über die Berge und Wälder zog, aber noch lieber hatte sie die Winter, auch wenn sie in Alaska streng ausfielen und für monatelange Dunkelheit sorgten. Im Winter wirkte das Land noch weiter und ruhiger, beinahe so, wie es am Schöpfungstag ausgesehen haben musste.

Sie hatte gerade erst die Straße überquert, als sie einen Geländewagen vor dem Wolf Center stehen sah. Das

Parken für Unbefugte war dort verboten, in Copperville gab es anderswo genug Parkplätze, ein Grund mehr für sie, zurückzugehen und sich den Wagen näher anzusehen. Auf der Fahrertür war das Logo von Fish & Wildlife zu sehen. Sie dachte an Mark Doherty, obwohl sie sich nicht vorstellen konnte, was ihn so spät zum Center getrieben haben konnte, und sah bei den Gehegen nach. Im Schatten vor dem Zaun sah sie die dunkle Gestalt eines Mannes stehen. »Sind Sie das, Mister Doherty?«, rief sie.

»Miss Gorman? Miss Carla Gorman?« Der Mann trat aus dem Schatten und lächelte verhalten. »Entschuldigen Sie, wenn ich Sie erschreckt habe. Ich wollte eigentlich sehr viel früher hier sein und mir Ihr Wolf Center ansehen.«

»Wir haben seit drei Stunden geschlossen.«

»Ich weiß«, erwiderte er, »ich hatte noch einen Pressetermin und wurde auch unterwegs noch einmal aufgehalten. Und dann war ich schon so weit, dass sich das Umkehren nicht mehr lohnte.« Die Ausrede klang mehr als dünn. »Sie wundern sich vielleicht, warum ich überhaupt gekommen bin.«

»Das kann man wohl sagen«, erwiderte Carla. »Nach dem, was Sie auf der Versammlung neulich in Delta Junction gesagt haben, dachte ich eigentlich, Sie hätten mit Wölfen wenig im Sinn. Wer sich dafür einsetzt, Wölfe mit Hubschraubern zu jagen und aus der Luft zu erschießen, hat mit lebenden Wölfen normalerweise wenig im Sinn. Oder was führt Sie nach Copperville?«

Doherty wand sich wie ein Aal. Sie war sicher, dass er

davon ausgegangen war, um diese Zeit ungestört zu sein und nicht entdeckt zu werden. »Nun«, druckste er ein wenig herum, »ich bin auch gekommen, um mich bei Ihnen zu entschuldigen. Ich war wohl etwas grob zu Ihnen und der FBI-Agentin. Es war keineswegs meine Absicht, Sie beide zu kränken oder zu beleidigen.«

»Mag sein, aber Sie haben falsche Tatsachen verbreitet und den Farmern weisgemacht, dass es zu viele Wölfe in Alaska gibt und sie alle Probleme lösen, indem Sie die Tiere aus der Luft jagen. Mal davon abgesehen, dass es moralisch nicht vertretbar ist, ergibt es auch keinen Sinn. Was haben Ihnen Wölfe angetan, dass Sie sogar auf Veranstaltungen gegen die Tiere hetzen?«

»Sie gefährden das Leben von Menschen und Haustieren.«

»Tun Sie nicht.«

Er lächelte nachsichtig. »Ich bin nicht gekommen, um mich mit Ihnen zu streiten. Ich akzeptiere, dass Sie anderer Meinung sind, auch wenn es mir nicht in den Kopf will, dass Sie im Center verwundete Tiere aufpäppeln.«

»Und warum schleichen Sie bei unseren Gehegen rum?«

»Ich schleiche nicht rum«, wehrte er sich. »Ich hatte die Hoffnung, Sie noch dort anzutreffen, um mich bei Ihnen zu entschuldigen. Und ich wollte mir Ihre Tiere aus der Nähe ansehen, um Sie besser verstehen zu können.«

»Okay«, erwiderte Carla, »dann kommen Sie mit.«

Sie führte ihn an den Gehegen vorbei und stellte ihm einige der Wölfe vor, erklärte jedes Mal, welche Tortur sie durchleben mussten, bevor sie jemand rettete und zu ihnen ins Wolf Center brachte. »Unsere Kawa wurde von einem Tierquäler in eine Falle gelockt, seitdem humpelt sie. In der Wildnis würde sie mit diesem Handicap nicht lange überleben.« Sie blieb stehen und blickte Doherty an. »Wissen Sie, welche niederen Instinkte Sie mit Ihren Veranstaltungen wecken? Aus der Luft abschießen … von da ist es nicht weit zu Fallen auslegen und vergiften und ich weiß nicht, was alles. Sehen Sie das nicht?«

»Wölfe sind gefährliche Raubtiere«, sagte er.

»Wir Menschen sind nicht anders … nur gemeiner.«

Darauf wusste Doherty keine Antwort. Er ging langsam weiter und sah Maya im Stroh liegen. »Ist das einer der Welpen, die Sie aus dem Feuer gerettet haben?« Er blickte auf den jungen Wolf, ohne ihn wie andere Besucher zu bewundern. »Ziemlich leichtsinnig, sich in eine solche Gefahr zu begeben.«

»Die Firefighter haben mir geholfen.«

»So ein Waldbrand hat auch eine reinigende Wirkung.«

Was die Bemerkung in diesem Zusammenhang sollte, erschloss sich ihr nicht. Aber sie erkannte das Fehlen jeglicher Empathie, als würde der Anblick des Welpen ihn nicht im geringsten berühren, und ihr kam plötzlich ein Verdacht.

Sie sagte nichts.

»Waren es nicht zwei Welpen?«, fragte er.

»Duke mussten wir in die Tierklinik nach Delta Junction bringen«, antwortete sie, bevor ihr einfiel, dass ihn das nichts anging. »Nichts Schlimmes.«

»Na, dann gute Besserung.«

»Sagen Sie so etwas nur, wenn Sie es ehrlich meinen.«

Er behielt sein Lächeln, wie ein Politiker, der sich vor einem Kontrahenten keine Blöße geben wollte. »Vielen Dank für die Tour und wie gesagt, falls ich auf der Veranstaltung unhöflich war, möchte ich mich bei Ihnen entschuldigen.« Sie begleitete ihn zum Parkplatz, wartete geduldig, bis er in seinen Wagen gestiegen war, und atmete erleichtert auf, als er zum Highway hinauffuhr.

Nachdenklich ging sie die Straße hinunter. Der Verdacht, der ihr vor einigen Minuten gekommen war, spukte immer noch in ihrem Kopf herum und ließ sie auch zu Hause nicht los. Irgendetwas stimmte nicht mit Mark Doherty. Warum war er wirklich bei ihr aufgetaucht? Warum hatte er sich bei den Gehegen herumgetrieben? Führte er etwas gegen ihre Wölfe im Schilde? Ein Angestellter einer Regierungseinrichtung, der schon bei einem geringen Vergehen mit seiner Entlassung rechnen musste? Was sollte diese verlogene Höflichkeit, und warum hatte er seine Entschuldigung mehrfach wiederholt?

Sie blickte auf die Uhr, noch nicht mal zehn. Etwas zögerlich wählte sie Karens Nummer. Sie schien noch auf zu sein und war sofort dran. »Carla?«

»Wo sind Sie, Karen?«

»Ich musste nach Fairbanks zurück. Ben ist hier.«

»Tut mir leid, wenn ich störe, Karen, aber Mark Doherty war eben hier. Er schlich bei unseren Wolfsgehegen herum.« Sie berichtete von ihrer Begegnung mit dem Mitarbeiter von Fish & Wildlife. »Ich kann mich irren, aber ich bin fast sicher, dass er nicht nur hier war, um sich bei mir zu entschuldigen.«

»Sondern?«

»Keine Ahnung. Ich weigere mich zu glauben, dass ein Angestellter der Regierung etwas mit den Waldbränden und den Anschlägen auf Wölfe zu tun hat, aber vielleicht solltet ihr doch mal seine Fingerabdrücke überprüfen.«

»Wer überprüft schon die Abdrücke eines Regierungsmannes?«

»Eben. Wenn er schuldig ist, fühlt er sich wahrscheinlich sicher.«

»Aber das ist nicht so einfach, Carla. Um seine Fingerabdrücke überprüfen zu können, müsste ich einen ausreichenden Verdacht gegen ihn haben.«

»In den Krimis, die ich gesehen habe, scheren sich FBI-Agenten nicht um solche Vorschriften. Die finden immer Mittel und Wege für so etwas. Stellen Sie sich vor, es kommt irgendwann zur Katastrophe, und er ist tatsächlich schuld.«

»Ich weiß nicht recht. Sind Sie zu Hause?«

»Zurzeit schon. Morgen früh fahre ich zur Tierklinik nach Delta Junction. C.J. musste Duke zur Untersuchung hinbringen. Dem Welpen geht es nicht besonders. Noch mal sorry, dass ich Sie und Ihren Freund gestört habe.«

Sie lachte. »Ben ist Kummer gewohnt. Ich gebe Ihnen Bescheid, okay?«

Carla legte auf und blieb einige Zeit am Fenster stehen, bevor sie sich schlafen legte. Obwohl es immer noch regnete, beruhigte sie der Blick auf die fernen Berge. Sie war froh, Karen angerufen zu haben. Einen Verdächtigen zu verfolgen und zu überführen, war allein ihr Job und durfte Carla eigentlich nicht beschäftigen. Wer sinnlos Wölfe mordete und einen Waldbrand entfachte, nur um ein Wolfsrudel auf möglichst grausame Weise zu beseitigen, war brandgefährlich und würde auch nicht davor zurückschrecken, sie zu ermorden.

Was hatte er schon zu verlieren?

Erst als sie im Bett lag und sich nicht auf den Krimi konzentrieren konnte, den sie gerade las, wurde ihr bewusst, was sie zu Karen gesagt hatte. Außer ihrer seltsamen Begegnung mit Mark Doherty beim Wolf Center hatte sie nicht den geringsten Anhaltspunkt für ihren Verdacht, und Karen würde ein viel zu großes Risiko eingehen, wenn sie ihn überprüfte und seine Fingerabdrücke checkte. Wenn es herauskam, war sie ihren Job los und hatte vielleicht sogar eine Anzeige am Hals. Und Carla könnte von Glück sagen, wenn man sie nicht ebenfalls zur Rechenschaft ziehen und zumindest kritisieren würde.

Sie wollte schon nach ihrem Handy greifen und einen Rückzieher machen, ließ es aber sein. Ihr Bauchgefühl, der Mann vom Fish & Wildlife Service könnte etwas mit den Waldbränden zu tun haben, war stärker als die Angst, einen Falschen zu verdächtigen. Karen würde irgendwie an seine Fingerabdrücke kommen, bei einem Angestellten von Fish & Wildlife sicher kein Problem, und ziemlich schnell wissen, ob sie mit ihrem Bauchgefühl richtig lag.

Es gelang ihr nicht, Ruhe in ihre Gedanken zu bringen. Nur selten wurde sie von so vielen Sorgen und Nöten geplagt. Der Brandstifter, der es auf Wälder und Wölfe abgesehen hatte, der kranke Duke, Linda und ihre bösen Erfahrungen mit Eddy Mandell, C.J. und sein Liebeskummer … alles Probleme, die auch ihr Leben nachhaltig beeinflussten und ihr zu schaffen machten. Sie war keine dieser Lebenskünstlerinnen, die solche Probleme an sich abprallen ließen und weiterlebten, als wäre nichts geschehen. Sie reagierte darauf und dachte so angestrengt darüber nach, dass sie abends kaum in den Schlaf fand.

Als ob sie mit ihrem eigenen Liebeskummer nicht schon genug am Hals hätte. Ihre Beziehung mit Jason war durch die leidvollen Erfahrungen, die C.J. in Kolumbien gemacht hatte, noch stärker in ihr Bewusstsein getreten. Es musste schlimm sein, nicht mit einem geliebten Menschen beisammen sein zu können, nur weil einen äußere Umstände dazu zwangen. Ein Grund mehr für sie, sich mit Jason gründlich auszusprechen. Oder würde ihre Liebe an ihrer Haltung gegenüber Wölfen scheitern? Sie war keine fanatische, aber überzeugte Tierschützerin, die es niemals gutheißen würde, auf Wölfe zu schießen, nur weil sich ein Farmer von ihnen bedroht fühlte oder ein selbsternannter Experte wie Mark Doherty der Meinung war, es gäbe zu viele von ihnen.

Ihre Uhr zeigte sechs Uhr früh, noch etwas zu früh zum Aufstehen, als ihr Smartphone sie weckte. Ein Arzt der Tierklinik war dran. »Miss Gorman?«

»Carla Gorman, ja.«

»Dr. Simon Stevens von der Tierklinik in Delta Junction. Ihre Handynummer ist bei uns unter ›Wolf Center Copperville‹ gespeichert.« Er klang aufgeregt, beinahe ein wenig panisch. »Sie sind eine Kollegin von C.J. Fletcher?«

»Ja, was ist passiert?« Im Hintergrund waren Stimmen zu hören.

»Mister Fletcher wollte heute Nacht bei Ihrem Welpen bleiben und ... ich weiß auch nicht, wie das passieren konnte ... er wurde von einem Einbrecher überrascht. Der Unbekannte hat ihn niedergeschlagen ... Doktor Perry kümmert sich gerade um ihn ... eine leichte Gehirnerschütterung und eine Platzwunde, höre ich gerade ... nein, nichts wirklich Ernstes. Die State Troopers sind auch hier.« Er legte eine kurze Pause ein. »Ihr Welpe ist verschwunden.«

»Verschwunden? Was meinen Sie damit?«

»Der Einbrecher hat ihn gestohlen ... entführt!«

Für einen kurzen Moment war sie sprachlos. Sie kämpfte erfolgreich gegen eine Panik an und sagte: »Okay, ich bin in zwei Stunden bei Ihnen.«

Sie legte auf und rief Karen an, erwischte nur ihren Anrufbeantworter und berichtete ihr, was geschehen war. Dann klingelte sie Amy aus dem Schlaf und informierte sie ebenfalls. »Zieh dich an! Ich hole dich spätestens in einer Viertelstunde mit dem Pick-up ab. Schaffst du das? Linda und Wendy müssen den Laden alleine schmeißen. Wir rufen die beiden von unterwegs an, okay?«

»Okay«, antwortete Amy und legte auf.

19

Vor der Tierklinik in Delta Junction standen ein Krankenwagen und ein Streifenwagen der Alaska State Troopers mit flackernden Warnlichtern, als Carla und Amy aus dem Pick-up stiegen. Einige Schaulustige aus dem Frühstückslokal gegenüber standen auf dem Parkplatz, einer filmte mit seinem Handy.

Die Hecktüren des Krankenwagens standen offen, und man sah, wie sich der Notarzt um C.J. kümmerte und den Turban aus Verbandsmull überprüfte, den er ihm angelegt hatte. »C.J.«, rief Carla. »Bist du okay? Wie geht es dir?«

C.J. ließ sich seine Schmerzen nicht anmerken. »Nur ein Kratzer.«

»Leichte Gehirnerschütterung und eine Platzwunde über dem linken Auge«, informierte sie der Notarzt. »Nichts, worüber man sich Sorgen machen müsste. Mit den Schmerztabletten, die ich ihm verschrieben habe, dürfte er bald wieder einsatzbereit sein.« Er blickte C.J. an. »Aber nur, wenn er sich die nächsten Tage ruhig verhält und sich nicht gleich in die Arbeit stürzt.«

»Sind Sie schon mal von einem Wolf gebissen worden?«, fragte C.J.

»Nicht, dass ich wüsste.«

»Aber ich. So schnell bringt mich nichts um.«

Wie alle Kranken und Verletzten, die einer verantwortungsvollen Arbeit nachgingen, war auch er ungeduldig. Dass er noch lange nicht auf dem Damm war, merkte er erst, als er aufstehen wollte und beinahe das Gleichgewicht verlor. Er sank auf die Bank zurück und hielt sich an einem Griff fest.

»Bleiben Sie noch ein paar Minuten sitzen«, warnte ihn der Notarzt, »mit einer Gehirnerschütterung ist nicht zu spaßen. Gehen Sie es langsam an!«

»Wie ist das passiert?«, fragte Amy. Sie hatte ihre Kapuze gegen den leichten Nieselregen hochgeklappt. »Ein Einbrecher? Hast du den Kerl gesehen?«

C.J. senkte den Blick. »Ich war eingeschlafen, und als ich hochschreckte, war er schon über mir und schlug mich nieder. Keine Ahnung, wer es war. Es ging alles furchtbar schnell.« Er seufzte schuldbewusst. »Tut mir leid. Ich hätte nicht einschlafen dürfen, aber wer rechnet schon mit einem Dieb, der einen kranken Welpen stiehlt? Was hat er mit dem armen Tier vor? Verkaufen?«

»Das glaube ich weniger. Wann ist das passiert?«

»Keine Ahnung«, erwiderte C.J. »Dr. Stevens, ein Arzt der Tierklinik, kam gegen halb fünf, da kam ich gerade wieder zu mir. Keine Ahnung, wie lange ich bewusstlos war. Lange genug für den Dieb, um zu verschwinden.«

»Und Duke? Mussten sie ihn operieren?«

»Ja, leider, aber das Geschwür war nicht sehr groß und glücklicherweise gutartig, es lag nur ungünstig. Dennoch ist Duke in Gefahr, wenn wir ihn nicht bald finden. Er hätte noch Ruhe gebaucht. Der Eingriff war zwar relativ harmlos, aber wenn sich die Wunde entzündet, könnte es schlimm enden.«

»Wir finden ihn, C.J., keine Sorge.«

»Und wie willst du das anstellen? Detektiv spielen?«

»Ich setze eine FBI-Agentin auf den Dieb an«, erwiderte Carla lächelnd. Karen war gerade aus ihrem Wagen gestiegen und sprach mit den State Troopers. »Amy, würdest du C.J. nach Hause fahren? Ich helfe dem FBI und den Troopers bei der Suche nach Duke und komme mit Karen zurück, sobald wir ihn gefunden haben.« Sie holte ihren Rucksack, den sie bei jedem Einsatz dabeihatte, aus dem Pick-up und verabschiedete sich von Amy und C.J. »Keine Angst, ich kann auf mich aufpassen. Ich melde mich, sobald ich mehr weiß.«

Sie ging auf Karen zu und sah, wie besorgt sie war.

»Sie hatten recht«, sagte die FBI-Agentin, »Mark Doherty ist Clayton Stark. Er ist unser Mann. Keine Ahnung, wie er es fertiggebracht hat, seine wahre Identität vor uns zu verbergen. Wir haben zwar noch kein Ergebnis wegen der Fingerabdrücke, aber wir wissen jetzt, dass er sich in Minnesota, Oregon und auch auf der Kenai-Halbinsel aufhielt, als die Feuer gelegt wurden. Und was noch viel schlimmer ist: Es sieht ganz so aus, als wäre er kurz davor, einen neuen Waldbrand zu verursachen. Eine furchtbare Vorstellung!«

»Himmel! Und Duke? Den Welpen? Was will er mit dem?«

»Keine Ahnung, ist sicher was Persönliches. Ich sag's nur ungern, aber ich schätze, er will Ihnen und dem Wolf

Center zeigen, zu was er fähig ist. Dass Sie ihn bei der Veranstaltung in die Enge getrieben haben, hat ihn wahrscheinlich so wütend gemacht, dass er Duke … ich bin natürlich nicht sicher, aber …«

»Dass er ihn ins Feuer werfen will?«

»Ein Verrückter wie er ist zu allem fähig.«

»Warum ist ihm nie jemand auf die Spur gekommen?«, fragte Carla.

»Ein besseres Versteck als Fish & Wildlife gibt es kaum«, antwortete Karen. »Auch das FBI wäre niemals auf die Idee gekommen, die Fingerabdrücke der Angestellten zu überprüfen. Irgendwann vielleicht, wenn er sich auf seinen Veranstaltungen nicht mehr zurückgehalten hätte, aber jetzt? Für die Wolfsjagd aus der Luft setzen sich viele ein, leider auch viele Politiker.«

Karens Handy klingelte, und sie trat einen Schritt beiseite. »Chef? Ja, ich bin schon vor Ort.« Sie berichtete ihm in wenigen Sätzen, was sie erfahren hatte. »Wie bitte? Dann hatten wir also recht. Ja, Sir, es ist sogar ziemlich wahrscheinlich, dass er heute noch zuschlägt. Die Gegend um den Mount Hayes, richtig, er will das Wolfsrudel erwischen. Alarmieren Sie die Firefighters, für alle Fälle, falls er uns zuvorkommt. Sobald das Feuer brennt, zählt jede Sekunde. Ja, Sir, ich suche auch. Ich nehme Carla mit, sie versteht was von Wölfen und weiß, wo sich das Rudel aufhält. Nein, ich bringe sie nicht in Gefahr.« Eine kurze Pause und dann: »Ja, Sir, das wünsche ich mir auch.«

Sie legte auf und steckte das Handy weg. »Sie haben die Fingerabdrücke überprüft. Jetzt besteht kein Zweifel mehr, sie gehören zu Mark Doherty alias Clayton Stark.« Sie deutete auf den Rucksack. »Ich möchte Sie zu nichts zwingen, aber ich dachte mir, Sie wollten mich sowieso begleiten. Keine Angst, wir spielen nicht James Bond oder so. Dafür haben wir andere Leute.«

Karen sprach noch einmal mit dem diensthabenden Offizier der Alaska State Troopers, der inzwischen ebenfalls eingetroffen war. Er war überhaupt nicht mit ihrem Einsatz einverstanden, ließ sich aber breitschlagen und ihr sogar ein Funkgerät aushändigen. »Sobald Sie was bemerken, geben Sie uns Bescheid! FBI oder nicht, wir müssen diesmal an einem Strang ziehen.«

»Kein Problem«, versprach sie.

Amy und C.J. waren schon gefahren, als Carla und Karen in ihren Geländewagen stiegen. In einem kleinen Laden kauften sie eilig Sandwiches und Wasser für unterwegs, packten die Vorräte in ihre Rucksäcke und fuhren zu dem Outfitter, bei dem sie schon mal die Four-Wheeler gemietet hatten. Sie luden ihre Rucksäcke auf die Gepäckträger und zogen die Schutzbrillen über.

»Hab schon mit den Troopers gesprochen«, sagte der Vermieter. »Der Dieb hat einen meiner besten Four-Wheeler gestohlen und ist ab durch die Mitte.«

»Wissen Sie, in welche Richtung?«, fragte Karen.

»Keine Ahnung. Ich hab ihn nicht mal gesehen.«

»Sie sind hoffentlich versichert.«

»Schon, aber ...« Der Vermieter war nicht gerade begeistert.

»Wir kriegen ihn, Sir. Verlassen Sie sich drauf.«

Sie starteten die Motoren und fuhren nach Westen. Um sicherzugehen, ob sich Craig Laxton, der State Park Ranger, oder irgendein Wanderer in der Blockhütte aufhielt, in der sie gewesen waren, fuhren sie geradewegs darauf zu. Es war noch früh am Morgen, und es konnte durchaus sein, dass sich auch Doherty dort versteckt hielt. Wenn er das Feuer dort entzündete, konnte er über den nahen Denali Highway nach Westen und nach Anchorage fliehen.

Während einer kurzen Verschnaufpause an einem der Seen fragte Carla: »Glaubt Doherty wirklich, er könnte dem FBI und den State Troopers entkommen? Und warum tut er das alles? Nur um seinen Hass auf Wölfe auszuleben? Das bringt doch nichts. Warum bleibt er nicht in seinem Job und hält die Klappe? Selbst wenn er entkommen würde … was bleibt ihm dann noch?«

»Die Fragen stellt sich wohl jeder unserer Leute gerade«, erwiderte Karen. Sie hielt ihren Feldstecher in den Händen und suchte die Gegend ab. »Auf den ersten Blick dachte ich, Doherty wäre einer dieser biederen Wichtigmacher, ein Möchtegernpolitiker, der gerne das Sagen in Alaska hätte, aber ich hatte schon mit grausamen Serienkillern zu tun, da dachte ich ganz ähnlich.«

»Aber er kann doch nicht im Ernst glauben, dass er davonkommt?«

»Vielleicht denkt er, er wäre unverwundbar. Bis jetzt hat er uns dreimal zum Narren gehalten, und jedes Mal hat es geklappt. Oder er gehört zu der Sorte, der es egal ist, ob sie sterben, wenn sie mit ihrer Mission durch sind.«

Carla starrte zum Waldrand hinüber, versuchte mit ihren Blicken den nebelhaften Dunst zu durchdringen. Ihre Gedanken waren nicht nur bei Mark Doherty. »Glauben Sie, Jason ist noch in der Nähe?«, fragte sie, ohne die FBI-Agentin anzusehen. »Wüsste er, in welche Gefahr er sich begibt?«

»Von Doherty kann er nicht wissen. Aber dass sich ein gefährlicher Brandstifter in Alaska herumtreibt, hat er mitbekommen.« Sie nahm den Feldstecher herunter. »Jason ist oft genug in der Wildnis unterwegs. Selbst wenn es zu einem Waldbrand käme, wüsste er, was zu tun ist. Außerdem ist gar nicht sicher, dass er noch in der Gegend ist. Vielleicht wollte er zum Denali rüber.«

»Vielleicht.« Aber so recht glaubte Carla nicht daran.

»Er ist nicht hinter den Mount-Hayes-Wölfen her«, sagte Karen.

»Woher wollen Sie das wissen?«

»Er ist nicht der Typ, der ein so großes Rudel abknallt, nur weil ihm einige Farmer einen Packen Dollar dafür bezahlen. Haben Sie doch selbst gesagt.«

»Ich weiß. Und ich hoffe, dass ich recht habe.«

Frischer Wind begleitete sie auf ihrer Fahrt nach Westen. Der Himmel war verhangen und ließ die vor ihnen liegenden Wälder und Täler geheimnisvoll und gespenstisch erscheinen. Nebelschwaden, vom Wind zerrissen, hingen in den Baumkronen und über den Seen und Tümpeln der Ebenen. Der Mount Hayes erhob sich aus dem Gebirge im Norden, ein stummer Wächter, der keine Ahnung von der Bedrohung hatte, die sich ihm näherte.

Als sie noch ungefähr eine Meile von der Blockhütte entfernt waren, hielten sie an und stellten die Motoren ab. Sie horchten in die plötzliche Stille hinein, in der Hoffnung, der Wind würde ihnen ein verdächtiges Geräusch herübertragen – obwohl sie wussten, dass die Motoren ihrer Four-Wheelers sie einem möglichen Bewohner längst verraten hätten. Kein Laut drang zwischen den Bäumen hervor. Der Wald lag schweigend vor ihnen und weigerte sich, ihnen sein Geheimnis zu verraten.

Karen überprüfte ihre Pistole, reine Routine, wie sie Carla versicherte, und steckte sie in ihr Holster. »Ich fahre vor«, bestimmte sie. »Wenn die Hütte sauber ist, rufe ich Ihren Namen. Gerade bei Tätern wie Doherty weiß man nie, wie sie reagieren. Wer weiß, wie durchgeknallt der Bursche schon ist.«

»Ich lasse Sie nicht allein.«

»Sie sind weder beim FBI noch bei der Polizei. Normalerweise dürfte ich Sie gar nicht mitnehmen. Also gehen Sie in Deckung und warten Sie, bis ich Sie rufe.«

»Okay«, sagte Carla. »Passen Sie auf sich auf!«

Karen startete ihren Four-Wheeler und nahm einen Umweg durch den Wald, um nicht direkt vor dem Eingang aufzutauchen. Nachdem sie den Motor abgeschaltet hatte, vergingen mehrere Minuten, während der nichts zu hören war, und Carla wurde bereits unruhig, als sie Karen endlich rufen hörte.

Sie fuhr zur Hütte und parkte neben dem Four-Wheeler der FBI-Agentin. Karen stand vor der Eingangstür und blickte ihr mit blasser Miene entgegen.

Carla erschrak. »Was ist?«

»Der Welpe … er ist in der Hütte!«

»Duke?«

Sie rannte an Karen vorbei in die Hütte. Der junge Wolf lag auf dem nackten Boden, so stark benommen, dass er sie weder witterte noch erkannte, und unfähig, auch nur den Kopf zu heben. Dort, wo der Arzt ihn genäht hatte, war sein Fell blutig. Anscheinend hatte man ihm ein starkes Beruhigungsmittel gegeben. Ein Wunder, dass er nach der Fahrt überhaupt noch am Leben war.

Carla beugte sich über ihn und streichelte ihn sanft. »Was hat der böse Mann mit dir gemacht? Wie kann man nur so herzlos sein? Aber keine Angst, wir schaffen ihn ins Gefängnis. Wer ganze Wälder anzündet und auf hilflose Welpen losgeht, hat nichts anderes verdient.« Sie strich vorsichtig über die vernähte Wunde. »Der kriegt seine gerechte Strafe, das verspreche ich dir.«

»Wie dringend muss er in die Tierklinik?«, fragte Karen.

»Möglichst schnell«, erwiderte Carla.

Karen hatte sich anscheinend schon so etwas gedacht. »Dann fahren Sie mit dem Welpen zurück, und ich suche weiter nach Doherty. Keine Widerrede. Niemand weiß, wie lange wir unterwegs wären, das überlebt der Wolf nicht.«

»Sie haben recht«, räumte Carla ein. »Und Sie sollten lieber mit Ihren Kollegen und den Troopers suchen. Allein werden Sie auch nichts gegen Stark ausrichten können. Dürfen Sie auch nicht, wenn die Fernsehfilme recht haben.«

Karen lächelte schwach. »Haben sie … ausnahmsweise.«

Carla war nicht begeistert von der Idee, wieder nach Delta Junction zurückzufahren. Sie hatte Angst um die Wölfe vom Mount Hayes und wollte Clayton Stark unbedingt hinter Gittern sehen. Und wenn sie ehrlich war, sorgte sie sich auch um Jason. Wo war er? War er hinter den Wölfen her?

Die Tür schwang nach innen, und ein Mann betrat den Raum. Er hielt ein Gewehr in den Händen und erschien so plötzlich, dass Karen keine Möglichkeit zur Gegenwehr blieb. Wie versteinert betrachteten sie den Eindringling.

»Stark!«, rief Karen. »Was soll der Unsinn? Warum tun Sie das?«

Clayton Stark hatte sich in einen anderen Menschen verwandelt. Aus dem scheinbar biederen Beamten Doherty, der auf Veranstaltungen gegen Wölfe polemisierte, ansonsten aber harmlos erschien, war ein rücksichtsloser Verbrecher geworden, der über Leichen ging, um seine verabscheuungswürdigen Ziele zu erreichen.

In seinen Augen blitzte es fanatisch, als er sagte: »Ziehen Sie Ihre Pistole! Mit zwei Fingern! Ganz vorsichtig! Und dann lassen Sie die Waffe fallen!«

»Sie haben zu viele Krimis gesehen, Stark.«

»Tun Sie, was ich Ihnen sage!« Er schrie fast.

Karen gehorchte und ließ die Pistole auf den Boden fallen.

»Okay.« Er trat zwei Schritte nach vorn, achtete darauf, ihr keine Angriffsfläche zu bieten, und schob die Waffe mit einem Fußtritt aus ihrer Reichweite. »Und jetzt nehmen Sie Ihre Handschellen und ketten sich mit Ihrer rechten Hand an den Eisenherd. Wie gut, dass Herde früher so stabil waren.«

Ihr blieb nichts anderes übrig, als ihm noch einmal zu gehorchen. Widerwillig ließ sie eine Fessel um ihr rechtes Handgelenk und die andere um die Griffstange des antiken Eisenherdes schnappen. »Das werden Sie bereuen!«

»Lassen Sie das meine Sorge sein, Miss FBI.« Er streckte seine freie Hand aus und grinste frech. »Den Schlüssel für die Handschellen! Oder haben Sie wirklich gedacht, ich wäre so dumm und würde Ihnen das Ding überlassen?«

Sie warf ihm den Schlüssel zu.

Er fing ihn geschickt und ließ ihn in einer Anoraktasche verschwinden. »Nun zu Ihnen«, wandte er sich an Carla. »Bei Ihnen muss es eine altmodische Fessel tun.« Er zog einige Rohhautschnüre hervor. »Wie bei den Cowboys und Indianern früher, hab ich bei den Pfadfindern gelernt. Ihre Hände!«

Auch ihr blieb keine Wahl. Stark war kein Kraftprotz, aber er hatte einen Revolver, auch wenn er ihn auf den Tisch legte, solange er sie an den Hand- und Fußgelenken fesselte. Die Zeit, um nach der Waffe zu greifen, würde er immer haben. Und Karen war hilflos an den Eisenherd gefesselt.

Als er fertig war, packte er sie am Kragen und zerrte sie unsanft ins Freie. »Nicht dass Ihre FBI-Freundin noch auf die Idee kommt, Ihre Fesseln zu lösen.« Er lachte dreckig. »Obwohl … dafür reicht die Zeit sowieso nicht aus.«

»Was soll das?«, fragte sie den Tränen nahe. »Warum … warum?«

»Das kann ich Ihnen sagen, Miss! Die verdammten Wölfe haben meine Freundin auf dem Gewissen. Ich hatte sie auf eine Wanderung mitgenommen, damals in Minnesota, und wir zelteten auf einer Lichtung, als diese Bestien zu heulen begannen. Meine Freundin verlor die Nerven und rannte davon. Sie erstickte in dem Rauch, der von einem Wildfeuer herüberwehte.« Für einen Moment wich die Wut verzweifelter Trauer. »Das war kein Zufall, Miss! Das war ein abgekartetes Spiel dieser Bestien. Sie hatten es auf sie abgesehen!«

»Es war ein Unglück, ein großes Unglück!«, verbesserte sie ihn.

»Die Wölfe sind schuld … und Gott, der diesen beschissenen Wind in unsere Richtung trieb. Ich war selbst bewusstlos, als mich die Ranger fanden.«

»Und jetzt wollen Sie sich rächen?« Carla glaubte immer noch, Stark von seiner schändlichen Tat abbringen zu können. »Am Schicksal kann man sich nicht rächen und an Gott noch viel weniger. Lassen Sie uns gehen, Stark, das bringt doch nichts. Laden Sie nicht noch mehr Schuld auf sich!«

Das irre Glitzern trat in seine Augen zurück. »Selbst der Herr sagt: ›Ich bin gekommen, ein Feuer anzuzünden auf Erden; was wollte ich lieber, als dass es schon brennte.‹« Er hob die Hände zum Himmel. »Ich werde Gleiches mit Gleichem vergelten, Herr! Und diesmal wird das Feuer die wahren Bösen vernichten! Die Rache ist mein, hörst du mich? Diesmal ist die Rache mein!«

Er zog Carla am Kragen hoch und versetzte ihr einen Fausthieb, der so plötzlich kam, dass sie nicht mal Zeit zum Schreien hatte und bewusstlos zu Boden sank. Sie sah nicht mehr, wie Stark sich das Gewehr umhängte, auf seinen Four-Wheeler kletterte und mit röhrendem Motor nach Norden fuhr.

20

Carla öffnete vorsichtig die Augen und blickte in das schwache Sonnenlicht, das sich durch die dichte Wolkendecke gekämpft hatte. Sekundenlang spürte sie kaum etwas, und in ihrem Kopf hatte sich eine solche Leere ausgebreitet, dass sie zu keinem Gedanken fähig war. Erst dann setzten die Schmerzen ein.

Ihre linke Wange brannte so stark, als hätte jemand glühende Kohlen daraufgelegt. Sie spürte Blut an ihrem Kinn und ihrem Hals. Nur undeutlich erinnerte sie sich daran, wie Stark sie mit der Faust bewusstlos geschlagen hatte. Er war kein starker Mann, und doch hatte sie geglaubt, von einem Profiboxer gefällt worden zu sein, bevor es schwarz um sie herum geworden war.

Sie wollte nach ihrer Wange greifen und merkte, dass sie gefesselt war. Die Rohhautschnüre hatten sich tief in ihre Hand- und Fußgelenke gegraben und stauten das Blut. Sie versuchte es dennoch, hob ächzend ihre gefesselten Hände und berührte ihre Wange mit den Fingerspitzen. Fast im selben Augenblick zuckte sie zurück. Stark hatte sie voll erwischt. Sie versuchte, ihren Kiefer zu bewegen und schaffte es nur unter größter Anstrengung. Zum Glück war nichts gebrochen. Sie drehte sich langsam zur Seite, sah die Blockhütte mit der offenen Tür und schaffte es nicht, nach Karen zu rufen.

Nachdem sie ein paarmal Luft geholt hatte und den Schmerz tapfer unterdrückte, versuchte sie es noch einmal. Wieder kam nur ein Krächzen über ihre Lippen. Zu viel Zeit verging, bis sie es endlich schaffte. »Karen! Karen!«

»Carla?«, kam die Antwort. Karens Stimme klang erstaunlich klar.

»Karen! Sind Sie okay?«

»Ich lebe noch. Und Sie?«

»Mir tut alles weh! Er hat mich bewusstlos geschlagen, und mein Kopf dröhnt … die Fesseln … sie sind so fest, dass ich mich kaum bewegen kann.«

»Ich hab den Burschen unterschätzt. Können Sie sich bewegen?«

Carla versuchte es und unterdrückte einen Schrei. »Es tut … es tut höllisch weh, aber wenn ich mich anstrenge, könnte ich vielleicht über den Boden robben … wie ein Wurm. Aber ich … ich weiß nicht, ob Sie meine Fesseln mit einer Hand aufbekommen würden … Stark hat sie viel zu fest verknotet.«

»Ich hab einen zweiten Schlüssel!«

»Für die Handschellen?« Carla schöpfte Hoffnung.

»Weil der Trick, einen Agenten mit Handschellen zu fesseln und anschließend den Schlüssel wegzuwerfen, uralt ist und ich vorbereitet sein wollte.« Die Tür stand weit offen, und sie war in der klaren Luft deutlich zu verstehen.

»Und warum befreien Sie sich dann nicht?«

»Weil ich heute anscheinend meinen schlechten Tag habe«, erwiderte sie. »Ich hatte das Ding in einem meiner Stiefel versteckt, bekam ihn mühsam vom Fuß, dann fiel mir der Schlüssel aus der Hand und schlidderte unter den Tisch. Selbst wenn ich doppelt so groß wäre, bekäme ich ihn nicht zu fassen.«

»Dann muss ich wohl hochkommen.« Sie wandte mühsam den Kopf und blickte zur Hütte hoch. Bis zur Tür waren es mindestens fünfzig Schritte und die letzten sogar bergauf. Sie stöhnte leise. »Wird aber einige Zeit dauern.«

Sie stieß sich mit den Füßen ab und rutschte rückwärts in Richtung Hütte. Der Schmerz in ihren Armen und Beinen wurde mit jeder Bewegung größer, das Dröhnen in ihrem Kopf lauter. Es war noch anstrengender, die fünfzig Schritte zu überwinden, als sie befürchtet hatte. Alle paar Minuten musste sie innehalten, um neue Kraft und neue Energie zu schöpfen. Sie atmete schwer.

»Wie läuft es? Kommen Sie vorwärts?«, rief Karen ungeduldig.

»Mühsam«, antwortete Carla.

Die Steigung bis zum Eingang war am schlimmsten. Hier tat jede Bewegung doppelt weh und die Befürchtung, abzurutschen und den Anstieg von vorn beginnen zu müssen, raubte ihr fast den Mut. Schon jetzt bestand sie nur noch aus Schmerzen, und es grenzte an ein Wunder, dass sie noch bei Bewusstsein war. »Ich hab's gleich!«, machte sie Karen und sich selbst Mut.

Vor der Tür blieb sie keuchend liegen und wartete, bis der Schmerz nachließ. Sie blickte in die Hütte, sah Karen am Herd hängen und Duke auf dem Boden liegen. Der Welpe war immer noch benommen und rührte sich nicht.

»Ich hätte nicht gedacht, dass es so anstrengend ist«, sagte Carla.

»Ich hätte besser aufpassen müssen«, entschuldigte sich Karen. Man sah ihr an, dass sie sich genauso gedemütigt fühlte wie Carla, vielleicht sogar noch stärker, weil es ihr Job war, einen Verbrecher zu stellen und sich nicht auf diese Weise überrumpeln zu lassen. »Der Mistkerl hat uns reingelegt.«

»Sie haben ihn reingelegt, sonst hätten Sie keinen zweiten Schlüssel.«

Karen konnte nicht mal lachen, so frustriert war sie. »Unter dem Tisch! Sehen Sie ihn?« Und als Carla bejahte: »Bringen Sie ihn mir! Schnell!«

»Ich bin ziemlich fertig.«

»Jetzt kommt es auf jede Minute an!«, warnte Karen.

Carla war schon losgerobbt und hielt mitten in der Bewegung inne. »Aber Stark ist doch längst nicht mehr in der Nähe. Oder meinen Sie etwa, er beobachtet uns heimlich? Ich denke, es geht ihm nur darum, einen Waldbrand zu legen und möglichst viele Wölfe umzubringen …« Sie hob den Kopf und spürte nicht einmal die Schmerzen. »Sie glauben doch nicht, er sieht uns zu und will …« Ihr wurde jetzt erst bewusst, in welcher Gefahr sie schwebten.

»Stark ist ein irregeleiteter Fanatiker«, erklärte Karen, »der kriegt sein Trauma nicht in den Griff und denkt sich sonst etwas aus. Bei einem kranken Hirn wie seinem muss man mit allem rechnen. Der hat noch irgendeine andere Schweinerei mit uns vor, sonst hätte er uns doch schon vorhin erschossen.«

»Vielleicht hatte er Hemmungen.«

»Ein Mann, der ganze Wälder anzündet? Niemals.«

»Sie glauben, dass er zurückkommt?«

»Braucht er gar nicht. Es reicht, wenn er ein Feuer legt.«

Carla blickte nach draußen und spürte selbst durch die offene Tür, dass der Wind von Südwesten kam und es ein Leichtes für ihn sein würde, ein Feuer zu legen, das wie ein Sturmwind über die Blockhütte hinwegbrausen würde.

Gegen ein solches Feuer hätten sie keine Chance.

»Oh verdammt!«, fluchte sie.

Sie verdoppelte ihre Anstrengungen, robbte auf dem Rücken bis unter den Tisch und griff den Schlüssel mit ihren klammen Fingern. Sie ließ ihn zweimal fallen, bis sie ihn endlich zu fassen bekam. »Hab ihn!« Bis zu Karen waren es nur ein paar Schritte. Sie kroch zu ihr und überließ ihr den Schlüssel.

Karen öffnete die Handschellen und hängte sie an ihren Gürtel. Carla spürte erleichtert, wie die FBI-Agentin mit einem Taschenmesser ihre Fesseln zerschnitt, und massierte ihre Hand- und Fußgelenke, bis das Blut wieder ungehindert floss und sie sich einigermaßen bewegen konnte. Nachdem Karen sie vom Boden hochgezogen hatte, umarmten sie sich einige Sekunden lang.

»Danke!«, flüsterte Karen. Sie hob ihre Pistole vom Boden auf und schob sie ins Holster. »Jetzt aber schnell weg! Zum Highway rüber, da bekommen wir Netz und können den anderen Bescheid sagen, wo Doherty sein könnte. Vielleicht haben wir Glück und erwischen den Mistkerl noch rechtzeitig.«

Sie kamen bis zur Tür.

Vor ihnen brannte der Wald.

Vorerst war nur der Rauch über den Bäumen zu sehen, aber die Flammen waren nahe, das spürten sie, und es gab kaum Hoffnung, ihnen zu entkommen. Stark musste das Feuer an zwei Stellen gelegt haben. Es würde ihnen den Weg versperren, ganz egal, ob sie nach Westen oder nach Osten fuhren.

Carla musste sich am Türrahmen festhalten, wegen der Schmerzen, die sie immer noch plagten, und wegen des Schrecks, der ihr in alle Glieder gefahren war. Wie tödlich ein Feuer sein konnte, hatte sie am Mystery Creek erfahren.

»Die Firefighter werden das Feuer sehen und rechtzeitig hier sein«, hoffte Karen. »Wir haben ein Hot-Shot-Spezialteam gerufen. Die haben ein waches Auge auf die Region und reagieren sofort. Außerdem stehen Löschflugzeuge und Hubschrauber bereit, hoffe ich jedenfalls … die brauchen nicht lange.«

Der Motor eines Four-Wheelers wurde laut, kam aus Norden.

Sekunden später fuhr der Fahrer auf die Lichtung.

»Jason!«, riefen Carla und Karen gleichzeitig.

Jason schob seine Schutzbrille aus dem Gesicht. »Beeilt euch! Wir müssen hier so schnell wie möglich raus! Ich kenne einen Weg, da sind wir sicher!«

»Warte! Ich hab einen kranken Welpen hier«, rief Carla. Sie lief zurück in die Hütte, kümmerte sich nicht mehr um die Schmerzen und holte den Wolf aus der Hütte. Karen berichtete inzwischen, was Stark ihnen angetan hatte.

»Mir nach!«, forderte Jason sie auf.

Der Wolfsjäger fuhr wie der Teufel. Teilweise stehend lenkte er seinen Four-Wheeler nach Nordosten, durch dichten Wald und scheinbar ohne Ziel, ohne erkennbaren Pfad und ohne eine bestimmte Richtung einzuhalten. Er raste durch das Unterholz, fuhr über Hügel und durch tückische Mulden, kreuzte mehrere Bäche so schnell, dass das Wasser nach allen Seiten spritzte.

Den beiden Frauen fiel es schwer, mit ihm Schritt zu halten, doch sie wussten, dass sie nur eine Chance hatten, wenn sie dicht hinter ihm blieben. Sie brauchten sich nicht umzudrehen, um zu merken, dass das Feuer nicht mehr weit war. Die ersten Flammenzungen leuchteten gelb und orangefarben durch den Wald, und das Knistern des Feuers klang wie der rasselnde Atem eines Ungeheuers, das hungrig durch den Wald hetzte und stetig näher kam.

Carla spürte weder die Schmerzen, die sie Stark zu verdanken hatte, noch die Stöße und Schläge, die sie auf der wilden Fahrt abbekam. Es ging um Leben und Tod, und erst, wenn sie den Wald hinter sich gelassen und das baumlose Sumpfland erreicht hatten, waren sie einigermaßen in Sicherheit.

Jason drehte sich zu ihnen um. »Wir haben es gleich!«, rief er, doch in dem Motorenlärm verstand ihn niemand. »Durchhalten! Nur noch eine Meile!«

Eine Meile, die kein Ende nehmen wollte. Doch dann erreichten sie endlich einen Pfad, der aus dem Wald hinausführte und in einer weiten Seenlandschaft mit braunem Gras und klaren Seen endete. Sie fuhren so lange, bis der Wald weit genug hinter ihnen lag und ihnen das Feuer nichts anhaben konnte. Am Ufer eines kleinen Sees bremste Jason und stieg aus dem Sattel.

Carla stieg ebenfalls ab und umarmte ihn, weinte vor Erleichterung und Freude und spürte, was er für sie empfand, als er ihr die Tränen von den Wangen küsste und ihre gesunde Wange streichelte. In seinen Augen war wieder dieses geheimnisvolle Glitzern, das sie schon bei ihrer ersten Begegnung begeistert hatte, und als er sie drückte, fühlte sie die Wärme, die nicht nur von seinem Körper, sondern auch von seinem Inneren ausging. »Jason!«, flüsterte sie immer wieder. »Jason! Ich hab dich vermisst. Und wenn du glaubst, ich würde mich für einen Firefighter oder irgendeinen anderen Mann interessieren, bist du auf dem Holzweg.« Sie küsste ihn lange und intensiv.

»Ich weiß«, gab er beinahe kleinlaut zu, »ich hab mich wie ein beleidigter Schuljunge benommen.« Er löste sich von ihr und begrüßte Karen mit einer angedeuteten Umarmung. »Ich konnte leider nicht früher kommen. Ich war noch zwei oder drei Meilen von der Hütte entfernt, als ich das Feuer sah.«

»Wusstest du, dass wir hier waren?«

»Ich dachte mir, dass irgendjemand in der Hütte sein müsste«, sagte er, »aber der Ranger aus dem State Park ist wohl wieder nach Hause gefahren.«

»Und was tust du in dieser Gegend?«, fragte Karen.

»Einige Farmer haben mich verpflichtet«, antwortete er ehrlich. Er blickte Carla an. »Ich sollte herausfinden, welche Gefahr ihnen vom Mount-Hayes-Rudel droht. Ob sie sich auch an ihren Nutztieren und Vorräten vergreifen.«

»Und notfalls solltest du sie erschießen?« Carla war schon wieder wütend.

Jason zuckte die Achseln. »So ungefähr ... aber ich hätte es nicht getan. Ich war beinahe auf Tuchfühlung mit dem Rudel, weiter nördlich in den Ausläufern der Berge, aber ich hätte niemals abdrücken können. Sie waren anders als die Wölfe, denen ich bisher begegnet bin. Ich kann's nicht genau erklären, irgendwie majestätischer und edler, als würde es sich um ein ganz besonderes Rudel handeln. Als der Anführer in meine Richtung blickte, hatte ich das Gefühl, er würde mir genau in die Augen sehen und mir sagen wollen, dass er der König aller Wölfe wäre und ich nicht das Recht hätte, ihn umzubringen.«

»Siehst du?«, flüsterte Carla so leise, dass er es nicht hörte.

Ein Löschflugzeug flog über sie hinweg und hielt auf die Flammen zu, in einiger Entfernung rasten mehrere

Geländewagen über das Grasland. Der größte Teil der Firefighter würde vom Parks Highway im Westen kommen, weil es von dort weniger Meilen zum Brandherd waren. Über den Bäumen stand inzwischen eine graue Rauchwolke, die Carla auf fatale Weise an das Feuer auf der Kenai-Halbinsel erinnerte. Wenn sie das Feuer in dieser Gegend nicht rasch unter Kontrolle bekamen, drohte eine ähnliche Katastrophe.

Karen versuchte, von ihrem Handy anzurufen, und steckte es fluchend wieder ein. »Ich brauche so schnell wie möglich Netz!«, sagte sie. »Unsere Leute haben keine Ahnung, wo Doherty sich aufhält. Wenn er es zum Highway geschafft hat, braucht er nicht lange, um per Anhalter nach Anchorage zu fahren und das Weite zu suchen oder irgendwo unterzutauchen.« Sie blickte zum Himmel, wo ein zweites Löschflugzeug auftauchte. »Weg hier!«

Sie fuhren auf vertrauten Pfaden weiter nach Osten. Jason wusste, wo ungefähr Handyempfang wieder möglich war, und hielt auf einem Hügelkamm. Karen rief ihren Vorgesetzten an, berichtete in wenigen Worten von ihrer Begegnung mit Stark und gab ihre Meldung durch. Carla sah nach Duke, der benommen im Gepäckkorb lag und alles andere als munter wirkte.

Ohne noch einmal anzuhalten, hielten sie auf Delta Junction zu. Obwohl der Wind immer noch in dieselbe Richtung wehte, spürten sie die Hitze des Feuers im Rücken. Sie hatten die Flammen gesehen, und Carla hatte selbst miterlebt, welche Wucht ein solcher Waldbrand entfachen konnte. Sie hoffte nur, dass Duke so stark benommen war, dass er einigermaßen unbeeindruckt von der neuen Katastrophe blieb und rasch gesund wurde und sich in ihrem Center einlebte. Er würde sicher für einige Zeit ein Problemwolf bleiben.

Sie erreichten die Stadt am späten Nachmittag. FBI, Alaska State Troopers und Firefighter hatten eine Kommandozentrale neben der Tierklinik errichtet und warteten schon auf sie. Zwei Fernsehteams und die Privatwagen mehrerer Reporter parkten am Straßenrand. Karen lief sofort zu den Verantwortlichen und wiederholte ihren Bericht, Carla trug den verletzten Duke in die Tierklinik und legte ihn auf sein Krankenlager. Dr. Stevens untersuchte ihn sofort.

»Er hat großes Glück gehabt«, sagte er, als er fertig war. »Am besten lassen Sie ihn eine Nacht bei uns. Bis morgen früh dürfte er sich einigermaßen erholt haben.« Er blickte Carla an. »Sie sollten sich auch untersuchen lassen.«

Carla ging zu einem der Notärzte neben der Tierklinik und berichtete ihm, was passiert war. Die Untersuchung fiel so aus, wie sie gehofft hatte. »Nichts gebrochen, nichts verrenkt. Ein paar blaue Flecken und Schwierigkeiten beim Kauen, bis sich der Kiefer beruhigt hat, mehr kann ich nicht feststellen. Sie haben Glück, dass Sie nicht zu viel Rauch eingeatmet haben. Großes Glück!«

»Das hab ich Jason zu verdanken. Wo steckt er überhaupt?«

Der Arzt wusste nicht, von wem sie redete. Sie dankte ihm und lief John Bolton, einem befreundeten Reporter des *Fairbanks News-Miner* in die Arme. »Carla! Ich hab schon gehört, was Sie durchmachen mussten. Ich würde gern Sie und diesen Wolfsjäger dazu interviewen. Leider hat er sich schon aus dem Staub gemacht. Zu schüchtern, sagen die Kollegen, ›er will den Lobeshymnen aus dem Weg gehen, er hätte doch nichts Besonderes getan und ...‹«

»Jason ist nicht mehr hier?«, erschrak sie.

»Auf und davon.« Er schaltete sein Aufnahmegerät ein. »Was haben Sie empfunden, als sie gefesselt vor der Hütte lagen und das Feuer ausbrach?«

Sie blickte sich suchend um. »Ich hatte Angst, was denn sonst?«

»Und Sie sind froh, dass sie Clayton Stark gefasst haben?«

»Sie haben ihn verhaftet?«

»Das wussten Sie nicht? Am Parks Highway drüben. Er wollte gerade in einen Truck steigen, als zwei Troopers ihn erkannten. Er versuchte noch, davonzurennen, kam aber nicht weit. Jetzt ist er auf dem Weg ins Gefängnis.«

»Das geschieht ihm recht! Er ist ein Psychopath!«

»So ähnlich haben sich die Troopers auch ausgedrückt.«

Carla sah Amy aus einem Wagen steigen und bat den Reporter um eine kurze Pause. Sie ging zu ihr und umarmte sie lange. »Duke ist okay«, sagte sie, »morgen können wir ihn abholen. Und ich hab nur eine Schramme abbekommen.« Sie griff sich an die Wange. »Ich glaube nicht, dass ich beim FBI anfange.« Sie umarmten sich noch einmal. »Wie geht es Linda? Und C.J.?«

Amy kicherte. »Du wirst es nicht glauben. Linda hat sich mit einem flotten Angestellten aus ihrem Verlag verabredet. Und C.J.? Er hat lange mit Rosita telefoniert. Anscheinend können sie nicht voneinander lassen. Sie will wieder nach Copperville kommen. Vielleicht erleben wir doch noch eine Hochzeit.«

»*Muy bien.* Das klingt gut.«

»Und du? War Jason nicht bei euch?«

»Er hat uns das Leben gerettet.«

»Und jetzt?«

»Hat er sich heimlich davongemacht.«

»Keine Angst! Er kommt zurück.«

»Meinst du?«

»Ich bin ganz sicher«, sagte Amy.

»Turbulente Zeiten.«

Sie blickten beide nach Westen, wo das Feuer nicht mehr ganz so stark loderte und die Rauchwolken nicht mehr so bedrohlich zum Himmel quollen. Einige der Verantwortlichen blickten durch ihre Feldstecher und nickten.

»Sie bekommen das Feuer in den Griff«, sagte Amy.

Carla legte ihr einen Arm um die Schultern. »Und ich hab Hunger wie ein Grizzlybär! Meinst du, hier gibt's so was Ähnliches wie einen Wolfburger?«

Amy lachte. »Untersteh dich!«